BIRGIT SCHLIEPER

Maritas Couch
und die Liebe zum Leben

D1993780

GOLDMANN
Lesen erleben

Buch

Eine Couch, ein Klavier, ein schicker Altbau mitten in der Stadt: möglichst wenig soll Marita hier an ihr früheres Leben in der Vorstadtidylle erinnern. Denn nachdem ihr geliebter Mann Rolf, mit dem sie doch noch so viele wundervolle Pläne hatte, ganz plötzlich und unerwartet gestorben ist und sie einfach hat sitzen lassen, muss Marita mit Anfang fünfzig noch einmal ganz von vorne anfangen.

Völlig ungewollt kommt ihr dabei ihre Vormieterin zu Hilfe. Denn die war »Lebensberaterin« und hat, bevor sie kurzfristig nach Tibet auswanderte, noch fleißig Termine mit neuen Patienten gemacht. Auf der Suche nach Rat und Zuspruch sitzen die nun alle auf Maritas Couch und erzählen ihr von ihren Problemen. Marita tut ihr Bestes und erweist sich auch bei kuriosesten Fällen als Naturtalent im einfallsreichen Krisenmanagement. Nur ihr eigenes Leben bekommt sie erst einmal so gar nicht in den Griff, probiert ganz viel aus und schlittert mit viel Herz und trockenem Humor von einer Krise in die nächste – aber immer Richtung neues Leben …

Autorin

Birgit Schlieper, geboren 1968 in Iserlohn, hat Amerikanistik, Romanistik und Anglistik studiert, ihr Studium aber abgebrochen, als ihr ein Zeitungsvolontariat angeboten wurde. Seitdem schreibt sie unaufhörlich: von preisgekrönten Reportagen bis zum Tagebuch und Gedichten, für Nachrichtenagenturen und die SZ. Zudem hat sie mehrere sehr erfolgreiche Jugendbücher veröffentlicht. »Maritas Couch« ist ihr erster Erwachsenenroman. Mit ihrem Mann und ihren zwei Kindern lebt Birgit Schlieper in Zürich.

Birgit Schlieper

Maritas Couch und die Liebe zum Leben

Roman

GOLDMANN

Dieses Buch ist auch als E-Book erhältlich.

MIX
Papier aus verantwortungsvollen Quellen
FSC® C014496

Verlagsgruppe Random House FSC® N001967
Das FSC®-zertifizierte Papier *Holmen Book Cream* für dieses Buch
liefert Holmen Paper, Hallstavik, Schweden.

1. Auflage
Originalausgabe Mai 2013
Copyright © 2013 by Birgit Schlieper
Copyright © dieser Ausgabe 2013 by
Wilhelm Goldmann Verlag, München,
in der Verlagsgruppe Random House GmbH
Redaktion: Vera Thielenhaus
Umschlaggestaltung: UNO Werbeagentur, München
Umschlagmotiv: masterfile
Th · Herstellung: Str.
Satz: omnisatz GmbH, Berlin
Druck und Bindung: GGP Media GmbH, Pößneck
Printed in Germany
ISBN: 978-3-442-47887-3
www.goldmann-verlag.de

Besuchen Sie den Goldmann Verlag im Netz

Für alle meine Therapeuten

I

Bin ich zu spät?«

Die Stimme der Frau hallt in dem leeren Raum. Ich drehe mich erschrocken um und frage mich erstens, wer sie ist. Zweitens, was sie in meiner Wohnung macht, und drittens: zu spät für was? Ehe ich mir auch nur den Ansatz einer Antwort für eine der drei Fragen ausdenken kann, fällt sie in meine Gedanken ein.

»Ich bin zu spät. Ich weiß. Es tut mir so leid. Erst war Stau, dann habe ich die Straße nicht gefunden, dann keinen Parkplatz. Ich stehe jetzt direkt vorm Haus, ein bisschen in der Einfahrt. Ist das wohl okay?«

Sie hechelt sich durch ihre Sätze und klingt nicht so, als würde sie jetzt ein »Nein« verkraften. Ihre Stimmbänder klappern wie hohe Absätze auf Asphalt. Irgendwie nervös. Auf der anderen Seite: Wenn ich sie jetzt ganz höflich bitte, woanders zu parken, am besten in einer anderen Stadt, dann verlässt sie wahrscheinlich meine neue Wohnung. Ich würde ganz leise die Wohnungstür hinter ihr schließen und dieser Verrückten sicherlich nicht wieder öffnen.

Jetzt fällt es mir ein. Ich hatte die Haus- und Wohnungstür offen gelassen, weil ich ja direkt wieder zum Auto wollte, um meinen Gummibaum zu holen. Zwischen mir und dem Baum steht jetzt diese Frau. Ich muss an Gummizelle denken. Sie ist definitiv verrückt. Oder verwirrt. Zumindest wirkt sie nicht gemeingefährlich. Ich kann mir beim besten Willen nicht vorstellen, dass sie in ihrer Handtasche eine abgesägte Schrotflinte oder Ähnliches versteckt hat. Dafür ist sie zu klein. Die Tasche.

»Sie haben es ja herrlich übersichtlich hier«, sagt die Fremde nun und guckt sich neugierig um.

Herrlich übersichtlich.

So kann man es natürlich auch formulieren. Eigentlich ist diese Wohnung leer. Im Wohnzimmer stehen nur eine große Ledercouch, ein fetter Sessel und ein Wandregal. Das habe ich der Vormieterin abgekauft. Meine riesige Kuschellandschaft passte hier nicht rein. Und außerdem hat es sich ja ausgekuschelt.

»Es sieht so klar aus. So freundlich«, sagt die Besucherin jetzt.

Und dann setzt sie sich auf die Couch. Ganz vorsichtig. So wie Frauen sich setzen. Ganz vorne auf die Kante. Die Füße brav nebeneinander. Ein Mann würde sich breitmachen, sich hinten anlehnen. Wahrscheinlich noch die Arme auf der Rückenlehne ausbreiten. Männer versuchen immer sich zu verdoppeln, Frauen tun immer so, als seien sie eigentlich gar nicht da. Beides blöd.

Wieso setzt die sich? Ich sollte jetzt Widerspruch einlegen. Ich sollte sagen: Gehen Sie bitte.

Ich kann es nicht. Sie sieht so aus, als müsste sie sich mal kurz ausruhen. Wenn ich jetzt Butterkekse zur Hand hätte, würde ich ihr die anbieten.

»Das wäre mein Traum. Dass es bei mir auch einmal so aussieht. So aufgeräumt. Bei uns liegt immer was rum. Alle lassen ihren Kram fallen, wo sie wollen. Das macht mich so wütend. Ich kämpfe permanent dagegen an, dass das Chaos mich auffrisst.«

Ich glaube, sie hat verloren. Ich fürchte, das Chaos hat sie schon fest im Griff. Wahrscheinlich sind irgendwelche Synapsen falsch verknotet worden.

»Jetzt bin ich schon direkt beim Thema«, sagt die Frau plötzlich zu ihren Knien.

Was für ein Thema? Ich wusste bis gerade gar nicht, dass diese skurrile Situation überhaupt ein Thema hat. Würde mich schon interessieren, unter welchem Motto dieses Zusammentreffen steht. Ist das vielleicht eine neue Form des Kettenbriefs: Gehen Sie zu einer unbekannten Person, und erzählen Sie aus Ihrem Leben. Die unbekannte Person muss das dann auch machen. Wer die Kette unterbricht, erlebt im nächsten Jahr ein großes Unglück oder wahlweise schlechten Sex. Bei manchen Leuten kommt das aufs Gleiche raus. Wenn das hier wirklich ein Kettenspiel ist, habe ich nichts zu befürchten. Ich habe schon ein großes Unglück erlebt. Und ich will definitiv im kommenden Jahr keinen Sex. Wahrscheinlich nie mehr.

»Ich renne meinem Leben eigentlich nur noch hinterher. Mein Alltag passt nicht mehr in vierundzwanzig Stunden. Und deswegen bin ich so gereizt. Ich meckere nur noch rum, bin schlecht gelaunt, fange bei Kleinigkeiten an zu heulen. Grässlich. Und vor ein paar Wochen waren es meine Kinder, die mir vorgeschlagen haben, mal professionelle Hilfe zu holen.«

Professionelle Hilfe? Ich glaube, sie spricht von einer Putzfrau.

Ganz langsam fange ich an zu begreifen. Wahrscheinlich wohnt diese Frau auch hier im Haus und erkundigt sich nun bei mir, ob ich eine Putzfrau habe, die ich ihr ausleihen könnte, damit die ihr hilft, gegen das tägliche Chaos anzukämpfen. Nein. Quatsch. Würde die Frau hier wohnen, hätte sie wahrscheinlich kein Problem gehabt, die Straße zu finden, oder? *Oder*? Wie verwirrt ist sie wohl?

Ich lasse mich ganz langsam im Sessel nieder. Ich habe den Eindruck, dass das hier nicht so schnell vorbei sein wird, und möchte mein Krampfaderrisiko nicht wegen einer Fremden unnötig vergrößern.

»Schreiben Sie sich eigentlich nichts auf?«, fragt die Frau plötzlich und klingt fast ein bisschen vorwurfsvoll.

»Aufschreiben?«

Sie guckt mich an wie ein verstoßenes Tamagotchi.

»Ich höre Ihnen einfach zu«, schiebe ich schnell nach.

Sie nickt, studiert ihre Schuhe.

»Ich bin nie wirklich da, wo ich gerade sein wollte.«

Jetzt ist sie allerdings gerade da, wo sie *wirklich* nicht sein sollte. In meiner neuen Wohnung. In meinem neuen Leben.

»Ich hetze zur Arbeit, bin aber in Gedanken beim Mittagessen, kaufe ein, vergesse die Hälfte, komme nach Hause, räume den Frühstückstisch ab, koche. Kümmere mich um den Haushalt, das Essen brennt an. Dann kommen die Kinder, mäkeln am Essen rum. Dann will ich eigentlich in den Garten, weil ich das so liebe. Aber dann ist immer irgendwas, dann kommt Peter und will auch was essen, und dann bin ich eigentlich schon so müde, weil ich um fünf Uhr aufgestanden bin, aber der Tag will noch nicht enden. Und die ganze Zeit habe ich das Gefühl, neben mir zu stehen. Ich gucke mir beim Funktionieren zu.«

Sie macht eine Pause.

So wie sie da sitzt, wird mir klar, dass über der Couch unbedingt ein Bild hängen muss. Irgendetwas Großes. Mein Blick rutscht runter, wo diese Frau gerade ganz klein in den Seilen hängt.

So sollte mein Neuanfang nicht aussehen. Eigentlich war ich nur gekommen, um die Räume mal auszumessen, um mir ein Bild zu machen, wo ich was hinstellen möchte. Und um mir klar zu werden, von was ich mich trennen muss. Von dieser Frau zuerst. Dann von meiner riesigen Küche. Aber das ist okay. Ich werde den großen Tisch verkaufen und mir eine kleine Bar gönnen. Mit Hockern. Da werde ich morgens einen Milchkaffee trinken und die Zeitung lesen.

»Es hört einfach nie auf. Ich habe nie das Gefühl, fertig zu sein. Also fertig mit den Nerven, das schon. Aber nie fertig im Sinn von Feierabend. Es ist nie gut. Ich räume immer nur weg, aber nie auf. Und immer dieses schlechte Gewissen, weil ich alles so halbherzig und oberflächlich mache.«

Stört es die Frau wohl, wenn ich jetzt einfach rausgehe und meine Pflanze reinhole?

»Ich habe so eine Tafel in der Küche, wo ich immer draufschreibe, was ich noch alles machen muss. Und wo auch die Kinder und Peter aufschreiben, was ich noch alles machen muss. Und diese Tafel ist nie leer. Das macht mich wahnsinnig. Kaum habe ich ›Rasen mähen‹ weggewischt, hat Peter ›Anzug in Reinigung‹ draufgeschrieben. Ich wünsche mir so sehr, dass mal alles getan ist.«

»Und dann warten Sie in Ruhe auf den Tod?«

Ich will mich nicht mit ihr unterhalten. Ich will dieser Konversation nicht neues Leben einhauchen. Eigentlich will ich ja nur, dass sie sich leer redet und wieder geht, aber diese Frage kann ich mir jetzt doch nicht verkneifen. Sie sieht mich völlig entsetzt an. Ihre Augen sind kullerrund. Sie sieht ein bisschen aus wie ein erschrockenes Rosettenmeerschweinchen. Auch wegen der Frisur.

»Stellen Sie sich vor, Sie müssten nie wieder einkaufen, bügeln, kochen, Knöpfe annähen, Rasen mähen, Altpapier wegbringen, den Wagen in die Werkstatt bringen, Kuchen für einen Geburtstag backen, die Schwiegermutter zurückrufen, Fenster putzen, aufräumen, Unkraut zupfen – was würden Sie dann machen?«

Sie überlegt. Eigentlich könnte ich jetzt das Maßband rausholen und mal messen, wie lang das Wohnzimmer eigentlich ist. Aber das würde wahrscheinlich doch sehr unhöflich wirken. Sie überlegt immer noch. Das könnte sie doch eigentlich auch zu Hause machen. Vielleicht während sie sich um ihre Kinder und die Küche kümmert. Ach nee, die Kinder hatten Mama ja weggeschickt, damit die mal mit irgendjemandem redet. Das Irgendjemand hat die gute Mutti sehr wörtlich genommen.

Wie kommt man wohl auf die Idee, in ein fremdes Haus zu gehen, zu einer völlig fremden Frau und die Karten auf den Tisch zu legen? Quasi. Ist das ein ganz neuer Trend, den ich nicht mitbekommen habe? So wie sich Jugendliche per Internet zu völlig sinnlosen Aktionen verabreden. So was wie den McDonald's am Potsdamer Platz leer zu futtern? Ist das hier so etwas wie Problem-Blind-Dating? »Tippe mit dem Finger auf irgendeine Adresse im Telefonbuch, fahr hin und drehe deine Seele auf links«?

»Ich würde spazieren gehen. Oder neue Blumen pflanzen.«

Für diese Antwort hat sie jetzt ungefähr zehn Minuten gebraucht. Wie tief waren diese Wünsche wohl vergraben? Und mit wie viel Unkraut zugewuchert?

Vielleicht sollte ich die Frau gegen meinen Gummibaum eintauschen. Also: sie ins Auto, den Baum in die Wohnung. Und dann sollte ich meinen unangemeldeten Besuch zu einem Arzt bringen. Vielleicht gibt es ja Medikamente gegen unkontrollierten Redebedarf. Mir fällt ein, dass es Mittwoch ist. Mittwochnachmittag. Ende Juli. Das heißt, fast alle Praxen sind dicht, und die Hälfte der restlichen Doktores weilt im Urlaub. Mist.

»Dann fahren Sie jetzt nach Hause, spazieren zum nächsten Blumenladen, kaufen ein paar nette Pflanzen und buddeln die im Garten ein«, schlage ich mit sanfter Stimme vor. »Suchen Sie genau die Blumen aus, die Sie mögen. Keine praktischen Blumen wie Bodendecker oder so einen Quatsch. Etwas, das gute Laune macht«, ermuntere ich sie weiter und versuche einen abschließenden Tonfall anzuschlagen.

Sie nickt. Und wirkt dabei ganz ernsthaft glücklich. Ich gucke auf meine Uhr, was sie richtig interpretiert und sofort aufsteht.

Ganz fest drückt sie meine Hand. »Danke. Bis zum nächsten Mal dann.«

Welches nächste Mal?

Hilfe.

Will sie wiederkommen, wenn sie die Pflanzen zum Blühen gebracht hat? Und was soll ich ihr dann raten? Einen Besuch beim Friseur am besten. Könnte ich sie wohl bitten, kurz meinen Wäscheberg wegzubügeln beim Reden? Das wäre doch ein guter Deal. Oft redet es sich ja besser, wenn man was zu tun hat. Deswegen soll man doch beim ersten Date auch essen gehen, oder?

2

Ich habe nur kurz Zeit, um mich von diesem merkwürdigen Besuch zu erholen. Und gar keine, um endlich das Maßband zu zücken. Meine Handtasche vibriert. Als ich sie öffne, ertönt die Internationale. Ich muss unbedingt mal den Klingelton ändern. Das kommt nicht überall gut an.

»Mama, wo bist du?«, höre ich meine Tochter.

Früher haben sich die Leute am Telefon mit ihrem Namen gemeldet. Jetzt heißen alle »Wobistu«.

»In der neuen Wohnung.«

Annalena jauchzt fast.

»Jetzt kannst du es gar nicht abwarten, was? Ich habe dir gleich gesagt, dass es die richtige Entscheidung ist. Du musst einfach raus aus dem Haus. Das ist nur Ballast für dich, nur steingewordene Erinnerung. Glaub mir, es wird dir in der neuen Wohnung gefallen.«

Sie tut wieder so, als sei ich vierundachtzig Jahre alt und hätte mich jahrelang geweigert, in ein Heim für betreutes Wohnen zu ziehen. Als hätte ich mich mit altersbefleckten Händen an meinen abgeschabten Sessel geklammert und mich mit meinen rheumatischen Knochen gesträubt, mein vergilbtes und verstaubtes Wohnzimmer zu verlassen.

Ja, verdammt, es ist mir schwergefallen, unser Haus zu verkaufen, auch wenn ich erst zweiundfünfzig Jahre alt bin. Drei Abende habe ich in meinem Lieblingssessel (den es natürlich wirklich gibt) gehockt und geheult. Ich hatte mir sogar extra so eine praktische Taschentuchbox gekauft. Wenn Frauen in Filmen da Blatt für Blatt rausziehen, sieht das auf eine tröstende Weise theatralisch aus. Die Wirklichkeit ist anders. Verheulte Augen, eine verrotzte Nase, ein stetiges Schniefen sind nicht theatralisch. Nur traurig. Ich hatte das Gefühl, dass es doch erst ein paar Jahre her ist, dass Rolf und ich das Haus gebaut haben. Eine eigene Dehaha. Wir wollten alles richtig machen. Hochzeit. Haus. Kind. In der Reihenfolge. Hat so gerade geklappt. Die Farbe war noch nicht trocken, da lag ich in den Presswehen. Zwei Tage vor Annalenas Geburt habe ich noch lila Blumen auf ihre Tapeten gepinselt. Ich glaube manchmal, die Dämpfe, die ich dabei eingeatmet habe, haben ihr nicht gutgetan. Was waren wir damals stolz. Auf den Vorgarten, den Sandkasten, die Gästetoilette, die elegante Holztreppe, die modernen Fliesen. Es war genauso wie im Katalog. Dass das Baby die ersten drei Monate dauerschreien würde, hatte nirgends gestanden, aber Rolf und ich haben es stoisch ertragen.

In zwei Monaten werden die Dickmanns in unser Haus einziehen. Wahrscheinlich hätte ich auch schon früher einen Käufer gefunden. Die ersten Interessenten hatte ich nur widerwillig durch die Räume geführt. Hatte auf die Sprünge in den Fliesen, die Risse in den Wänden gezeigt. Es sollte keiner sagen, dass ich nicht ehrlich wäre. Ernsthaft habe ich auf den zunehmenden Verkehr und die schlechte Parkplatzsituation hingewiesen. Ich habe von den vielen lärmenden Kindern in der Nachbarschaft erzählt, für die der Begriff »Mittagsruhe« ein Fremdwort sei. Die Dickmanns selber haben keine Kinder. »Keine eigenen, aber wir sind Lehrer und haben deswegen ganz, ganz viele kleine Mäuse«, hatte Frau Dickmann gesingsangt und mit festerer Stimme nachgeschoben, dass sie das Wort »Mittagsruhe« durchaus eindrucksvoll vermitteln könnte. Ich glaubte ihr sofort. Es war ein verzweifelter Kampf gewesen. Auf jeden Mangel, den ich ans Tageslicht zerrte, hatten sie eine Antwort. Sprünge in den Bodenfliesen? Kommen eh Teppiche drüber. Risse in der Wand? Bild davor. Keine Badewanne? Baden kostet eh zu viel Energie, und im Alter kommt man ja eh nicht mehr in eine tiefe Wanne. Am Schluss hatte ich sogar den Maulwurf erwähnt, der sich jedes Frühjahr durch unseren Garten gegraben hat. Mir wurde klar: Ich wollte nicht wirklich verkaufen. Ich wollte nur behaupten können, dass ich es ja versuche. Aber die Dickmanns wollten kaufen. Unbedingt. Und zwar mein Haus. »Ein Maulwurf? Wir werden mit pubertierenden Mädchen fertig, da schockt uns ein Maulwurf ganz bestimmt nicht«, hatte Herr Dickmann gelacht. Das Tier tat mir plötzlich leid.

Zwei Tage später saßen wir beim Notar.

Die Tür war noch nicht ins Schloss gefallen, als mir Annalena und ihr Freund vorschlugen, doch jetzt schön essen zu gehen. Ich wollte erst sagen, dass ich sonst auch nicht hässlich gehe.

»Du könntest uns doch jetzt eigentlich hübsch ausführen« waren genau die Worte meiner Tochter gewesen. Für mich klang das wie nach Leichenschmaus. Ich hatte nur knapp geantwortet, dass ich keine Zeit hätte, weil ich jetzt shoppen gehen würde. Ich habe versucht dabei so zu gucken, als wollte ich den gesamten Kaufpreis des Hauses in Edelboutiquen und Juwelieren anlegen. Annalena hatte wirklich ein bisschen panisch ausgesehen. Ich hatte den beiden noch kurz zugewunken und war vorbei an Kaufhof und Karstadt in eine Boutique gegangen, wo ich mir ein nachtblaues Seidenkleid gekauft habe, das ich niemals anziehen werde, weil es mich immer an den Verkauf des Hauses erinnert und ich einfach nie irgendwo eingeladen bin, wo man ein nachtblaues Seidenkleid unauffällig tragen kann. Und ich ziehe mich lieber unauffällig an. Immerhin habe ich mir danach noch einen Jeansrock und einen rostroten Strickpulli gekauft. Die Teile waren so gesichtslos, dass sie in der Masse meiner Kleidung untergehen und keinerlei Erinnerung speichern können. Und doch wieder von Kaufhof. Da kann man sicher sein, dass einen keine Verkäuferin belästigt. Dabei habe ich nichts zu verbergen. Ich trage Größe achtunddreißig und habe keinerlei besonderen Defizite, die es zu verhüllen gibt. Und trotzdem. Ich kann mir meine Sachen alleine aussuchen. Das mache ich seit über dreißig Jahren. Ich kenne nur *eine* Frau, die es liebt, sich bei der Wahl der Kleidung beraten zu lassen. Die hat eine Figur hart an der Grenze zur Fettleibigkeit und geht bevorzugt zu Ulla Poppen, um da nach den »kleinen Größen« zu fragen. Kann ich irgendwie verstehen.

Mir fällt auf, dass Annalena still ist. Die letzten Minuten hatte sie irgendwas erzählt. Jetzt schweigt sie. Wahrscheinlich hatte sie was gefragt und wartet auf eine Antwort.

»Wie bitte? Ich habe dich gerade nicht verstanden. Ich habe hier wohl ein kleines Funkloch.«

»Ich habe dich gefragt, ob du heute Abend nicht zum Essen kommen möchtest. Seit Papa tot ist, ernährst du dich wirklich schlecht. Kochst du überhaupt für dich? Ich glaube nicht. Also: um halb acht bei uns.«

»Ich muss hier noch die Räume ausmessen. Das könnte knapp werden.«

»Du hast eine Wohnung, Mama. Kein Schloss mit zweiunddreißig Zimmern. Das wird also wohl kaum mehrere Stunden dauern. Außerdem wird es eh irgendwann dunkel, und soweit ich weiß, hast du noch kein Licht da, oder?«

Argumentieren kann sie.

Das hat sie nicht von mir.

Kochen kann sie nicht. Das hat sie von mir. Der Unterschied ist allerdings: Ich weiß, dass ich nicht kochen kann, und lasse konsequent die Finger davon. Annalena hingegen glaubt immer noch, dass sie es kann. Kochen. Dabei kocht sie gar nicht wirklich, sie erhitzt. Sie kauft bergeweise Fertiggerichte und kombiniert die immer wieder neu. Wenn es hochkommt, schüttet sie noch einen Salat (natürlich schon gewaschen und gerüstet. Was immer das ist) in eine Schüssel und kippt Dressing aus der Flasche drüber.

Ihr Vater war Koch. Was schon fast tragikomisch ist. Rolf und ich waren zwei Mal bei Annalena und ihrem Freund zum Essen eingeladen. Beim zweiten Mal hatte Rolf behauptet, er würde gerade heilfasten und würde gerne nur ein Glas lauwarmes Wasser haben.

»Aber warum hast du das denn nicht gesagt, dann hätten wir das Essen doch verschoben«, hatte Annalena erstaunt gefragt.

Eben, hatte ich nur gedacht. Beim »Guten Appetit« hatte Rolf mich fast mitleidig angeguckt. Aber er wusste ja auch, wovon ich mich ernährt hatte, ehe ich ihn kennenlernte, und dass mein Magen so einiges aushält.

Nachdem Rolf das erste Mal für mich gekocht hat, hätte ich alles für ihn getan. Nackt seine Wohnung gestrichen, einen Koffer Kokain aus Thailand in die Türkei geschmuggelt, meine Lippen aufspritzen lassen. Es hatte ein dreigängiges Menü gegeben, wobei das Hauptgericht auch noch mal aus drei Elementen bestand, die wirklich alle zeitgleich gar waren. Für mich war das Zauberei. Ich hatte bis zu dem Zeitpunkt drei der vier Platten meines Herdes gar nicht benutzt. Für mich waren sie immer nur eine Art stiller Reserve gewesen.

3

Als ich pünktlich um halb acht bei meiner Tochter auflaufe, ist der Herd wie erwartet leer. Dafür ist es im Backofen eng. Auf dem obersten Rost stehen zwei Aluschalen. Ich vermute irgendwas »à la bordelaise«. Auf dem Blech darunter bräunen Kartoffelwedges, und ganz unten platzen gerade Tomaten auf. Na, wenn das kein Festmahl ist. Ich denke an die Frau heute Nachmittag. Die wäre wahrscheinlich froh, wenn ihre Kinder mal für sie den Backofen anschmissen. Es geht mir sofort ein bisschen besser. Ich weiß, dass das kein feiner Zug ist, aber das Gespräch mit dieser Frau hat mich irgendwie zufriedener gemacht. Ich finde es so beruhigend zu merken, dass es anderen auch schlecht geht. Eigentlich gemein.

Torsten trägt heute Abend ein Halstuch. Annalenas Freund war noch nie so ganz mein Fall, aber dieses pastellgelbe Tuch ist richtig albern. Fein säuberlich hat er es in sein Oberhemd gesteckt. Ich bin versucht ihn zu fragen, ob er Halsschmerzen hat. Wir hatten schon keinen guten Start, und das hält bis heute an. Er hatte sich seinerzeit mit »Torsten ohne Haar« vorgestellt. Ich mochte ihn. Ich finde es gut, wenn Leute über sich selber lachen können. Den ganzen Abend hatte ich ihn mit »Torsten ohne Haare« angesprochen. Bis Annalena mich irgendwann zur Seite genommen hatte. Ihr neuer Freund hieße Torsten ohne »h«. Also nicht Thorsten. Und ich solle jetzt bitte aufhören, blöde Bemerkungen über seine beginnende Glatze zu machen. Torsten würde sich ja schließlich auch nicht abfällig über äußere Aspekte meiner Erscheinung äußern. Aus Selbstschutz hatte ich damals nicht gefragt, was sich denn wohl so anböte, ihrer Meinung nach.

Jetzt guckt Torsten, der mir auch geöffnet hat, auf die Uhr. Ich denke erst, er will überprüfen, ob ich auch pünktlich bin.

»In drei Minuten können wir essen«, droht er.

»Hallo Ma«, ertönt es in diesem Moment hinter mir. Ich drehe mich um, und Mireille Mathieu steht vor mir.

»Was ist mit deinen Haaren passiert?«, frage ich meine Tochter erschrocken.

Sie schüttelt die Prinz-Eisenherz-Pracht, und jedes einzelne Haar fällt wieder an seinen vorgesehenen Platz.

»Schön, ne? Ich war die Fransen einfach leid. Es sah vorher immer so ungepflegt aus.«

»Ja?«

Ich sage ihr jetzt nicht, dass sie mit vierzehn ungepflegt ausgesehen hat. Mit strohigen Haaren, die splissig waren vom vielen Färben. Mit schwarzem abblätterndem Nagellack. Mit schwarzem Eyeliner in Edding-Stärke.

»Torsten findet es auch gut«, unterstreicht Annalena.

Wieso auch?

Die Backofenuhr beendet dieses peinliche Gespräch zum Glück, sonst hätte ich noch so etwas gesagt wie: »Sieht echt flott aus.«

Zehn Minuten später wünsche ich mir sehnlichst ein Gespräch über Frisuren, von mir aus auch über Haarentfernungen oder anderen Schnickschnack. Ich hatte den Fehler gemacht, Torsten zu fragen, wie es denn im Studium läuft. Er kontert mit einem ausschweifenden Monolog über die Bedeutung von Wirtschaftswissen im Allgemeinen und über seine eigene Bedeutung im Besonderen. Dann erläutert er mir kurzerhand das Entstehen der Weltwirtschaftskrise, die – so scheint es – alleine von ihm hätte abgewandt werden können. Es ist ja nicht seine Schuld, dass ich mich für so entscheidende Dinge wie die Gründung von »Bad Banks« nicht interessiere. Ich schäme mich fast für mein naives Desinteresse. Auf der anderen Seite: Er schafft es, zehn Minuten zu dozieren, ohne seine Stimme ein einziges Mal zu erheben. Oder zu senken. Ich habe Angst, binnen weniger Minuten in eine Art Wachkoma zu verfallen. Ich mache, was ich bei langweiligen Essen immer mache: Ich rede mit meinem Teller. Nicht laut natürlich. Ich frage den Fisch, wie er Schuppen bei Menschen findet. Ich verrate den Tomaten, dass es ein Leben nach den Kühlhäusern gibt. Ich stelle mir vor, wie das Filet zu den köchelnden Kirschtomaten säuselt, dass sie aber heiße Früchtchen seien. So ein Quatsch. Nur um nicht einzuschlafen. Keine Frage: Der Freund meiner Tochter wäre der perfekte Politiker. Vielleicht sollte ich mich vor meiner nächsten Zahnarztbehandlung von Torsten einfach in eine Art Trance reden lassen. Obwohl: So schlimm sind diese Spritzen beim Zahnarzt ja auch gar nicht mehr.

»Schmeckt es dir?«, fällt Annalena Torsten einfach ins Wort. Sie wartet noch nicht mal eine Atempause ab.

So macht man das also.

Ich habe meinen Fisch mit den Tomaten bedeckt und versuche so, alle Bestandteile des Menüs in eine annehmbare Temperatur zu versetzen. Die Tomaten hatten ungefähr fünfhundert Grad Celsius, der Fisch war nicht nur mau, sondern auch lau.

»Ja, danke.«

Wann ist man eigentlich feige und wann höflich?

Ich bereue einmal mehr, zugelassen zu haben, dass Annalena sich von Tom getrennt hat. Tom war unglaublich unterhaltsam. Gut, vielleicht eine Spur unkonventionell. Und er hatte auch durchaus eine etwas andere Einstellung als ich zu der

Frage, wie sauber eine Jeans sein muss, damit man sie noch anziehen kann. Und er war auch etwas laut. Ich denke, das hing mit seinem Beruf zusammen. Er arbeitete als Sozialarbeiter in einer Wohngruppe für schwer erziehbare Jugendliche. Rolf und ich haben mehrfach darüber nachgedacht, ob das wohl der Grund war, warum Tom sich in Annalena verliebte. Tom hatte leider auch eine sehr entspannte Einstellung zum Thema Zeit. Meistens kam er zu spät zu Verabredungen mit Annalena. Das führte vor allem in der Endphase der Beziehung dazu, dass Rolf und ich einige witzige Abende mit Tom verlebten. Ohne Annalena. Denn die hatte oft schon wutentbrannt über ihren unzuverlässigen Lover das Haus verlassen, um sich bei einer Freundin auszuheulen. Aber nur weil Annalena nicht da war, ging Tom nicht gleich wieder. Er setzte sich zu uns, freute sich wie ein Kind, wenn Rolf ihm noch eine warme Mahlzeit servierte, und wir quatschten. In den Gesprächen mit ihm kam ich mir immer ziemlich jung vor. Als Tom irgendwann spontan zu einem Urlaub nach Portugal aufgebrochen war und Annalena erst informierte, als er schon am Strand lag, zog sie den Schlussstrich. Irgendwie konnte ich sie ja auch verstehen, aber trotzdem hätte sie sich ja nicht gleich das komplette Gegenteil anlachen müssen. Torsten würde niemals zu spät zu irgendetwas kommen. Irgendwann habe ich erlebt, wie er zu Annalena sagte: »Fünf Minuten vor der Zeit, das ist die wahre Pünktlichkeit.« Das hatte mich wütend gemacht; erstens, weil jetzt so ein hergelaufener Wirtschaftsjunkie versuchte, unsere gescheiterte Erziehung zu retten. Zweitens fand ich den Spruch so altbacken wie Torstens Kleidungsstil, und drittens ist er einfach Quatsch. »Zu früh zu kommen ist auch unpünktlich«, hatte ich mich eingemischt. Torsten hatte damals sein ›frivoles‹ Lächeln aufgesetzt, bei dem man seine zu große Backenzahnkrone sieht, und geäußert: »Ich komme nie zu früh.«

Bäh!

Mittlerweile habe ich Fisch und Co im Magen, und wir plaudern noch ein bisschen über die neue Wohnung, über das deutsche Bildungssystem, über die Gefahr von Zeckenbissen und die neuen Tchibo-Angebote. Glaube ich zumindest. Meine Gedanken schweifen immer wieder ab. Zum Beispiel zu dieser fremden Frau. Wahrscheinlich isst sie auch gerade zu Abend. Göttergatte Peter hat gerade noch »Hemden bügeln!!!!« auf die Tafel geschrieben und kaut missmutig vor sich hin. Der Sohn stopft beidhändig Wurstbrote in sich rein und teilt Mama mit, dass seine Sportsachen dreckig sind, er sie aber sauber für ein Spiel bräuchte. Die Tochter schiebt sich eine geachtelte Tomate in den Mund und schreibt unaufhörlich SMS. Irgendwann stehen alle auf – außer Mutti. Die macht die Küche, bügelt, wäscht und leidet. Was habe ich dieser Frau geraten? Sie solle ein paar Blumen pflanzen? Da hätte ich ja gleich sagen können: Fangen Sie doch einfach schon mal an, sich hübsche Friedhofsarrangements auszusuchen. Ich hätte sagen sollen: »Verlassen Sie auf der Stelle das Chauvi-Schwein. Und Ihre Kinder sollen in ihrem eigenen Chaos versumpfen. Wenn sie nicht durchkommen, haben sie es nicht anders verdient. Leben Sie das Leben wild und gefährlich.« Vielleicht hat Mutti aber auch übertrieben, wahrscheinlich ist das eine ganz normale Familie. Ich hätte ihr mitteilen können, dass sie doch verdammt froh sein soll, dass ihr Mann erstens noch lebt und zweitens sogar jeden Abend nach Hause kommt. »Und Ihre Kinder nehmen keine Drogen? Gehen regelmäßig zur Schule? Worüber genau beklagen Sie sich noch mal?«

»Noch ein Gläschen Wein?«, stört Torsten meine Gedanken. Er gießt mir einfach etwas ein, ohne meine Antwort abzuwarten. Er hat vor einigen Monaten ein dreistündiges Weinseminar besucht und spielt sich seitdem auf, als sei er Hobbywinzer. Kann ja sein, dass seine Tropfen teuer sind. Sie schmecken trotzdem scheußlich. Halbtrocken! Mehr muss man wohl nicht sagen. Torsten ist seinem eigenen Gespräch von Frankreich als Anbaugebiet über die deutsch-französische Idee Europas zu der Frage gefolgt, ob Deutschland wirklich von einer *Frau* aus dem *Osten* (was davon für ihn als westdeutscher Mann schlimmer ist, habe ich noch nicht herausgefunden) regiert werden dürfe. Ich verweigere ihm die weitere Folgschaft, unterdrücke ein Gähnen, bis ich Tränen in den Augen habe, und schaffe es, mich vor halb zehn zu verabschieden.

4

Als ich später am Abend auf der Terrasse sitze und versuche, den Abend mit einem Glas Wein – aus dem Supermarkt und trotzdem lecker – in den Abgrund meines Verdauungstraktes zu spülen, kommt die Wut wieder. Er sollte jetzt hier sein und mit mir über diesen Abend ablästern. Ich möchte jetzt mit Rolf über Gerichte à la bordelaise lachen und mit kleinen feinen Käsehappen das Aroma von Geschmacksverstärkern von der Zunge vertreiben. Wir würden überlegen, ob wir die seriöse Annalena besser finden als die flippige, die mit uns permanent über fleischlose Ernährung, die Vorzüge des Kommunismus und längere Ausgehzeiten diskutieren wollte. Aber er hat sich verpisst. Ist einfach so gestorben. Genau so, wie er es wollte. Natürlich wollte er das noch nicht jetzt, aber irgendwann hatte er mal gelacht. »Einfach aufwachen und merken, dass man gestorben ist, das wäre es.«

Ich bin in der Nacht damals wach geworden und habe sofort gemerkt, dass etwas anders war. Habe gespürt, dass die Luft stillstand. Ich weiß nicht, wie lange ich die Wand angesehen habe, ehe ich mich endlich umdrehte. Die ganze Zeit hatte ich gehofft, ein Atmen von ihm zu hören oder seine Füße zu spüren, die nach meinen tasten. Als ich dann endlich den Mut gefunden hatte, mich auf die andere Seite zu rollen, war ich nicht erschrocken. Ich hatte einfach die Gewissheit. Ich bin noch ein paar Minuten liegen geblieben, habe das geliebte Gesicht angesehen. Wie versteinert. Ich. Rolf sah eigentlich aus wie immer morgens. Wie ein verknitterter kleiner Junge. Nur die Brust hob sich nicht mehr. Ein paar Wochen später erst habe ich mich getraut, habe unseren Arzt gefragt, ob es was gebracht hätte, wenn ich versucht hätte, ihn wiederzubeleben. Er hat verneint. Rolf ist mitten in der Nacht gestorben. Eine Hirnblutung hat ihm mit dreiundfünfzig Jahren sein Leben gestohlen. Ich bin immer noch traurig. Aber immer öfter bin ich auch zornig. Er hat mich einfach zurückgelassen mit dem Haus, Aktenordnern voll Versicherungskrams und zwei Händen voll ungelebter Träume. Ein paar Jahre hatte er noch als Koch arbeiten wollen, als Show-Koch und als Lehrer in der Hotelfachschule. Danach wollten wir nach Italien. Ein klitzekleines Ristorante aufmachen. Nur vier oder fünf Tische. Wir wollten Weinseminare anbieten, Themenwochen, einfach ganz außergewöhnliche kulinarische Erlebnisse. Ein Fünf-Gang-Menü am Strand, dinieren im völlig dunklen Raum. Ich hätte gerne Ausstellungen dazu gehabt. Kleine Skulpturen aus Stein, Schmuck, Kreidebilder. Ich konnte es schon genau vor mir sehen. Ein altes Haus in einer kleinen Hafenstadt. Die Eingeborenen (darf man das so sagen?) hätten uns natürlich am Anfang ganz kritisch beäugt. Aber dann hätte Rolf einen riesigen Tisch voll mit seinen köstlichen Antipasti vor der Tür aufgebaut, und nach und nach wären die Menschen gekommen. Erst die jungen, dann auch die alten. Viele Flaschen guten, schweren italienischen Rotweins später hätten wir dazugehört. Manchmal konnte ich sogar schon das Meer riechen.

Und jetzt sitze ich hier in einem zu großen Haus mit meinen großen leeren Lebenshoffnungen. Meine Seele fühlt sich an, als sei ein Sandsturm darüber gefegt. Alles ist wund. Verletzlich. Das ist so gemein. So fürchterlich gemein. Als ich genug Tränen vergossen und genug Wein getrunken habe, gehe ich in Annalenas Zimmer. Seit Rolfs Tod schlafe ich dort. Ich nehme lieber die Rückenschmerzen in Kauf, als jeden Morgen mit

Blick auf das leere Kopfkissen aufzuwachen – mit einem Gefühl, dass jemand mein Herz auswringt wie einen Aufnehmer.

So schwer es mir gefallen war, unser Haus zu verkaufen, so schnell ging es, eine neue Wohnung zu finden. Es war mir einfach zu unwichtig. Gut, die neue Bleibe sollte nicht direkt an der Autobahnauffahrt sein und auch nicht in der Nähe des Bahnhofs, wo unsere armselige Drogenszene – bestehend aus drei bis vier friedlichen Alkoholikern – nächtigte. Aber ansonsten hatte ich keine Ansprüche. Nach drei Besichtigungen hatte ich mich für eine hübsche Erdgeschosswohnung entschieden, und Torstens Bemerkung, dass Erdgeschosswohnungen ja auch im Alter sehr gut seien, überhört. Das Haus war so neu, dass die Armaturen und Türen noch gut aussahen, und schon so alt, dass die Bepflanzung rundherum schon gediehen war. Auch der Abschied aus meiner alten Straße würde kein Problem sein. Zu viele von denen, die damals mit uns gebaut hatten, waren schon weg. Zwei Ehemänner waren – wie Rolf – für immer gegangen. Zwei andere nur zu anderen Frauen. Michael und Ulrike von gegenüber hatten fünf Jahre lang versucht, Nachwuchs zu zeugen, um das Kinderzimmer zu bevölkern. Genervt hatten sie irgendwann aufgegeben und sich eine schicke Stadtwohnung mit riesiger Dachterrasse gekauft. Drei Monate später war Ulrike schwanger gewesen.

5

Am Freitagabend bin ich erst um kurz nach elf Uhr mit dem Auszeichnen der Möbel fertig. Um 23.10 Uhr klebe ich den letzten Preis auf die Wohnzimmerlampe. Mein T-Shirt klebt an mir, weil es auch abends nicht richtig kühl wird. Mein Rücken schmerzt und sagt mir vorwurfsvoll: Marita, du bist zweiundfünfzig Jahre alt. Warum hast du nie gelernt, wie man sich richtig bückt? Meine Jeanstaschen sind ausgebeult von verrotzten Tempos. Und plötzlich glaube ich, dass das Ganze keine gute Idee ist. Dass das sogar eine verdammt schlechte Idee ist. Vor ein paar Wochen hatte ich mir alles so schön ausgemalt. Wenn ich schon mein Haus verkaufe, kann ich auch die Möbel und den ganzen anderen Krams verscherbeln. Ich will nicht viel mitnehmen in die neue Wohnung: nicht das Schlafzimmer, nicht die Couch, die ganze Küche nicht und all die anderen Möbel, die sich im Laufe der Zeit so angesammelt haben. Ich will neu anfangen, und das kann ich nicht, wenn ich zwischen drei Millionen Erinnerungen hocke. Immer wenn ich den Schuhschrank ansehe, werde ich mich daran erinnern, wie ich ihn aufgebaut habe. Ganz allein, weil Rolf irgendwo auf einer Hochzeit kochte. Ganz stolz habe ich mit dem Inbusschlüssel hantiert, die Schubladen zusammengesetzt, die Rückwand festgenagelt. Als ich den Schrank dann aufgestellt habe, musste ich feststellen, dass ich vorne und hinten irgendwie vertauscht hatte. Ich hatte die Rückwand mit geschätzten fünfzig Nägeln auf die lackierten Seiten gehämmert, vorne leuchteten die

Pressholzkanten. Rolf hat den ganzen Sonntag gebraucht, um die Nägel ganz vorsichtig wieder rauszuziehen. Die Einstichstellen habe ich dann mit weißem Nagellack gefüllt. Nur wenn man das weiß, sieht man sie noch. Die Löcher schmerzen mich nicht. Aber die Erinnerungen an die kleinen Sticheleien von Rolf. Liebe Gemeinheiten wie: »Du kannst doch schon nicht kochen, wieso kannst du dann nicht handwerken?«

Alle unsere Möbel haben ihre Geschichte und Geschichten, und die will ich nicht mit in die Zukunft nehmen. Das Haus ist einfach ein dreidimensionales Fotoalbum der vergangenen zwei Jahrzehnte. Am Nachmittag haben mir Torsten und Annalena geholfen, die wenigen Dinge, die ich doch behalten will, in die Garage zu schleppen. Bei einigen der anderen Möbel hatte ich gehofft, dass Annalena sie behalten möchte. Den antiken Nussbaumnachttisch zum Beispiel, den Rolf von irgendeiner Großtante geerbt hat. Aber sie sagte nichts, sie schleppte nur. Und ich schluckte nur.

Als wir uns einen Kaffee gönnten, freute Torsten sich. Da werde ja einiges zu den Einnahmen durch den Hausverkauf dazukommen. In dem Moment war es mir klar: Er zählte den Erlös mit zu Annalenas Erbteil. Er hatte vielleicht meinen überraschten Blick gesehen und nachgeschoben, dass er und Annalena sich ja bald vergrößern wollten. Ich habe darauf nicht gesagt: »Ein Haus, das groß genug für dein Ego ist, wirst du nicht finden.« Stattdessen habe ich nur angemerkt: »Dann bräuchtet ihr doch eigentlich ein paar neue Möbel.«

»Genau. Neue Möbel«, hatte er geantwortet.

Arschloch.

Das habe ich natürlich auch für mich behalten. Wieder einmal.

Vielleicht stand die ganze Aktion von dem Moment unter einem schlechten Stern. Ich hatte es mir so vorgestellt: Die ganzen Interessenten kommen (ich hatte Anzeigen im heimischen

Blättchen geschaltet). Mit bewunderndem Blick ob dieser außerordentlich schönen Einrichtung würden sie durch das Haus streifen, wir würden bei ein oder zwei Gläschen Sekt ein bisschen plaudern. Irgendwann würden die lieben und großzügigen Menschen sich für die Stühle oder die Küchensitzecke entscheiden, sie adoptieren, und ich wüsste meine Möbel in guten Händen. Vielleicht würde ich mir sogar die Adressen der neuen Eltern aufschreiben. Immerhin soll man das auch machen, wenn man junge Katzen verschenkt. Nicht dass mein Nussbaumnachttisch nächste Woche beim Trödelmarkt auf dem Kaufland-Parkplatz verschachert wird.

Ich wache am Samstag früh auf. Auf dem Weg zur Toilette reiße ich das Preisschild von der Stehlampe im Flur. Ich habe kurzfristig beschlossen, sie doch zu behalten, auch wenn ich noch nicht weiß, wohin ich sie stellen werde. Eine Stehlampe (die leider nicht mehr Helligkeit als ein Teelicht verbreitet) kann man ja immer mal brauchen. In dem Licht sehe ich glatt zehn Jahre jünger aus. Es wäre ein Frevel, die Lampe zu verkaufen. Ich komme mit zwei weiteren Preisschildern von der Toilette. Auch der kleine Frisierhocker und der Handtuchhalter (zweiarmig) sind plötzlich unverkäuflich. Ich ahne: Wenn ich so weitermache, ist um zehn Uhr nur noch meine alte Hanni-und-Nanni-Sammlung zu verkaufen. Ich zwinge mich, alle abgerissenen Preisschilder wieder anzubringen.

Als um halb elf die ersten Interessenten klingeln, habe ich bereits drei Sekt getrunken. Statt Frühstück. Sie interessieren sich für die vier Esszimmerstühle.

»Passen die denn überhaupt zu Ihrer Einrichtung?«, frage ich skeptisch.

Die beiden sind Anfang zwanzig.

»Wir stehen auf antike Möbel«, antwortet die Blondine frech.

Dumme Kuh. Ich fühle mich selber plötzlich renovierungsbedürftig.

Annalena kommt auch endlich und fängt an die Stühle anzupreisen. Wie robust die seien und gleichzeitig formschön. Ich setze mich auf einen und wackele.

»Einer knarrt leider ganz schön«, verkünde ich wippend. »Wir haben schon alles probiert, er hört einfach nicht auf«, behaupte ich.

»Holz lebt eben«, kommentiert der Begleiter.

Annalena steht hinter den beiden und zeigt mir einen Vogel.

»Möchten Sie dann nicht auch den Tisch nehmen?«, mischt sie sich wieder ein. Ich hole Luft, will gerade von den Macken in der Tischplatte anfangen, als meine Tochter mir ins Wort fällt.

»Mama, ich glaube, es hat geläutet.«

Auf dem Weg zur Tür ziehe ich noch schnell das Preisschild vom Klavier. Ich weiß noch nicht genau, wohin ich es in der neuen Wohnung stellen will, aber mir wird plötzlich klar, dass ich es *auf gar keinen Fall* verkaufen kann. Vor der Tür steht ein Mann, der angibt, sich für eine neue Küche zu interessieren.

»So eine große Küche für Sie ganz allein?«, frage ich erstaunt.

»Vielleicht bin ich ja nicht immer alleine«, antwortet er nett.

In meinen Ohren klingt das wie: »*Ich* bin noch jung genug für eine Partnerschaft, *Sie* ziehen sich gerade in die Einsamkeit des Altenteils zurück.« Ich weise ihm nur kurz den Weg. Torsten schiebt sich in mein Gesichtsfeld.

»Marita, wir sind ja jetzt da. Du kannst dich jetzt umziehen.«

Mich umziehen? Was soll ich denn seiner Meinung nach anziehen? Einen grauen Overall, damit ich beim Verladen der Möbel helfen kann?

Ich gucke langsam an mir runter, gucke, ob ich irgendwo fiese Flecken habe.

»Ich meine nur, dass es ein gutes Licht auf die Möbel wirft, wenn du auch ein bisschen schicker bist«, erklärt mir das haarlose Wesen vor mir. Ich starre ihn an. Wenn das wirklich stimmen sollte, werden alle denken, auf den Möbeln von Torsten und Annalena liegt noch die Schutzfolie, damit bloß nichts passiert. Aber ich habe jetzt einfach keine Lust auf eine Auseinandersetzung. Das ist alles schon schwierig genug. Ich drehe mich um, gehe in mein Schlafzimmer und schnappe mir ein lindgrünes Seidentuch, das ich mir in einem PMS-Anfall mal gekauft habe. Ich drapiere es auffällig um meinen Hals. Als ich die Treppe runterkomme, lächelt mir Torsten tatsächlich zu. Er merkt gar nicht, dass ich mich über ihn lustig mache.

Mein Blick ist auf das Sitzkissen im Wohnzimmer gefallen, und ich habe mich neu verliebt. Ich weiß überhaupt nicht, wie ich auf die Idee kommen konnte, es verkaufen zu wollen. Mit schnellen Schritten durchquere ich den Raum und bringe es eilig nach unten in den Keller, wo ich es hinter der Kühltruhe verstecke.

Torsten versucht sich derweil als Sofaverkäufer. Er erläutert einer jungen Familie die Vorzüge der steingrauen Sitzlandschaft. Man könne liegen, sitzen, mit Freunden einen netten Nachmittag verbringen, ein Nickerchen machen. »Am besten natürlich nicht gleichzeitig. Haha«, schleimt er rum. Die Frau zeigt auf einen kleinen dunklen Fleck. Ich weiß noch, dass das Rotwein ist. Ich weiß sogar noch, wie und warum Rolfs Glas damals übergeschwappt ist. Es tut weh.

»Geht der wohl raus? Haben Sie das schon mal reinigen lassen?«

»Klar, ich habe das gesamte Sofa mit dem Rad zur chemischen Reinigung gebracht, aber die haben das irgendwie nicht in ihre Waschmaschine bekommen«, antworte ich ganz freundlich.

Annalena zieht mich von hinten weg.

»Könntest du wohl noch etwas Sekt reichen, Ma?«, fragt sie, und es klingt eher wie ein Rausschmiss.

Gegen Mittag ist es richtig voll. Ich weiß nicht, wann ich das letzte Mal so viel Besuch hatte. Doch. Ich weiß es. Nach Rolfs Beerdigung. Da waren auch alle der Meinung, ich sollte jetzt nicht alleine sein, und sind ungefragt mit zu mir gekommen. Dabei wäre ich gerne alleine gewesen, aber ich wollte auch nicht undankbar sein. Also habe ich in der Küche gestanden, Kaffee und Tee gekocht, habe Sprudel aus dem Keller geholt, Wein geöffnet. Ich hätte mich besser gefühlt, wenn ich heulend im Bett hätte liegen können. Oder auf der Sitzlandschaft. Aber das macht man ja nicht, wenn Gäste da sind. Haha.

Ich tigere wie eine alte Löwin – können Löwen tigern? – durch das Haus und komme im Flur am Kleiderständer vorbei. Annalena hatte diese Stange auf Rollen extra besorgt. Da hängen Kostüme, Kleider, Mäntel von mir. Das Samtkleid hatte ich auf Annalenas Abifeier an. Rolf und ich hatten ausgelassen getanzt, bis einer meiner Absätze brach. Das bodenlange Kleid mit den lustigen Spiralen hatte ich mir für einen Empfang des Hotel- und Gaststättenvereins gekauft. Ich habe an dem Abend drei Mal gehört, dass einem bei meinem Anblick ja schwindelig werden würde. Erst hatte ich mich gefreut. Als Rolf dann nach mehreren Gläsern Wein gekichert hatte, mein Kleid würde ihn an die Schlange Kaa im Dschungelbuch erinnern, wusste ich, was gemeint war. Kein Wunder, dass das Stück runtergesetzt gewesen war. Der Schottenrock mit der riesigen Sicherheitsnadel ist ein Urlaubsmitbringsel. Ungefähr zehn Sekunden nach unserer Rückkehr wusste ich, dass ich das niemals in heimischen Gefilden tragen könnte. Außer vielleicht zu Karneval. Ich streiche kurz über den (Kunst-) Pelzbesatz meiner Winterjacke. »Darin siehst du aus wie ein Monchichi«, hatte mich Rolf immer geneckt. Ich würde diese Jacke niemals wieder tragen können. Sollen jetzt andere darin als Kunstpelz-Monchichis durchs Leben schreiten. Ich gehe schnell weiter, ehe mir die Erinnerungen von hinten in die Kniekehle treten.

Eine junge Frau steht mit glasigem Blick vor meinem Kleiderschrank. Der ist eher schon ein eigener Raum. Einfach riesig. Nachdem die Möbelleute den aufgebaut hatten (zu dritt!), hatte Rolf sich reingestellt und immer gerufen: »Hilfe, hol mich hier raus, ich habe mich verlaufen.«

»Wie viel soll der denn kosten?«

»Eintausend Euro«, sage ich.

Das verschlägt ihr die Sprache.

»Im Zimmer meiner Tochter steht noch ein kleiner Schrank. Vielleicht wäre das eher was für Sie und Ihren Geldbeutel.«

»So ein Schrank ist mein Traum«, sagt sie nur und schmachtet weiter das Monster an. »Da könnte ich alles reintun. Die Handtücher aus den Regalen, die Bettwäsche aus dem Wandschrank, die Jacken von der Garderobe. Einfach alles. Und dann mache ich die Tür zu, und alles ist so ordentlich«, schwärmt sie.

Die junge Frau hat es erkannt. Genau das ist das Geheimnis des Schrankes. Alles rein, Tür zu. Fertig. Ich mag sie plötzlich.

»Ich habe zwei kleine Kinder. Die haben Unmengen von Klamotten. Ihre Schränke quellen schon über. Das würde alles hier reinpassen.«

Sie steht hier wie vor einem Altar. Und spätestens mit der Erwähnung der Kinder hat sie mich geknackt.

»Okay. Achthundert.«

Sie nickt nur.

»Ihr Mann kann ihn zusammen mit dem Freund meiner Tochter abbauen.«

»Ich habe keinen Mann. Ich bin allein erziehend.«

»Siebenhundert, und der Freund meiner Tochter baut ihn für Sie ab.«

Als sie in meine ausgestreckte Hand einschlägt, fragt sie

noch, ob es eigentlich sehr schwer sei, sein altes Leben aufzugeben. Zuzusehen, wie fremde Leute die Erinnerungen rausschaffen. »Es ist die Hölle«, sage ich nur und bin kurz davor, auf sechshundert runterzugehen. Aber ich habe auch so meine Freude.

»Du hast ihn für siebenhundert Euro verkauft, und ich soll ihn abbauen?« Torsten ist fassungslos.

»Das kannst du schon. Vielleicht kann dir ja ein Freund helfen«, schiebe ich nach. Eigentlich glaube ich gar nicht, dass Torsten einen wirklichen Freund hat.

Ich drehe mich einfach um und gehe zu einer Frau, die meinen Beistelltisch im Wohnzimmer befingert.

»Unten am Fuß hat er eine dicke Schramme«, sage ich laut.

Ich mag diese Frau nicht. Sie hat sich ungefragt in ihrem mausgrauen Kostüm auf meinen Lieblingsplatz gesetzt und fummelt an dem Tisch rum, den ich vor zwanzig Jahren (oder mehr) auf einem Flohmarkt gekauft habe.

»Wenn der Tisch beschädigt ist, müssen Sie wohl mit dem Preis runtergehen«, sagt das Wesen nur. Sie ist ungefähr fünfunddreißig und hat die Aura einer Eisscholle.

»Und die Glasplatte ist natürlich schwer zu reinigen. Da sieht man jeden Fingerabdruck drauf. Aber Sie haben ja sicher keine Kinder«, kontere ich.

»Nein, ich habe eine Karriere«, lächelt sie gefroren.

Von der Seite schiebt sich Annalena ins Bild und mich Richtung Tür.

»Ma, ich glaube, das stresst dich hier alles sehr. Ich kann das auch verstehen. Vielleicht wäre es am besten, du machst einen kleinen Spaziergang und Torsten und ich kümmern uns um den Verkauf.«

Ich gebe mich geschlagen und schnappe mir meine Jacke. Doch ich gehe nicht spazieren, ich setze mich in die Garage zu all den Möbeln, die ich mit in die neue Wohnung nehmen möchte und die wir hier vor den Interessenten in Sicherheit gebracht haben. »Keine Sorge. Ihr bleibt bei mir«, flüstere ich ihnen zu. Ich sitze vor meiner kleinen Schminkkommode und gucke mir in die Augen. Ich würde so gerne jemand anderen sehen.

6

Ich hatte so eine Angst vor dem Moment. Vor dem Augenblick, wenn ich in meiner neuen Wohnung die Tür zumache und mit mir und meinen Möbeln alleine bin. Doch als die vier Männer endlich gehen, bin ich froh. Endlich. Geschafft. Ich gehe zurück ins Wohnzimmer. Das Klavier steht jetzt mitten im Raum. Die Möbelpacker waren natürlich ein bisschen irritiert, als ich sie angewiesen habe, es dort abzustellen.

»Gut, dann lassen wir es erstmal hier und stellen es später an seinen Platz«, hatten sie gesagt und mit den Schultern gezuckt.

»Nein, es soll da stehen bleiben«, hatte ich mit ungewohnt fester Stimme erwidert.

Sie hatten mich angeguckt, als wollten sie sagen: Kein Wunder, dass die keinen Mann hat.

Ich finde, das Klavier steht da gut. Eine Art Raumteiler. Wenn man mal mit einer Tasse in der Hand durchs Wohnzimmer geht und es klingelt an der Tür, kann man hervorragend die Tasse rasch dort abstellen. Oder wenn ich mal einen Hexenschuss habe und nur im Stehen fernsehen kann, kann ich mich prima am Klavier anlehnen. Das ist total praktisch, außerdem gibt es keine freie Wand mehr, wo das schwarze Monster hinkönnte. Jetzt steht mir nur noch ein schwieriger Anruf bevor, und ich kann ins Bett. Annalena meldet sich sofort.

»Hier ist Mama, hallo. Ich wollte dir nur rasch Bescheid sagen, dass der Umzug heute schon war. Ich brauche eure Hilfe morgen also nicht. Ihr könnt euch über einen freien Tag freuen.«

Einundzwanzig, zweiundzwanzig, dreiundzwanzig. Sie braucht wirklich knapp vier Sekunden.

»Heute schon? Wieso das denn? Der Umzug sollte doch morgen sein. Ich habe schon den Wecker gestellt.«

Sie klingt richtig ein bisschen empört.

»Dann stell ihn wieder ab. Ich finde es ja auch sehr nett von euch, dass ihr mir helft, aber ihr habt doch so viel um die Ohren. Da wollte ich einfach nicht, dass ihr euren Samstag opfert. Außerdem haben die Möbelpacker das ganz prima gemacht.«

»Du hast heimlich hinter meinem Rücken den Umzugstermin geändert?«

Sie klingt, als hätte ich gerade zugegeben, eine weitere Geliebte von Jörg Kachelmann gewesen zu sein.

»Ja, genau. Und für morgen habe ich eine Putzkolonne bestellt, die das Haus klarmacht. Wir müssen also gar nicht mehr hin.«

Es dauert erneut vier Sekunden, ehe sie versteht.

»Du hast dich schon vom Haus verabschiedet?«

»Ja.«

Natürlich lüge ich sie an. Ich habe den Umzug alleine über die Bühne gebracht, weil ich Annalena und Torsten nicht dabeihaben wollte, weil sie alles an sich gerissen hätten. Sie hätten die Möbelpacker – und wahrscheinlich auch mich – rumdirigiert, Annalena hätte bestimmt, wie meine Küche eingerichtet wird, wo Töpfe, Tassen, Teller hinkommen, und wahrscheinlich wären sie erst gegangen, wenn auch der letzte Karton ausgepackt gewesen wäre. Dann wären sie noch mal zurückgefahren, mit weidwundem Blick durch das leere Haus gegangen, und all ihre Sätze hätten mit »Weißt du noch?« angefangen. Dabei hat sie ja zum Großteil meiner erinnerungswürdigen Momente schon geschlafen. Das hätte mir den Rest gegeben. Und natürlich hätte Annalena es nie zugelassen, dass jetzt ein Klavier der Mittelpunkt meines Wohnzimmers ist. Es stünde schon jetzt bei ebay.

»Wenn du dich auch noch verabschieden willst, kannst du natürlich jederzeit den Schlüssel haben«, biete ich ihr an.

»Ich kann ihn morgen ja mal mitnehmen. Torsten und ich kommen natürlich, um dir beim Auspacken der Kartons zu helfen.«

Meine Güte, meine Tochter ist aber wirklich penetrant. Müsste es nicht andersrum sein? Dass ich sie beglucke?

»Ehrlich gesagt mache ich das lieber alleine. Ihr wisst ja auch gar nicht, wo ich was haben möchte.«

Das hätte sie wahrscheinlich auch gar nicht interessiert. Schmollend verabschiedet sie sich endlich.

Das Wohnzimmer sieht einfach perfekt aus. Couch, Sessel, Klavier, Schreibtisch, Regale. Sehr aufgeräumt. Oder ausgeräumt. Alle Kartons stapeln sich im Schlafzimmer. Am Ende waren es dann doch gar nicht so viele. Beim Packen hatte ich jeweils drei Haufen gemacht. Muss mit. Weiß noch nicht. Kann weg. Was am Ende unter »kann weg« lag, hätte ich im Zweifelsfall in meine Handtasche bekommen. Schließlich bin ich mit großen blauen Müllsäcken durchs Haus gegangen und habe aussortiert. Meine Devise war: Alles, was ich in den letzten zwölf Monaten nicht gebraucht habe, kann weg. Und das war eine Menge. Sechs Tüten habe ich noch in der Nacht zum Müllhof gefahren. Danach habe ich schnell drei Gläser Wein getrunken, um mich fahruntüchtig zu machen. Nur für den Fall, dass ich nachts aufwache und heftiges Heimweh nach einer Caprihose verspüre, die ich die letzten sieben Jahre nicht getragen habe. Und zwar zu Recht.

7

Mit einem frischen Kaffee in der Hand gehe ich von Raum zu Raum. Das ist jetzt also meine neue Wohnung. Ich fühle mich so leer wie das zurückgelassene Haus. Alles um mich herum ist eigentlich vertraut, und doch ist alles fremd. Ich habe noch keinen Lieblingsplatz, noch keine Gewohnheit. Ich kenne die Geräusche noch nicht. In mir ist alles erstaunlich ruhig. Ich habe bestimmt schon eine halbe Stunde nicht gedacht: »Das muss ich Rolf erzählen.«

Ich bin richtig wütend, als es klingelt. Es wird natürlich Annalena mit ihrem Schatten sein. Wer sollte am ersten Montag in meinem neuen Leben sonst bei mir läuten? Ich habe ja noch nicht mal das Klingelschild geändert. Ich hatte mich gerade mit dem zweiten Kaffee auf die kleine Terrasse gesetzt und begonnen, über meine Zukunft nachzudenken. Also zumindest mal über den ersten Tag vom Rest meines Lebens. Ich drücke auf den Türöffner und mache missmutig die Wohnungstür auf. Aber es ist nicht Annalena. Es ist eine sehr schöne Frau in einem noch schöneren Kostüm, die mir energisch ihre Hand entgegenschiebt.

»Darf ich?«

Ich frage mich, was sie dürfen will. Aber sie wartet erst gar keine Antwort ab, sondern geht einfach an mir vorbei, orientiert sich kurz, schwenkt nach rechts ins Wohnzimmer und fragt erstaunt: »Ach, Sie arbeiten auch mit Musik?«

Arbeiten wäre jetzt vielleicht übertrieben. Mir fällt ein, dass ich die Frau nicht kenne und keine Ahnung habe, warum sie in meinem Wohnzimmer steht.

»Warum?«, frage ich. Vielleicht verrät sie mir ja, was sie will.

»Ich glaube einfach, dass Musik oft hilft. Dass man über Töne und Rhythmus noch ganz andere Saiten in einem zum Klingen bringt.«

Ich wusste ja, dass es Drückerkolonnen für Zeitungsabos gibt. Ich wusste auch, dass Staubsauger an der Haustür vertickt werden. Dass es Handlungsreisende in Sachen Tasten- und Blasinstrumente gibt, ist mir neu. Vielleicht verkauft die Dame in Grau ja auch Noten. Die könnte ich dekorativ aufs Klavier legen.

»Vielleicht zeigen Sie mir einfach mal, was Sie mitgebracht haben«, schlage ich vor.

»Ich habe noch gar nichts mitgebracht«, ist meine Besucherin überrascht. »Ich dachte, wir reden erstmal.«

Reden?

Will sie mich erstmal kennenlernen, um zu erforschen, welcher Musiktyp ich bin? Eher Blockflöte oder doch Jagdhorn? Optisch wahrscheinlich eher Dudelsack. Ein bisschen alt, ein bisschen verbeult.

Die Frau hat sich mittlerweile ganz sanft auf die Couch gesetzt – ungefähr da, wo letztens schon mal eine Fremde thronte – und guckt mich nun leicht gequält an. Sie hat das rechte Bein über das linke geschlagen, und trotzdem zeigen ihre Unterschenkel absolut parallel nach unten. So was kenne ich nur von diesen Fernsehfrauen. Sieht irgendwie stilvoll aus, muss ich unbedingt auch mal probieren.

»Es ist so verdammt schwer, über die eigenen Gefühle zu reden, oder?«

Wie bitte? Jetzt muss ich mich auch erstmals setzen. Automatisch schlage ich die Beine ordinär wie immer übereinander. So ungesund adernverknickend. Wenn ich damit nicht aufhöre, wird mein neuer Jeansrock wahrscheinlich nie das

Dunkel des Kleiderschranks verlassen. Ich habe mir immer geschworen: Mit der ersten Krampfader ist die Zeit der Röcke vorbei. Ich starre sie an, und plötzlich ist es mir ganz klar: Diese Frau wurde von Annalena geschickt. Wie konnte ich glauben, sie wollte mir irgendwas verkaufen? Wie peinlich. Diese Frau kommt doch garantiert von dieser obskuren Trauergruppe, von der meine Tochter in den vergangenen Monaten so viel gefaselt hat. Ich solle mir professionellen Beistand holen. Ich müsse mich öffnen, meine Trauer zulassen. Es sei wichtig, dass ich mich mit anderen Betroffenen austausche. Keine Ahnung, in welchen Frauenzeitschriften sie das gelesen hat.

Natürlich ist es gut, dass es solche Trauergruppen gibt, aber mich interessieren sie nicht. Ich will Fremden nichts über meine Ehe erzählen. Ich will nicht vor Publikum durch die Tiefen meiner Erinnerungen waten. Das ergibt für mich keinen Sinn. Ich möchte nicht, dass mir unbekannte Personen aufmunternd über den Arm streicheln, mir den Rücken tätscheln und mir ein Taschentuch reichen. Ich will in den Augen um mich herum nicht dieselben Gefühle wie in meinem Spiegelbild sehen. Für mich ist geteiltes Leid nicht halbes Leid. Und selbst wenn es so wäre: Ich würde ja dann auch die Hälfte fremden Leids bekommen. Und dann hätte ich ja doch wieder die gleiche Menge. Ich fand schon die ganzen Beileidsbekundungen auf der Beerdigung fast unerträglich. Mit jedem Händedruck wurde die Wahrheit realer. So viele Menschen wollten mich trösten. Aber der, der es gekonnt hätte, war nicht mehr da. Und wieso überhaupt wünscht man »Beileid«? Als hätte der andere noch nicht genug.

Am Anfang habe ich überlegt, ob die Trauer zu groß für mich ist. Ich habe versucht, so sachlich wie möglich darüber nachzudenken, ob ich ohne Rolf weiterleben kann. Es waren zähe Verhandlungen mit mir selbst. Ich habe mich schließlich zu einem »Ja« durchgerungen. Trotz allem will ich weiterleben. Und ich finde verdammt noch mal, dass diese neue Wohnung ein Schritt in die richtige Richtung ist. Deswegen habe ich jetzt überhaupt keine Lust, für eine Trauergruppe angeworben zu werden. Außerdem trauere ich gerade ein bisschen um den Milchkaffee, der auf der Terrasse kalt wird.

»Manchmal muss man ja auch gar nicht reden. Manchmal hilft es ja auch schon, wenn man seinen Gedanken zuhört«, sage ich trotzig und höre, wie in der Handtasche der Frau eine Autohupe immer lauter wird. Tja, manchmal muss man wohl doch reden. Sie geht mit leicht peinlich berührtem Blick an ihr Handy und versucht das Gespräch abzuwürgen. Es gelingt ihr nicht. Vielleicht ist am anderen Ende ein Hardcore-Trauerfall. Ich suche den Blick der Frau und zeige zur Tür. Von mir aus kann sie jetzt gehen, woanders wird sie doch offensichtlich dringender gebraucht. Sie nickt kurz, geht in meinen Flur und telefoniert da weiter. So war das eigentlich nicht gemeint. In der Zeit versuche ich, mich auch so elegant wie sie hinzusetzen. Es gelingt mir nicht, meine Beine sind offenbar zu kurz dafür.

Als sie wieder reinkommt, verdreht sie die Augen.

»So geht das immer. Ich habe keine fünf Minuten für mich«, stöhnt sie.

Ich auch nicht, denke ich. Aber ich bin so höflich geworden.

»Wenn ich wirklich nicht gestört werden will, mache ich mein Handy einfach aus«, sage ich spontan.

Sie seufzt.

»Sie können sich das wahrscheinlich auch erlauben. Aber wenn ich nicht erreichbar bin, gibt es gleich Probleme.«

Ich habe den Eindruck, dass diese Frau sich ein ganz kleines bisschen überbewertet. Ich glaube einfach nicht, dass sich Massen von Trauernden spontan dem Suizid hingeben würden, nur weil die Geschäftsführerin der Trauergruppe gerade mal nicht erreichbar ist.

»Sie lieben Ihre Aufgabe wohl sehr«, stelle ich fest.

Sie lächelt mich ganz warm an. »Ich bin erst ein paar Minuten hier, und Sie haben gleich einen wunden Punkt getroffen. Ja, es stimmt. Ich liebe meinen Beruf. Trotz allem.«

Sie macht das hauptberuflich? Es scheint da doch einen viel größeren Bedarf zu geben, als ich geahnt hatte. Vielleicht hat sie ja sogar noch Mitarbeiter. Projektleiter Trauer-Untergruppe Partner, Projektleiter Trauer-Untergruppe Eltern. Vielleicht gibt es sogar fremdsprachliche Mitarbeiter für Gastarbeiter. Pardon: für Mitbürger mit Migrationshintergrund.

In ihrer Tasche klingelt ein zweites Handy mit der Moldau.

»Das ist jetzt wirklich wichtig«, sagt sie und geht sofort ran. Es scheint also eine Dringend-Hotline zu geben. Vielleicht wird die Gruppe ja von der Krankenkasse bezahlt, und das ist die Nummer für Privatpatienten. Also für verhinderte Privattote.

»Das machen Sie auf gar keinen Fall«, sagt sie mit lauter Stimme in ihr winziges Wichtig-Handy. »Wir müssen eine andere Lösung finden.«

Ich stelle mir vor, wie jemand auf einer sehr hohen Brücke steht und kurz vor dem Sprung die Vorsitzende der heimischen Trauer-GmbH anruft.

»Wir setzen ein neues Meeting an«, befindet die Frau im Domina-Stil. Ich bin mir nicht sicher, ob das das richtige Vokabular ist, um einen Lebensmüden vom Sprung abzuhalten.

»Machen Sie morgen einen Termin mit meiner Assistentin, ich bin gerade in einer wichtigen Sitzung«, schließt sie.

Wusste ich es doch. Assistentin. Die führt ein Anti-Heul-Imperium. Wahrscheinlich börsennotiert. Vor meinem geistigen Auge sehe ich Menschen aller Altersgruppen wie die Lemminge vor ihrer Tür stehen.

Als sie das Telefon in ihre Businesstasche wirft, verdreht sie die Augen. Wirklich viel Spaß macht ihr der Job offenbar nicht. Aber wenn man den ganzen Tag mit deprimierten Menschen zu tun hat, geht einem wohl selber ein bisschen der Spaß an der Arbeit verloren.

Ich habe fast ein schlechtes Gewissen, dass ich heute auch noch auf ihrer To-Do-Liste stehe. Auf der anderen Seite: Ich habe diesen Termin ja weder vereinbart noch gewollt. Vielleicht sollte ich das mal einfließen lassen.

»Sie haben doch schon genug zu tun. Meinen Sie nicht, dass Ihr Besuch hier gar nicht nötig ist?«, frage ich höflich.

Sie lacht bitter.

»Das tut mir leid. Es sieht wirklich so aus, als hätte ich gar keine Zeit für Sie, oder?«

Ehrlich gesagt: Ja. Was ich aber, auch ehrlich gesagt, sehr gut finde.

»Sie sind halt sehr eingebunden. Das verstehe ich absolut«, sage ich diplomatisch. Oder feige.

»Sie verstehen das?«

Sie ist wirklich erstaunt. Der überraschte Gesichtsausdruck passt nicht zu ihrem sonst so kontrollierten Auftreten.

»Natürlich. Ihre Arbeit ist sehr wichtig. Sie sind wichtig für Ihre Arbeit. Und für die Menschen.« Ich finde, das klingt gut.

Sie schaut mich an, als wollte sie sich in mich verlieben. Ich habe das Gefühl, dass sie darauf wartet, dass ich noch etwas sage.

»Sie haben sich Ihre Aufgabe ausgesucht, und die erfüllen Sie mit Leidenschaft. Das ist doch schön. Dafür müssen Sie sich doch nicht entschuldigen. Nur ich persönlich brauche das halt nicht. Ich komme ganz gut alleine zurecht. Ich habe meinen eigenen Weg gefunden.«

Sie hängt richtig an meinen Lippen.

»Ja, um den eigenen Weg geht es, nicht wahr?«, sagt sie schließlich leise und bleibt stumm sitzen.

Ich warte noch ein paar Minuten, überlege derweil, ob ich nicht vielleicht zwei Kerzenständer auf dem Klavier platzieren sollte. Die Vorstandsvorsitzende der hiesigen Trauer-Dependance stiert mittlerweile ins Nichts. Wenn es Co-Abhängige gibt, ist sie dann vielleicht eine Co-Deprimierte? Wie dem auch sei. Wir hatten schließlich gerade über den eigenen Weg gesprochen. Und genau den sollte die Dame jetzt einschlagen. Ich stehe auf und gehe langsam zur Tür. Meine Besucherin guckt erschrocken auf die Uhr.

»Schon so spät?«, fragt sie überrascht.

Wahrscheinlich muss sie sich beeilen, um am anderen Ende der Stadt genauso viel Trost zu spenden wie bei mir. Zum Abschied hält sie meine Hand ein bisschen länger als notwendig.

»Danke. Das hat mir gutgetan«, sagt sie ergriffen.

»Mir auch«, sage ich automatisch.

Ich war vor gefühlten einhundertfünfundsiebzig Jahren mal in einer Selbsthilfegruppe. Meine damalige beste Freundin wollte dahin, wegen irgendeines Typen. Auf jeden Fall mussten sich da immer alle nach einem Wortbeitrag bei dem Sprechenden bedanken. Da saß damals ein total verpeilter Typ, der sehr detailliert beschrieb, was er am liebsten mit seiner Exfreundin machen würde. In dem Beitrag ging es um sehr exotische sexuelle Vorlieben. Alle haben sich das mit rotem Kopf angehört und hinterher brav gesagt: Danke, Arndt-Johannes. Seitdem hatte ich immer das Gefühl, langweiligen, biederen Blümchensex zu haben. Danke, Arndt-Johannes.

Sie ist schon fast raus, und vielleicht bin ich deswegen so erleichtert und will noch was Nettes sagen.

»Ich finde es sehr schön, dass es Sie gibt.«

Damit meine ich ja mehr die theoretische Chance, im Kollektiv zu weinen. Doch die Frau nimmt das sehr persönlich.

»Das hat schon lange niemand mehr zu mir gesagt.«

Ich sehe, dass der Wasserpegel unter ihrer Wimperntusche steigt, und füge schnell etwas sehr Bodenständiges an.

»Ich komme mit. Muss noch den Müll runterbringen.«

»Ja«, lächelt sie sinnierend. »Manchmal muss man den ganzen Müll mal wegbringen.«

8

Ich weiß gar nicht, wie oft ich den Weg von der Mülltonne zur Haustür schon gegangen bin. Das Schild hatte ich bis dato noch nie gesehen.

»Tanja Schenk. Lebensberatung, Coaching«.

Tanja Schenk war meine Vormieterin. Sie hatte offenbar ein Therapiezentrum in meiner Wohnung. Ich spüre, wie sich ein Gedanke in meinem Kopf auf den Weg macht. Zäh wie Hefeteig. Ich habe Tanja Schenk nie kennengelernt, nur ihre Tochter. Mama Schenk hatte es wohl sehr abrupt und überraschend nach Indien gezogen. So abrupt, dass ich ihre Couchgarnitur für einen sehr guten Preis übernehmen konnte. Die Dame brauchte schnell Geld. Der Teig in meinem Kopf geht langsam auf. Eine erschreckende Vorstellung stellt sich ein. Ich greife sofort zum Hörer.

»Hast du mir eine Dame von der Trauergruppe ins Haus geschickt?«, frage ich, als Annalena sich endlich meldet.

»Wie bitte?«

»Hast du mir jemanden von diesen Trauerklößchen auf den Hals gehetzt?«, frage ich lauter.

»Nein. Was soll das?«

»Schon gut. Danke.«

Ich hatte es geahnt.

Diese Frau war nicht von »Heulen und Helfen«. Der war selber zum Heulen zumute. Die dachte, ich sei Tanja Schenk, und wollte von mir gecoacht werden. Auf meiner Couch. Couching quasi.

Ich versuche mir das Gespräch in Erinnerung zu rufen. Sie wirkte sehr beschäftigt. Und irgendwie gehetzt. Keine Frage, ein bisschen Therapie täte ihr wirklich ganz gut. Die Frage ist nur, was das bringen soll, wenn sie dabei die ganze Zeit ihr Handtaschenbüro bedient. Ich werde sie das nächste Mal fragen.

Das nächste Mal?

Sollte dieses Business-Weibchen noch mal den Weg zu mir suchen, muss ich ihr doch sofort sagen, dass ich nicht Frau Schenk bin, sondern eine verwitwete Frau, die mit zweiundfünfzig Jahren irgendwie den Anfang für ein neues Leben sucht. Dass ich definitiv nicht die geeignete Person bin, um anderen Ratschläge zu erteilen. Obwohl: Sah sie gerade nicht ein bisschen glücklicher aus, als sie ging?

9

Ich gucke argwöhnisch zur Haustür, habe mich richtig erschrocken, als es so durchdringend geklingelt hatte. Kirsten kommt mir entgegen, schaut mich überrascht an.

»Hast du mit den Zeugen Jehovas gerechnet, oder warum guckst du so panisch?«

Ich hatte vergessen, dass sie sich für einen Kaffee eingeladen hatte.

»Quatsch. Komm rein.«

Sie streift durch die Räume. Kirsten und ich kennen uns schon mehr als dreißig Jahre, also so lange, dass sie auch ohne Zögern ins Schlafzimmer geht und neugierig den Schlafzimmerschrank öffnet.

»Seit wann ist das bei dir so aufgeräumt?«, staunt sie.

»Ich bin ja gerade erst eingezogen. Das ist noch der Ursprungszustand, lange wird der nicht halten«, beruhige ich sie.

Ihr Blick ruht skeptisch auf den Pullis. Die habe ich sogar nach Farben sortiert.

»Hoffentlich«, sagt sie nur.

Und dann kommt sie mit einem unglaublich langweiligen Vorschlag. »Du solltest zum Friseur. Zu einem neuen Anfang gehört eine neue Frisur«, verkündet sie.

»Lass mich raten, wie oft stand das schon in der Freundin-Brigitte-Petra?«

Kirsten winkt ab. »Stimmt aber. Übrigens: Wie findest du die ›Brigitte‹, so ganz ohne Models? Ich finde es echt mutig.«

»Ja, ganz toll. Jetzt sind es keine Models mehr, und plötzlich sehen ganz normale Frauen um Längen besser aus als ich. Super.«

»Du solltest vielleicht mal an deiner Selbstwahrnehmung arbeiten.«

»Ja, apropos. Meine Selbstwahrnehmung sagt mir, dass ich kurze Haare habe. Sehr kurze Haare. Wenn ich jetzt zum Friseur gehe, sehe ich danach aus wie ein riesiger Deoroller oder wie eine Frau kurz nach der Chemo.«

»Du musst sie ja nicht schneiden lassen.«

»Nee, klar. Einmal waschen, legen, oder was?«

»Wie wäre es mal mit einer neuen Farbe?«

Ich muss kurz kichern. »Süße. Ich versuche seit Jahren verzweifelt, meine alte Haarfarbe mit Chemie zu imitieren. Da gehe ich jetzt überhaupt kein Risiko ein.«

Kirsten drückt den Aufheizknopf an der Kaffeemaschine, die ihr so vertraut ist. »Ich dachte nur, dass dir etwas Neues guttäte.«

»Ich bin ganz frisch Witwe, ich muss mich von jetzt auf gleich um alles selber kümmern. Um die Steuererklärung, um die Autoversicherung und um alles andere auch. Außerdem ist diese Wohnung ganz neu. Das reicht doch wohl erstmal.«

Ich sage nicht, dass ich mich vorher noch nicht mal um die Telefonrechnung, die Haftpflichtversicherung, den Zählerstand an der Gasuhr, die Berechnung der verbrauchten Müllmenge oder die Arztrechnungen gekümmert habe. Alles, was mit Zahlen zu tun hatte, habe ich kommentar- und ahnungslos auf Rolfs Schreibtisch gelegt. Wie ein dummes, naives Frauchen. Würde ich im Fernsehfilm der Woche die Hauptrolle spielen, hätte ich wahrscheinlich schon festgestellt, dass mein Mann seit Jahren eine Affäre mit einer Prostituierten, mehrere uneheliche Kinder (und Erben) oder ein Doppelleben als Drogenkurier gehabt hätte.

Doch mein Leben ist zum Glück nicht öffentlich-rechtlich, eher privat-linkisch. Rolf war genau das, was ich in ihm gesehen habe: witzig, ehrlich, treu, vergesslich, unsicher. Und die Liebe meines Lebens. Alles, was vorher war, war nichts. Und danach wird auch nichts mehr kommen.

»Wie wäre dann vielleicht das Alte als Neuanfang? Hast du dir nicht vielleicht schon mal Gedanken darüber gemacht, ob du wieder arbeiten willst? In deinem alten Beruf, meine ich.«

»Als Hausfrau und Mutter? Wer nimmt mich denn da wohl?«

»Ich meine mich ganz dunkel erinnern zu können, dass du mal als Erzieherin gearbeitet hast.«

»Da kann ich mich ja selber kaum dran erinnern.«

Aber Kirsten hat Recht. Vor Lichtjahren habe ich im Kindergarten gearbeitet. Irgendwie war das zwangsläufig. Es war nicht so, dass ich ab meinem dreizehnten Lebensjahr »Kindergärtnerin« als meinen Traumjob verkündet und in alle Freundschaftsbücher geschrieben hätte. Ich hatte während der Schulzeit als Babysitter ein bisschen Geld verdient (aber mehr wegen des Nebenverdienstes als der Kinder wegen) und war als Betreuerin kostengünstig mit diversen Jugendgruppen in Urlaub gefahren, und als ich plötzlich mit meinem – zugegeben nicht sehr guten Abizeugnis – aus der Schule kam, hatte ich keine Ahnung, was ich werden sollte. Also habe ich einfach weiter mit Kindern gespielt. Ich konnte definitiv die besten Sandburgen bauen, die geilsten Barbiefrisuren machen und im Akkord Butterbrote in Reiterchen verwandeln. Es hat mir Spaß gemacht, auf dem Bauteppich zu liegen und aus Legoklötzen neue Welten zu schaffen. Was mich an dem Job genervt hat, waren die Eltern. Es waren immer die falschen Eltern, die noch mal »ganz kurz« nach Feierabend mit mir reden wollten. Und dann haben sie doziert, dass Marc-André ja eigentlich mittlerweile unterfordert sei im Kindergarten und nun schon mit vier Jahren eingeschult werden sollte. Marc-André war zu dem Zeitpunkt noch nicht mal in der Lage, sich den Po alleine abzuputzen. Hat ihn wahrscheinlich unterfordert. Oder er war zu abgelenkt, weil er in Gedanken kurz die Relativitätstheorie durchgegangen ist. Oder die Eltern von Edith-Elisabeth riefen abends um neun an, um sich zu erkundigen, woher ihre Tochter den sieben Millimeter langen Kratzer auf dem Handrücken habe. Dass ich nach dem Kampf zwischen Edith-Elisabeth und Julia-Maria um eine Baby-Born-Puppe einen Eisbeutel und zwei Pflaster für die unterlegene Julia-Maria holen musste, wollten sie natürlich nicht glauben. Die Eltern, mit denen ich mal ganz gerne über die Tauglichkeit von Kinderschokolade zum Frühstück geredet hätte, haben sich nie gemeldet. Die hatten es immer sehr eilig, ihren Nachwuchs in Jacke und Auto zu packen. Wahrscheinlich mussten sie noch zur Videothek, um die nächste Ladung Filme zwecks Ruhigstellung von Kevin und Co auszuleihen. Irgendwann hatte ich eine dieser Mütter erwischt und bemerkt, dass Manuel offenbar regelmäßig Krimis gucken würde. Manuel hatte mit fünf Jahren erstaunliches Wissen über Schusswaffen und Tötungsmöglichkeiten. An dem Tag hatte er an der dreijährigen Lena vorführen wollen, was Strangulieren heißt. Die Mutter hat mich darüber aufgeklärt, dass so fiktive Sendungen immer noch besser seien als die bösen Märchen. Die würden ihrem Sohn einfach Angst machen. Ich wünschte mir, die Mutter wäre nur fiktiv Mutter geworden.

Was mich auch geärgert hat: Irgendwann durfte ich nicht mehr mitspielen. Nicht in der Bastelecke, nicht beim Memory und leider auch nicht auf dem Lego-Teppich. Die Kinder hätten mich ja schon gelassen, aber irgendein bescheuertes neues Konzept sah vor, dass die Erzieherinnen die Kinder »beobachten« sollten. Andauernd mussten wir den Entwicklungsstand des Kindes aufschreiben. Wir mussten auf den kleinen Stühlchen an den kleinen Tischchen hocken und zugucken. Ein bisschen habe ich mich wie auf Besuch bei den sieben Zwergen gefühlt. Ich habe so was notiert wie: »Popelt noch, isst die Popel aber nicht mehr« oder »Kann sehr schöne Bilder mit Nudelsoße auf den Tisch malen. Künstlerisch eindeutig begabt«. Danach wollte die Leiterin des Kindergartens »mal kurz« mit mir reden. Es hat dann aber doch länger gedauert.

Ich bin einfach im richtigen Moment schwanger geworden. Als Annalena dann da war, hat mich nur wenig zurück in den Beruf gezogen. Parallel ging es gerade bei Rolf richtig los. Er hatte immer mehr Termine als Show-Koch, wurde immer häufiger für Kochseminare gebucht. Ich wurde ganz nebenbei zu seiner Assistentin. Am Anfang habe ich die Termine notiert und die Rechnungen geschrieben. Rolf und mir wurde schnell klar, dass das nicht wirklich meinem Talent entsprach. Zahlen sind nicht meine Welt. Ich habe mich schnell auf den kreativen Teil verlegt und Menü- und Einladungskarten gestaltet. Endlich durfte ich wieder basteln. Als Rolf ein Show-Cooking im Spiegelsaal bestritt, habe ich für die Einladungen mit Alufolie und Streichhölzern kleine Spiegel erstellt. Für Fisch-Abende kamen eine Handvoll Sand und ein paar Muscheln mit in den Umschlag. Für ein Event unter dem Motto »Just taste« habe ich einer Drogeriekette so Schlafmasken abgeschwätzt. Die mussten alle Mit-Esser aufsetzen und beschreiben, was sie schmecken. Ich konnte mich richtig austoben. Ich habe viele kleine Briefe in winzige Feigling-Flaschen gesteckt, als Rolf per Flaschenpost zu einer Weinverkostung eingeladen hat. Und für den Vortrag »Das perfekte Frühstück« habe ich ein Daunenkissen aufgeritzt, um die Briefumschläge themengerecht zu bestücken. Und ganz nebenbei verhalf ich Rolf zu seiner besten Idee. Irgendwann fielen Rolf meine alten Rezeptbücher in die Hände. Bücher à la »Studentenfutter« oder auch »Menüs unter zehn Euro UND dreihundert Kalorien«. Angeekelt blätterte er zwischen den Seiten. Zwischen denen, die nicht durch unbekannte Flüssigkeiten zusammenklebten. Überall waren Fettflecke, oft hatten sich auch andere Zutaten verewigt.

»Hast du deine Rezepte mitgekocht?«, fragte er leicht angewidert.

»Natürlich nicht. Aber wenn ich koche, habe ich alles Mögliche an den Fingern, und wenn ich dann im Rezept nachlese, kleckere ich halt. Das ist doch normal.«

»Marita, dieses Buch ist so versifft, das kannst du auskochen und als Eintopf servieren.«

»Gute Idee«, grinste ich ihn an.

10

Zwei Tage später zeigte er mir den Prototypen: ein Hörbuch mit Rezepten. Einfach genial. Mittlerweile gibt es fünf verschiedene Koch-CDs. Und der Erlös ist der Grund dafür, dass ich mir um meine finanzielle Zukunft keine allzu großen Sorgen machen muss. Zwei der CDs sind sogar schon übersetzt worden. Immerhin konnte ich so zum Familieneinkommen beitragen. Dieses Geld ist einerseits sehr beruhigend, andererseits auch ein bisschen lähmend. Mein Leidensdruck ist einfach nicht groß genug.

»Kirsten, ich will einfach nicht zurück in den Kindergarten. Das wollte ich die letzten zwanzig Jahre nicht. Warum jetzt?«

»Du kannst ja schlecht hier rumsitzen und der Tapete beim Vergilben zusehen. Das ist nicht tagesfüllend.«

»Stimmt, vor allem, wenn man nur auf der Terrasse raucht«, lache ich.

Sie lacht nicht mit. Offenbar hatte sie sich vorgenommen, ein ernstes Gespräch mit mir zu führen.

»Ich habe mir ja auch schon Gedanken gemacht«, lüge ich. »Aber ich glaube nicht, dass ich auf dem Arbeitsmarkt große Chancen habe. Deswegen habe ich überlegt, ob ich nicht ein Studium anfangen will«, höre ich mich sagen und bin selber ganz erstaunt. Genau wie Kirsten.

»Ein Studium? Und was willst du studieren?«

Gute Frage.

»Vielleicht Psychologie«, behaupte ich. Das war das Erste,

das mir in den Sinn gekommen ist. Wo ich doch quasi schon therapeutisch tätig bin.

»Psychologie? Ich dachte, das studieren nur die, die selber neben der Kappe sind und das nicht zugeben wollen.«

Da war ich ja eigentlich ganz einer Meinung mit ihr.

»Apropos neben der Kappe – was macht eigentlich deine Schwiegermutter?«, lenke ich ungeschickt ab. Es klappt trotzdem.

»Sie ist jetzt auf Facebook und verschickt jeden Tag Dutzende von Freundschaftsanfragen.« Kirsten verdreht die Augen und macht mit der Hand eine Scheibenwischerbewegung.

»Sie kennt so viele Leute? Hut ab.«

»Kennt sie ja eben nicht. Sie quatscht einfach alle möglichen Menschen an und freut sich jedes Mal, wenn jemand antwortet. Andauernd zeigt sie mir ihren Freundschaftskatalog. Früher hat sie Porzellantassen gesammelt, jetzt sammelt sie Menschen.«

»Ich finde es süß, dass sie noch so fit ist.«

»Ist sie ja nicht. Letzte Woche hat sie alle Fotos, die auf ihrem Computer sind, aus Versehen ins Netz gestellt. Weihnachten, ihre Kur, Fotos von ihrem toten Wellensittich, der Bratensoßenfleck auf dem Teppich, den wir eigentlich für die Versicherung geknipst haben, und blühende Rosen aus ihrem Garten, alles im Netz.«

»O Gott. Wenn alle Bilder von meinem Laptop irgendwann online gehen, möchte ich ein Zeugenschutzprogramm mit neuem Namen, neuer Anschrift und am besten einem neuen Gesicht. Vielleicht kann man dabei auch gleich die Oberschenkel straffen«, antworte ich spontan und denke an viele Fotos, die zu später Stunde entstanden sind und wesentlich schärfer als meine eigene Erinnerung am Morgen danach.

»Süße, du kannst mich nicht täuschen. Du hast schon ein neues Leben. Zumindest den Rahmen. Den musst du nur noch füllen«, sagt Kirsten ernst.

Ich gucke sie nur an. Wir wissen beide, dass sie Recht hat, und ich überlege, ob es wohl einen anderen Menschen auf dieser Erde gibt, der seinen Zeigefinger direkt auf meinen wunden Punkt drücken darf. Mir fällt keiner ein. Ich kenne Kirsten zu lange, als dass ich ihr noch was vormachen kann oder will oder muss. Wir waren schon zusammen in *einer* Umkleidekabine, um neue Hosen anzuprobieren. Wenn ich jemandem gestatte, die Beschaffenheit meiner Oberschenkel im knallharten Licht einer Umkleidekabine zu betrachten, ist das der absolute Vertrauensbeweis und Offenbarungseid. Ich weiß, dass Kirsten peinlicherweise auf Bärte steht, im Schlaf knirscht und rohes Fleisch nicht anfassen kann. Sie weiß über mich, dass ich bis heute nicht weiß, ob ich in der Hochzeitsnacht Sex hatte (und es nach Rolfs Tod auch nie mehr erfahren werde), dass ich manchmal heimlich Pur höre und eine Q-Tipps-Sucht habe und mir täglich die Ohren säubere.

Wir kennen uns seit drei Jahrzehnten. So lange würde eine Schönwetterfreundschaft nicht halten.

In der Nacht nach Rolfs Tod ist sie einfach geblieben. Sie hatte gar nicht erst gefragt, ob sie bei mir schlafen soll. Sie hat es einfach getan. Und sie hat nichts gesagt. Nicht, »Die Zeit heilt alle Wunden« oder so einen Mist. Sie hat mich einfach festgehalten.

Nach ihrem Besuch denke ich noch über meine spontane Idee nach: ein Psychologiestudium. Klingt irgendwie faszinierend. Und ganz plötzlich habe ich einen erschreckenden Gedanken. Was hatte diese Mutti neulich gesagt? »Bis nächste Woche«? Hatte meine erste »Patientin« sich nicht damit verabschiedet? Das war kein singuläres Ereignis. Die Frau hat womöglich wöchentliche Termine mit der guten Tanja Schenk verabredet – ehe die Therapeutin mit Sack und Pack und ohne Couch gen Osten aufgebrochen ist. Und: Wie viele neue Klienten hat

Frau Schenk wohl sonst noch angenommen? Wie viele Menschen werden noch mit den obskursten Problemen bei mir klingeln? Und was mache ich, wenn es mal um mehr als »Die Familie nervt« oder »Der Job nervt« geht? Ich blättere in meinem Kalender. Wann war diese Frau hier gewesen? Am Montag oder am Dienstag? Nein. Es war Mittwoch. Ich wollte sie doch zum Arzt bringen, und das ist ja mittwochnachmittags eher schlecht. Und es muss auf jeden Fall vor drei Uhr gewesen sein, weil ich in dem Supermarkt gegenüber ein paar Brötchen kaufen wollte, und der hatte Mittagspause. Ich wusste gar nicht, dass es so was noch gibt. Egal. Ich nehme mir fest vor, einfach nicht zu öffnen, wenn es am Mittwoch klingelt. Und wenn es der freundliche Mitarbeiter der Lottogesellschaft ist, der mich mit einem Koffer in der Hand beglückwünschen will. Ich bin nicht da.

Ich habe keine Lust, mir noch mal die Familiengeschichten dieser Person anzuhören. Ich möchte mich nicht auch noch über andere Kinder aufregen müssen. Meine eigene Tochter reicht mir. Und ich möchte mich schon mal gar nicht über einen Ehemann aufregen müssen, wo ich gerade nicht mutterseelen-, aber doch ehemannseelenalleine irgendwie durchs Leben kommen muss.

Der Gedanke fühlt sich nur ganz kurz gut an. Dann stelle ich mir vor, wie diese arme Frau hier vor der Tür steht. Sich darauf freut, dass ihr endlich mal wieder jemand zuhört. Und dieser Jemand macht nicht auf. Wenn man schon für die eigene Familie eine Zumutung ist, fühlt sich das bestimmt kacke an. Wenn dann aber auch noch eine Therapeutin keine Lust auf einen hat – und die kriegt ja immerhin Geld fürs Zuhören –, dann deprimiert das wahrscheinlich total. Die Frau wirkte nicht so, als ob sie die Taschen voller Selbstbewusstsein hätte. Ich werde also aufmachen müssen und ihr die Wahrheit sagen. Dass sie ihre ganzen Probleme einer wildfremden Frau erzählt hat.

Dass sie sogar zu blöd ist, um eine Therapeutin zu finden. Ich glaube nicht, dass sie das in ihrem Ego sehr stärken wird. Sie wird sich schämen und noch kleiner fühlen. Es wird ihr so unendlich peinlich sein, dass sie sich beim Zähneputzen auf den Badewannenrand setzt, um sich nicht ins Gesicht gucken zu müssen. Ich will sie nicht so kränken. Ich hätte sofort fragen müssen, was sie möchte. Dann hätte ich das Missverständnis aufgeklärt, wir hätten beide ein bisschen verkrampft gelacht, und die Frau müsste sich jetzt nicht so blöd fühlen. Ich ärgere mich über mich selber, und dann ärgere ich mich darüber, dass ich mich ärgere, weil ich ja eigentlich gar nichts gemacht habe. Da kommt jemand mit seinen Problemen zu mir, und ich fühle mich scheiße. Vielleicht ist es doch keine so tolle Idee, Psychologie zu studieren. Ich fürchte, ich bin dem nicht gewachsen. Einfach nicht stabil genug. Wie ich mich kenne, hätte ich doch nach drei Vorlesungen den Verdacht, schizophren oder manisch zu sein. Ich würde mich selber beobachten und stünde permanent neben mir. Das ist genau das Gefühl, das ich jetzt am allerwenigsten brauche. Vielleicht sollte ich mir mal selber einen Therapeuten suchen. Gibt es Psychologen-Psychologen? Menschen, bei denen sich Menschen ausheulen, bei denen sich Menschen ausheulen? Leider bringen mich meine Überlegungen in Sachen »Wie sage ich es meiner Patientin« überhaupt nicht weiter. Und ich tue das, was ich in schwierigen Situationen immer tue: Ich suche mir einfach ein anderes Problem. In diesem Fall: meine sozialen Kontakte. Seit Rolfs Tod habe ich nach und nach den Kontakt zu fast allen Freunden abgebrochen. Nicht vorsätzlich. Einfach aus Faulheit. Oder aus Desinteresse. Oder weil ich im Zusammensein mit ihnen so stark gefühlt habe, dass Rolf nicht mehr dabei ist. Seine Abwesenheit war einfach zu präsent – so komisch das klingt. Ich war lieber alleine allein als alleine unter anderen. Mein soziales Netz besteht aus Annalena und Kirsten. Wobei ich natürlich auch weiß, dass zwei Menschen noch kein Netz bilden. Wenn ich großzügig bin, könnte ich ja vielleicht noch die Bäckereifachverkäuferin im Edeka dazuzählen. Wir sehen uns wirklich oft. Wie gesagt, ich koche nicht oft, und für mich geht ein belegtes Vollkornbrötchen mit Salatgarnitur – und ohne Remoulade natürlich – durchaus als Mahlzeit durch.

Ich scrolle das Adressbuch in meinem Handy durch. Dagmar. Dagmar wollte mich vor vier Monaten mitnehmen zum »Power-Yoga«. Ich hatte einen Lachflash bekommen und gesagt, dass ich nicht könnte, ich müsse zur »Speed-Meditation«. Das hat sie mir übel genommen. Aber im Ernst. »Power-Yoga« klingt für mich wie »Slow Food im Drive-in«.

Fiona. Fiona könnte ich anrufen. Von der habe ich wirklich lange nichts gehört. Plötzlich fällt mir ein, warum. Sie ist mit ihrem Mann nach Dubai ausgewandert. Wenn ich sie jetzt anrufe, wird es wahrscheinlich sehr teuer, und bestimmt ist es da eh gerade mitten in der Nacht. Gabriele. Gabriele wollte sich nach Rolfs Tod mit mir solidarisieren. »Wir Zurückgebliebenen« hatte sie dauernd gefaselt. Ich wusste ja, was sie meint. Trotzdem will ich nicht als »zurückgeblieben« bezeichnet werden. Außerdem ist da der kleine Unterschied, dass mein Mann gestorben und ihr Mann geflohen ist. Wahrscheinlich hat er in der gemeinsamen Wohnung Platzangst bekommen. Gabriele ist sehr raumfüllend. Wenn man es nett ausdrücken will, sagt man, sie hat eine große Präsenz. Ich glaube, seit der Eheschließung hat sie wöchentlich ein Pfund zugenommen. Irgendwann hat Markus uns erzählt, sie könnten ja leider nirgends mehr hinfliegen, weil Gabriele in keinen Flugzeugsitz mehr passe. Beschwipst wie ich war, hatte ich erzählt, dass ich kurz davor im Fernsehen eine Reportage gesehen hätte über einen Elefanten, der zwecks Paarungszwecken zu einem anderen Zoo gebracht wurde. Und zwar mit einem Flugzeug in einer großen Transportkiste. Das sei überhaupt kein Problem gewesen. Das Tier habe zwischendurch sogar was zu essen gekriegt.

»Ich möchte nicht, dass Gabriele in einer großen Kiste mit Stroh eingesperrt wird«, hatte Markus verkniffen gesagt.

Rolf hatte nur leise gemurmelt, dass Markus und Gabriele sich ja auch schließlich zu Hause paaren könnten.

Wir haben uns danach länger nicht gesehen.

Helga. Auf Helga hätte ich mal wieder Lust. Allerdings hat die im zarten Alter von vierundvierzig Jahren noch ein Baby bekommen, und ich kann den Geruch von anverdauter und ausgekotzter Muttermilch einfach nicht mehr ertragen. Ich werde Helga demnächst mal fragen, wann sie endlich abgestillt hat. Vielleicht können wir uns dann mal treffen. Ich gebe ihr vorher nur eine Liste über Vokabeln, die bei mir Herpes und/oder spontane Müdigkeit hervorrufen. Das sind: die Konsistenz von Babyverdauung, die Wirkung von klassischer Musik im frühkindlichen Stadium, die Kinderunfreundlichkeit unserer Gesellschaft, strahlende Kinderaugen. Vielleicht sollte ich doch lieber warten, bis ihr Zwerg eingeschult ist.

Nadine fällt raus. Nadine hat mich im ersten Gespräch nach Rolfs Tod fünf Mal als »Witwe« betitelt. Wie fühlst du dich denn jetzt als Witwe? Kannst du dir denn als Witwe das große Haus weiter leisten? Ich habe gehört, dass es Gesprächsrunden für Witwen geben soll. Die machen dann auch so Ausflüge, damit die Frauen nicht alleine unterwegs sind. Und so weiter. Ich fühle mich nicht als Witwe. In meinen Gedanken bin ich weiter Rolfs Frau. Wenn auch eine verlassene Frau.

Petra. Die ist noch in der Entzugsklinik. Habe ich zumindest gehört. Von Regine. Auf die habe ich auch keine Lust, seitdem die die Technoszene entdeckt hat und jedes Wochenende bis in die Puppen in suspekten Locations rumhopst. Ich könnte mir gut vorstellen, dass die bald Petra Gesellschaft leistet.

Nachdem ich Vera auch ausgeschlossen habe, weil die falsche Schlange sich hintenrum nach dem Kaufpreis für unser Haus erkundigt hatte, bin ich wieder bei Dagmar. Ich beneide Kirstens Schwiegermutter mit ihrer Freunde-Liste bei Facebook.

Eigentlich lustig, dass Kirsten überhaupt geheiratet hat und somit jetzt über eine Schwiegermutter verfügt. Als wir uns kennenlernten, war sie das fleischgewordene Contra. Sie war gegen alles. Dagegen, dass man immer zwei gleiche Socken anziehen müsse, gegen frühes Aufstehen, gegen hierarchische Prinzipien und gegen Sättigungsbeilagen. Wir haben uns auf einem Reiterhof getroffen. Sie musste ihre gesamten Sommerferien im und am Stall verbringen, weil ihre Eltern dachten, dass sie dort mal Regeln lernen könne. Und weil Reiten für die Eltern von Kirsten einfach zu einem Junge-Mädchen-Alltag gehörte. Genau wie das Klavierspielen und der Tennisunterricht. Ich war auf dem Reiterhof wegen meiner Haltung. Meiner Körperhaltung, um genau zu sein. Die war quasi nicht existent. Unser Arzt hatte wirklich mal zu meiner Mutter gesagt: »Also der aufrechte Gang ist sicher nicht von Menschen wie Marita erfunden worden.« Dabei war er der totale Arschkriecher. Andauernd musste ich mir damals anhören: Steh gerade. Lass die Schultern nicht so hängen. Offenbar ist damals niemandem aufgefallen, dass sich bei aufrechtem Stand oder Gang von mir zwei riesige Halbkugeln abzeichneten. Mir war das peinlich. Da nahm ich lieber die Rückenschmerzen vom Buckeln in Kauf. Irgendjemand hatte meiner Mutter dann erzählt, dass Reiten hervorragend für die Körperhaltung sei. Und deswegen wurde ich im Alter von zarten fünfzehn Jahren auch für die gesamten Sommerferien auf einem Ponyhof geparkt. An meiner Haltung hat das damals nichts geändert. Vor allem nicht an meiner Haltung gegenüber Pferden. Ich finde sie zu groß und zu hoch, sie haben meistens schlechte Zähne, tragen fiese Seitenscheitel und kacken schamlos im Gehen.

Aber für meine innere Haltung war der Urlaub damals außerordentlich gut. Weil ich nämlich Kirsten kennengelernt habe. Wir haben uns kaputtgelacht über die Mädels, die morgens schon mit glänzenden Augen die Viecher gestriegelt haben. Die gar nicht genug davon bekommen konnten, an einer Leine im Kreis zu reiten, und die stundenlang die Schwänze der Gäule gekämmt und über die stinkenden Pferdeäpfel nur verzückt gelächelt haben. Kirsten und ich haben lieber oben im Heuschober gelegen und uns abstruse Geschichten ausgedacht. Wir haben beim Mittagessen gerne mal gemurmelt: »Ich glaube, das ist Pferdefleisch«, und haben am letzten Abend den Pferden sehr hübsche Dreadlocks verpasst. Als meine Eltern mich abholten und wissen wollten, ob es denn gut gewesen sei, konnte ich das aus vollem Herzen bejahen. Und dann habe ich wieder die Schultern nach vorne geschoben.

Seit diesem Urlaub sind Kirsten und ich befreundet. Seit mehr als fünfunddreißig Jahren. Da machen wir uns nichts mehr vor.

Wenn ich jetzt studiere, lerne ich wieder neue Leute kennen. Menschen, die nicht denken: »Nach Rolfs Tod ist die aber echt alt geworden« oder »Es muss grässlich sein, plötzlich so alleine durchs Leben zu gehen«. Menschen, die mich nicht aus Pflichtgefühl einladen und mir ihren mundfaulen Schwager an die Seite setzen. Und ich meine nicht Mundfaulheit, sondern Mundfäulnis. Natürlich wären da auch viele junge Leute. Jungen und Mädchen direkt nach dem Abi, die mich gar nicht sehen werden, weil für eine bestimmte Gruppe Menschen jenseits der vierzig einfach unsichtbar sind. Aber es wird da ja auch ältere Studenten geben. Oder Dozenten. Einfach Leute, die nichts von mir wissen und sich ganz normal mit mir unterhalten. Während ich das denke, fühle ich mich schuldig. Rolf gegenüber. Weil ich das Bedürfnis nach Normalität habe. Als ich den Autoschlüssel nehme, weiß ich, dass ich einen Fehler mache. Er ist wahrlich nicht der erste, den ich sehenden Auges begehe. Mein Auto findet fast alleine den Weg nach Hause. Also zu dem Haus, das bis vor kurzem mein Zuhause war. Ich habe das unstillbare Verlangen, es zu sehen. Als müsste es mich daran erinnern, wer ich bin. Was ich sehe, macht mich unfassbar wütend. Ich halte fassungslos vor dem Gartentor und starre auf eine Horde von Buchsbäumen. Die Dickmanns haben den gesamten Vorgarten im Friedhofsstil bepflanzt. Wieso haben sie die Fläche nicht gleich betoniert und grün angemalt? Vorher war da ein buntes Durcheinander. Ein paar Büsche, viel Lavendel, Blumen und auch Wildkräuter (so heißen doch Unkräuter jetzt, oder?). Der Garten hat einfach gelebt. Jetzt hat er den Charme einer Gummizelle. Ich schlucke zwei Mal sehr fest und lasse das Auto wieder an. Ich muss feststellen, dass – selbst wenn ich zurückwollte – es nichts gibt, wohin ich könnte. Ich muss jetzt einfach mein neues Leben leben. Wie auch immer.

11

Als ich mit dem Waffeleisen unterm Arm bei Annalena und Torsten klingle, hat meine Tochter schon alles vorbereitet. Auf der blitzenden Arbeitsplatte in der Küche steht eine Flasche Fertigteig für Waffeln, daneben die Sprühsahne. Dabei gibt es Anleitungen für Waffeln auf der dritten Koch-CD ihres Vaters, die den Titel trägt »Backen und andere süße Schweinereien«. Der Titel ist von mir, und ich bin wirklich stolz darauf. Vor allem weil Rezept vierzehn auch von mir ist: Platzieren Sie eine Weintraube/gefüllte Olive im Bauchnabel Ihres Partners. Spülen Sie das gemeinsam mit dem Partner mit einer Flasche Champagner hinunter. Im weiteren Verlauf des Abends verbrauchen Sie viele Kalorien, die Sie lustvoll mit CD Nummer vier wieder auffüllen können.

Annalena schafft es tatsächlich, die ersten drei Waffeln anbrennen zu lassen, obwohl das Waffeleisen über ein blinkendes rotes und ein blinkendes grünes Lämpchen verfügt. Ich hätte vielleicht doch vor dieser Veranstaltung hier bei meiner Lieblingsbäckerin vorbeigehen sollen.

Irgendwann haben wir aber alle eine Waffel mit Sprühsahneklecks auf dem Teller und einen Kaffee – natürlich frisch gebrüht aus dem Vollautomaten – in der Tasse und üben uns im Smalltalk. Ich versuche wirklich zu ignorieren, dass das Milchkännchen immer wieder auf einer Papierserviette abgestellt werden muss, weil ja sonst ein Tropfen fetter Kondensmilch auf der edlen Tischoberfläche landen könnte. Ich übersehe, dass sich Annalena nach jedem Schluck aus der Tasse den Lippenstift mit Serviette No. zwei abtupft. Als Torsten allerdings direkt nach dem Kaffee den TMC-Tischstaubsauger zückt und kreisen lässt, kann ich nicht mehr. Ich grinse Annalena an: »Ich glaube, ein Kind würde euch ganz guttun.«

»*Mama.*«

Natürlich möchte ich noch nicht Oma werden. Aber ich würde es den beiden einfach gönnen: eingespeichelte Brötchen auf der Autorückbank, barfuß auf spitze Playmobilfiguren treten, Knete im Langhaarteppich, Bobbycarspuren an sämtlichen Türrahmen. Ein bisschen Leben eben.

Aber wahrscheinlich bekäme das Bobbycar eine Schaumstoffumrahmung, sämtliche Stifte wären wasserlöslich, Teufelszeug wie weißes Mehl käme schon mal gar nicht ins Haus – oder Kind –, stattdessen gäbe es Dinkelstangen, und die auch nur mit Messer und Gabel. Torsten würde wahrscheinlich in jedem Zimmer der Wohnung einen leistungsstarken Tischstaubsauger installieren, und das Kind würde in einem keimfreien Haushalt groß, in dem man problemlos auf dem Esstisch eine Blinddarmentfernung durchführen könnte.

Wenn ich wirklich mal ein Enkelkind bekomme, muss ich einfach dafür sorgen, dass es bei mir mit der nötigen Menge an Bakterien konfrontiert wird. Aber da sehe ich kein großes Problem.

»Torsten und ich möchten übrigens mit dir reden«, sagt meine Tochter plötzlich.

Blitzschnell überlege ich, was das heißen könnte.

Sie wollen heiraten.

Sie wollen heiraten, bauen und brauchen Geld.

Sie wollen heiraten, mit meinem Geld bauen, und ich soll dann bei ihnen einziehen und die Summe abwohnen.

Ich unterbreche diesen bunten Reigen an Horrorvisionen und sage schnell: »Aber wir reden doch.«

Annalena überhört das geflissentlich. »Torsten und ich haben darüber nachgedacht, womit du jetzt dein Leben füllen könntest. Du kannst doch nicht nichts tun.«

Wie bitte? Mein Hoffentlich-Nicht-Schwiegersohn und meine Über-Nacht-Erwachsene-Tochter denken darüber nach, womit *ich mein* Leben füllen könnte?

»Ich kann sehr gut nichts tun«, sage ich trotzig.

Genau in dem Tonfall hat Annalena mit vier Jahren behauptet: »Ich kann schon schwimmen.« Dann ist sie ohne Schwimmreifen ins Tiefe gehopst und fast ertrunken.

»Wir haben überlegt, ob es nicht sinnvoll wäre, wenn du wieder arbeiten gingest. Allein schon, damit du unter Leute kommst.«

Die beiden tun so, als käme ich ohne sie nicht unter Menschen, sondern direkt unter die Räder. Ich sehe sie vor mir, wie sie da sitzen und fürchten, dass ich sie jetzt jeden Tag anrufe, um überhaupt mal mit jemandem zu reden. Wie sie Angst haben, dass ich sie jetzt jeden Sonntag zum Rouladenessen einlade und für den Kaffee schon einen Frankfurter Kranz mit Unmengen guter Butter und Krokant zusammengeklatscht habe. Gleich werden sie vorschlagen, dass ich ihnen einen Hausschlüssel gebe. Nur für den Fall, dass ich mal stürze, mir den Oberschenkelhals zertrümmere und es nicht mehr bis zum Telefon schaffe.

»Macht euch keine Sorgen. Ich habe schon über meine Zukunft nachgedacht und mir überlegt, dass ich mich gerne weiterbilden möchte.«

Sie wechseln einen Blick, der aussieht wie: »Jeder muss seine eigenen Fehler machen.«

»Das ist ja eine hübsche Idee, Mutti.«

Mutti. O Gott.

Außerdem klingt ihre Stimme, als wollte sie sagen: »Natürlich ist ein feuerspeiender Drache ein sehr schönes Motiv für eine Tätowierung im Dekolletee, aber vielleicht kaufst du dir einfach eine neue Perlenkette.«

Sie holt tief Luft und sammelt sich: »Wir können uns ja mal zusammen informieren. Im Freizeitzentrum soll es hervorragende Kurse geben. Eine Kommilitonin von mir macht da Spanisch. Außerdem gibt es ja auch das Seniorenstudium. Das wäre ja vielleicht auch was für dich.«

Ich würde gerne spontan darauf antworten. Aber alles, was mir einfällt, würde definitiv den Straftatbestand der Beleidigung nicht nur erfüllen, sondern sprengen. Wieso kann meine Tochter nicht eine ganz normale junge Frau sein? Mit wechselnden Männerbekanntschaften, verkaterten Sonntagmorgenden, geschwänzten Vorlesungen und einer Vorliebe für ganz normale Jeans? Warum ist ausgerechnet meine Tochter so spießig wie ein grauer Flanellrock und eine saure Dauerwelle?

Seniorenstudium. Ich bin noch keine sechzig. Ich habe wahrscheinlich gerade mal ein bisschen mehr als die Hälfte meines Lebens geschafft. Die Zahl der über Hundertjährigen nimmt stetig zu, habe ich gelesen. Wenn ich wollte, könnte ich sogar noch ein Kind kriegen. Gerade mal so. Und falls ich mal wieder Sex hätte. Was ich beides nicht will. Aber es ginge! Diese italienische Rocksängerin neulich war noch älter als ich. Würde man irgendeinem Topmanager kurz nach seinem fünfzigsten Geburtstag vorschlagen, jetzt nachmittags doch mal bei der Senioren-Herzsportgruppe vorbeizuschauen? Niemals. Aber ich soll jetzt mit vereinten Kräften aufs Abstellgleis geschoben werden? Ich soll jetzt Zeittotschlag-Seminare besuchen, damit mein Kopf und meine Hände etwas zu tun haben? Momentan würde es mir als Beschäftigung reichen, kurz mal Annalena ein bisschen hin- und herzuschütteln. Torsten bricht in meine Gedanken ein.

»Also die Alten, die bei uns in den Seminaren sitzen, nerven total. Die halten ständig lähmend langweilige Monologe. Als hätten wir ewig Zeit.«

Ich starre ihn an. »Du meinst, die reden ununterbrochen und ungefragt über Dinge, die niemanden interessieren? Das kommt mir irgendwie bekannt vor.« Ich gucke weiter sehr eindringlich in seine Richtung. Er will mich offenbar nicht verstehen.

»Genau. Oder die fragen Dinge, die schon längst geklärt sind. Wahrscheinlich hatten die da ihr Hörrohr vergessen«, wendet er sich an Annalena.

»Das hat doch mit einem Seniorenstudium nichts zu tun«, belehrt sie ihn. »Im Seniorenstudium studieren die älteren Mitbürger unter sich. Die haben ihre eigenen Veranstaltungen. Ich glaube vormittags von zehn bis zwölf.«

»Da kann ich ja vorher prima noch zur Osteoporose-Wassergymnastik und bin rechtzeitig zum Mittagsschlaf wieder zu Hause«, mische ich mich ein. Und wieso spricht Annalena jetzt von »älteren Mitbürgern«? Wir sind alle so höflich geworden. Man spricht nicht mehr von den »Alten«. Was sind wohl alte Ausländer? »Ältere Mitbürger mit Migrationshintergrund«? Und was sind wohl alte Ausländer mit Hinkebein? »Ältere körperlich beeinträchtigte Mitbürger mit Migrationshintergrund«? Im Hintergrund meines Kopfes macht sich blanke Wut breit. Und zwar völlig unbeeinträchtigt.

»Mama, guck dir das doch erstmal an«, will Annalena mich beruhigen. Vergeblich.

»Was lernt man denn in einem Seniorenstudium so? Wie man auch im hohen Alter mit so komplizierten Dingen wie einem Handy zurechtkommt? Oder worauf man bei der richtigen Auswahl der mobilen Pflege achten sollte? Vielleicht stellen sich ja auch unterschiedliche Essen-auf-Rädern-Anbieter vor. Wo sie doch da gerade ihre Zielgruppe versammelt haben«, gehe ich Annalena weiter auf den Nerv.

»Aber du hast doch gesagt, dass du dich weiterbilden möchtest. Wir hatten ja eher an eine leichte Teilzeittätigkeit gedacht«, bringt Torsten sich ins Gespräch ein.

Sie hatten an eine »leichte Teilzeittätigkeit« gedacht und wahrscheinlich gehofft, dass ich es ihnen damit nicht so schwer mache. Wahrscheinlich haben sie gehofft, dass ich bei der »Tafel« demnächst Lebensmittel einräume. Geizig wie Torsten ist, hat er bestimmt gehofft, dass ich ihm ab und zu etwas mitbringe. Kaviar, der noch gut ist, oder so.

»Torsten, ich finde es so aufmerksam von euch, dass ihr euch in eurer knappen Freizeit mit meiner Zukunft befasst, aber ich fürchte, ich werde eine von diesen ungezogenen Alten werden, die halb taub und senil mit dir im Hörsaal sitzen und mit ihren Erinnerungen an den Beginn der Weimarer Republik den Betrieb aufhalten.«

»Du willst wirklich studieren? So richtig?«

Annalena tut so, als hätte ich ihr gerade eröffnet, dass ich als älteste Einhandseglerin der Welt alle sieben Weltmeere bereisen wollte. Oder als ob ich wirklich noch mal Mutter würde.

»Und was?«, will Torsten jetzt wissen.

»Keine Sorge. Wir werden uns in keinem Seminar über den Weg laufen«, weiche ich aus.

»Was willst du denn studieren?«, bohrt Annalena weiter nach.

Ich könnte jetzt »irgendwas mit Menschen« sagen. Das höre ich immer und überall, wenn junge Leute gefragt werden, was sie mal machen möchten. Dabei gibt es ja nur ganz, ganz wenige Berufe, die nichts mit Menschen zu tun haben. Einsiedler vielleicht. Oder eben Einhandsegler. Aber das sind glaube ich keine Ausbildungsberufe. Ich weiß genau: Wenn ich jetzt »Psychologie« sage, werden sich Annalena und Torsten vielseitige Blicke zuwerfen. Sie werden denken: Natürlich, sie ist jetzt depressiv und will es nicht zugeben. Ich werde noch nicht ganz aus der Tür sein, da wird Annalena irgendeine Psycho-Hotline anrufen und mir einen Therapeuten auf den Hals hetzen. Eigentlich keine dumme Idee. Dann könnte ich dem ja erzählen, dass ich aus Versehen neuerdings selber als Therapeutin arbeite, und mir Tipps holen, was ich denn mal so mit meinen Patienten machen könnte. Wahrscheinlich müsste ich dann aber ein Fernstudium anfangen, weil ich sofort zwangseingewiesen würde.

»Soziologie«, höre ich mich sagen.

So plötzlich wie ein Schluckauf war der Gedanke aufgetaucht. Ich habe vor ein paar Wochen einen Bericht über einen Freizeitsoziologen gelesen und fast bis zum Schluss geglaubt, dass er in seiner Freizeit als Soziologe tätig wäre. Quasi ein Hobbysoziologe. Erst ganz am Ende habe ich gemerkt, dass dieser Typ – sehr gut aussehend übrigens und auch witzig – sich mit der Freizeit anderer Menschen befasste. Ich hatte mich gefragt, ob die Beschäftigung mit Freizeit wohl eher eine harte oder eine leichte Arbeit ist. Und ob er sich in seiner eigenen Freizeit auch permanent beobachtet. Wann hat ein Freizeitsoziologe wohl wirklich Feierabend?

»Soziologie?«, fragt Annalena.

In dem Tonfall hätte sie auch »Nuklearwissenschaften«, »Neu-Griechisch« oder »katholische Theologie« wiederholt.

»Was willst du denn damit machen?«

»Wenn sich die Frage nach der anschließenden beruflichen Tätigkeit alle Studenten der Germanistik, der Literaturwissenschaften oder der Grundschulpädagogik stellen würden, wären unsere Unis nicht so überlaufen. Wieso soll ausgerechnet ich wissen, was ich mal damit machen will?«

»Wieso machst du denn nicht irgendwas mit Kindern?«, will Torsten jetzt wissen.

Ich sage jetzt nicht, dass der Beweis meiner Erziehungsunfähigkeit ja gerade als warnendes Beispiel vor mir sitzt, aber ich hätte mir von meiner Tochter doch ein bisschen mehr positive Bestärkung gewünscht.

Trotzdem ist nicht Annalena daran schuld, dass ich am Abend einen überdurchschnittlichen Taschentuchverbrauch habe. Ich hatte mich durchs Fernsehprogramm gezappt und war bei einer Opernaufführung hängen geblieben. Schon nach wenigen Tönen waren die Tränen gekullert. Wie lange war es noch mal her, dass Rolf und ich diesen unsäglichen Opernabend hatten? Gefühlt erst drei Wochen. Kirstens Mann Wolfgang ist Opernfan und hatte es geschafft, uns zu einem Besuch zu überreden. Er hatte sogar die Karten bezahlt. Es war grausam. Rolf und ich standen in unseren besten Klamotten inmitten von Hundertdreijährigen. An der Bar wurden die Sektgläser nur halb gefüllt, wahrscheinlich weil der Großteil der Besucher schon Parkinson hatte und die fehlende Hälfte eh verschüttet hätte. Ich habe gestern Abend natürlich sofort umgeschaltet und mit verschwommenem Blick auf eine todlangweilige Zoodokumentation gestarrt. Wenn schon die Erinnerungen an einen so fürchterlichen Abend mich dermaßen wegschwemmten – was wird passieren, wenn ich mich irgendwann mal traue, an die schönen Momente zu denken? Besser, ich halte sie weiter gut unter Verschluss in den tiefsten Tiefen meines Herzens. Kirsten hatte damals herzhaft gelacht, als ich ihr von dem Abend erzählte. Sie gestand offen, dass sie Opern auch blöd fände. Aber so hätte sie immerhin regelmäßig eine gute Rechtfertigung für ein neues Kleid oder ein neues Schmuckstück.

12

»Hallo Froschschenkel.«

Die Stimme ist sehr leise. Aber ich höre sie doch. Und ich weiß, dass ich gemeint bin. Ich habe die Frau im Vorbeigehen kurz gesehen, und sie hat »Froschschenkel« zu mir gesagt. Noch nicht mal mit bösem Unterton. Ich bin fassungslos, gucke mich erstaunt um. Sie ist langsam weitergegangen. Vielleicht hat sie dieses Tourette-Syndrom, wo man dauernd schlimme Dinge sagen muss. Immer und immer wieder. Ich dachte aber immer, dass man dann »Ficken. Ficken. Ficken« sagt. Und nicht »Froschschenkel«. Als ich gerade weitergehen will, fällt es mir ein. Diese Frau war meine erste »Patientin«. Die mit der Meerschweinchenfrisur. Und die, die in den nächsten Tagen wiederkommen will. Ich könnte jetzt versuchen, sie einzuholen. Ihr erklären, dass ich mich aus Versehen als ihre Therapeutin ausgegeben habe. Aber womit betitelt sie mich wohl dann? Ich möchte nicht in der Öffentlichkeit beschimpft werden.

Erst als ich an »meinem« Türschild vorbeikomme, »Tanja Schenk. Lebensberatung. Coaching«, wird es mir klar. Diese Frau hat nicht »Hallo Froschschenkel« gesagt. Sie hat »Hallo Frau Schenk« gesagt. Wie peinlich. Ich stelle mir vor, wie ich vor ihr stehe und ihr mitteile, dass sie mich nicht »Froschschenkel« nennen soll und dass ihre Therapeutin in Tibet ist. Spätestens dann hätte wohl eine ambulante Therapie für sie nicht mehr ausgereicht. Ich bekomme einen Kicheranfall und fasse den Entschluss, der Frau zu helfen. Ich kann die nicht einfach wie einen falsch zugestellten Brief wieder nach Hause zu ihrer verwöhnten Sippe schicken. Meine Güte, ich habe gefühlte sieben Millionen Stunden einer ehemaligen Nachbarin zugehört, deren Mann ein Verhältnis mit der Freundin des Sohnes hatte. Das war quasi auch eine Therapie. Und immerhin hatte ich die Frau irgendwann so weit, dass sie alles ihrem Sohn erzählt hat. Der hat dann Fakten geschaffen, und ich fand, das war eine gute Lösung. Ich konnte es nämlich irgendwann nicht mehr hören. Außerdem hatten die Gespräche einen extrem schlechten Einfluss auf unseren Kaffeeverbrauch. Aber immerhin: Bis dahin hatte ich zugehört. Unentgeltlich. Das nur am Rande.

Ich werde also kurzfristig als Lebenscoach tätig werden. Soll die Frau ruhig ab und zu zu mir kommen, sich ereifern über ihre faule Familie und auf meiner Couch ein bisschen was von ihren Träumen träumen. Wahrscheinlich wird ihr ja schon damit geholfen sein. Ein bisschen erleichtert wirkte sie ja schon nach ihrem ersten Besuch. Meist ist es ja so, dass man alleine dadurch, dass man seine Gedanken strukturieren muss, bevor man sie ausspricht, schon viel klarer sieht. Außerdem sollte ja ein Therapeut dem Patienten nicht sagen, was er an dessen Stelle machen würde. Die Antwort soll doch im Klienten selber liegen, oder? Ich helfe einfach nur ein bisschen beim Suchen. Vielleicht sollte ich mir aber gar nicht so viele Gedanken um meine Scheinberufstätigkeit machen, sondern mehr um meine reellen Bildungschancen.

13

Google weiß Unmengen über Soziologie. Mehr als fünf Millionen Seiten. Die schaffe ich heute nicht mehr. Direkt am Anfang steht Wikipedia und verrät mir, dass es sich dabei um die Wissenschaft von den Voraussetzungen, Abläufen und Folgen des Zusammenlebens von Menschen handelt. Das ist ja mal ein weites Feld. Ich habe schon die obskursten Folgen des Zusammenlebens gesehen. Kinder. Chaos. Schimmelpilze. Glück, blaue Flecken. Alles ist drin. Auch sind mir unterschiedliche Abläufe des menschlichen Zusammenlebens vertraut. Sie kümmert sich um alles, er um nichts. Beide kümmern sich um nichts. Beide leben einfach weiter ihr vorheriges Leben – das vor dem Zusammenleben – und glauben, dass sie sich total gut miteinander fühlen. Mir fallen so viele Geschichten dazu ein. Ich glaube, dass ich wirklich ein Gebiet gefunden habe, das ich gerne studieren würde.

Auf den Kochseminaren von Rolf habe ich so viele zusammenlebende Paare mit ihren seltsamsten Gewohnheiten gesehen. Die Frau, die ihrem Mann das Fleisch geschnitten hat. Ein Paar, das permanent die Teller getauscht hat. Ein Mann, der nur mit Gabel gegessen hat und die freie Hand auf dem oberen Drittel des Oberschenkels seiner Gattin parkte. Vielleicht könnte ich das zum Schwerpunkt meines Studiums machen: Die Folgen gemeinsamen Kochens in der Ehe. Es ist unglaublich, über was Paare sich am Herd streiten können: Wie dick dürfen die Kartoffelschalen sein? Ist Fertigsalatdressing erlaubt? Wie blutig ist medium? Wie heiß ist mittlere Hitze? Ich könnte einen Leitfaden schreiben: Damit auch nach dem Kochen das Tischtuch nicht zerschnitten ist. Oder so.

Ganz mutig gebe ich einen zweiten Suchbegriff ein. Die restlichen vier Millionen und ein paar zerquetschte Seiten schenke ich mir erstmal. Studieren heißt ja schließlich auch, dass man sich auf das Wesentliche konzentriert. Vor allem, wenn man sich an die vorgegebene Semesterzahl halten will, oder? Ich kombiniere also Soziologie und Studium. Bei der Verknüpfung wird es schon schwieriger. Ich lese, dass irgendwo der Schwerpunkt auf die »Verbindung von soziologischen Theorien einerseits und der quantitativ-empirischen Forschung andererseits« gelegt werde. Die Seite öffne ich mal lieber nicht. Weiter unten lese ich: »Das Studium der Soziologie soll Studierende ausbilden, die anspruchsvolle Führungsaufgaben übernehmen möchten.« Also nicht nur Führungsaufgaben. Gleich »anspruchsvolle Führungsaufgaben«. Gibt es im Gegenzug wohl einen Studiengang, der vermitteln soll, anspruchslose Mitläuferposten auszufüllen? Und wenn ja: Wer wird diese Absolventen dann später einstellen? Außerdem interessieren mich ja nicht irgendwelche Unis. Vielleicht weiß ich noch nicht genau, was ich studieren werde, aber dass ich das an unserer Uni tun werde, steht fest. Ich habe jetzt nun wirklich keine Lust, in eine andere Stadt zu ziehen. Am Ende noch in ein Studentenwohnheim mit Dusche auf dem Flur und einer Gemeinschaftsküche, die flächendeckend mit Fett überzogen ist. Wahrscheinlich hört man in seinem Zimmer sogar, wenn der Nachbar einen Reißverschluss oder eine Bierflasche öffnet. Das ist mir zu nah. Man muss ja nicht gleich übertreiben.

Ich bin so in Gedanken, dass ich sofort zur Tür gehe und auf den Summer drücke, als es läutet. Der Mann, der mir entgegenkommt, sieht freundlich aus. Richtig nett. Nicht im Sinne von »haben wollen«. Eher im Sinne von »schmutzt nicht, benutzt keine Fäkalausdrücke, setzt sich hin auf dem Klo und hilft einer Frau in den Mantel«. Auf den zweiten Blick würde ich sogar sagen: Dieser Mann ruft am Muttertag seine Mami an und verdreht dann beim Telefonat noch nicht mal genervt die Augen.

Trotzdem wird mir leicht schlecht, als der Mann vor mir steht. Wie viele Termine hat die gute Frau Schenk denn noch vereinbart? Wie viele unangemeldete Probleme klingeln noch bei mir? Natürlich müsste ich jetzt sagen: Stopp. Halt. Gehen Sie bitte nicht weiter. Ich kann Ihnen nicht helfen. Ich bin nicht Tanja Schenk.

Sage ich aber nicht. Ich bin einfach zu neugierig. Ich hätte einfach nicht gedacht, dass auch Männer zu Psychotanten gehen. Ich dachte immer, dass sind zu neunzig Prozent Frauen um die vierzig, die zu alt oder zu jung sind für das Leben, das sie führen. Welches Problem hat dieser nette Mann wohl? Vielleicht führt er ein Doppelleben und weiß nicht mehr, wer er wirklich ist? Vielleicht hat er ein grausames Familiengeheimnis entdeckt und weiß nicht, wie er mit diesem Wissen weiterleben soll? Vielleicht ist er ein berühmter Geiger, dessen Finger plötzlich steif werden und der ohne seine Musik nicht existieren kann? Warum denke ich bei Frauen an so was Profanes wie Depression und bei Männern gleich an so etwas Aufregendes wie ein Agenten-Doppelleben? Ich hatte mich doch immer für emanzipiert gehalten.

Ich weiß, dass ich das nicht tun sollte, aber ehe ich mich bremsen kann, habe ich ihn reingebeten. Mit einer Handbewegung weise ich ihn zur Couch. Da haben seine Vorgängerinnen schließlich auch gehockt. Mittlerweile hängt mein Familienschinken darüber. Ein röhrender Hirsch im güldenen Rahmen. Den hat mir eine Großtante mal vererbt. Ich fand den so übertrieben spießig, dass ich ihn schon wieder hübsch finde. Um die Ironie ein bisschen zu unterstreichen, habe ich den Hirsch mit einem Autolackstift metallicblau angemalt. Der blaue Pulli des Mannes passt super dazu. Ich bin ganz begeistert.

»Wahrscheinlich möchten Sie jetzt hören, warum ich hier bin«, mutmaßt er.

Ja, ja, ja!

»Das Problem ist, dass ich irgendwie zu schwach bin.«

Er räuspert sich. Es scheint ihm nicht leichtzufallen. Ich studiere das Muster des Teppichs und bin ein bisschen peinlich berührt. Wann hat das letzte Mal ein Mann so verzagt und ehrlich vor mir gesessen?

»Ich habe schon so oft mit meiner Frau darüber gesprochen, aber im entscheidenden Moment fehlt mir einfach Durchsetzungsvermögen, die nötige Härte. Meine Frau hat mir schon so viele Tipps gegeben, aber es hilft nicht. Ich bin technischer Leiter in einem kleinen Unternehmen. Als jetzt die Betriebsleitung neu besetzt werden sollte, habe ich mich nach einigem Zögern auch beworben, aber es ist jemand von außen eingestellt worden. Das war für meine Frau schon eine ziemliche Enttäuschung. Und da hat sie vorgeschlagen, dass ich mir mal Hilfe von außen hole und mich ein bisschen coachen lasse.«

Kann es sein, dass ich mich mal mit der Frau unterhalten sollte?

»Sind Sie gerne technischer Dingsleiter?«

»Absolut. Es ist sehr abwechslungsreich. Ich gehe wirklich gerne zur Arbeit.«

»Und warum haben Sie sich auf diese andere Stelle beworben, wenn Sie doch eigentlich glücklich sind?«

Er guckt mich ganz überrascht an. »Ja, man muss doch auch mal weiterkommen. Auf der Karriereleiter ein bisschen nach oben klettern.«

»Muss man?«

»Hinterher überholen einen die Jungen. Der neue Betriebsleiter ist gerade mal zwei Jahre älter als ich.«

»Mein Zahnarzt ist ungefähr so alt wie meine Tochter, meine Gynäkologin durfte noch nicht Bier trinken, als ich schon Abi hatte. Sollen die Jungen doch kommen und auch mal was machen«, lache ich.

Er lacht nicht mit, guckt eher irgendwie irritiert und peinlich berührt.

Ist das hier eine Situation, in der ich über meine Gynäkologin reden sollte?

Nein. Nein. Nein.

»Es gibt da ja noch ganz andere Situationen, in denen ich einfach zu weich bin. Die beiden Mädchen von nebenan werfen andauernd ihren Ball zu uns rüber. Meine Frau hat ihnen schon so oft gesagt, dass sie doch woanders spielen oder werfen lernen sollen. Ich werfe den Ball dann immer heimlich zurück. Und diese Straßenkreide überall. Meine Frau muss fast jeden Tag unsere Fußmatte ausbürsten, weil diese beiden Gören den ganzen Bürgersteig vollmalen. Meine Frau hat denen schon einen Schrubber hingestellt, damit die das wegmachen, wenn sie fertig sind. Tun sie aber nicht. Ich müsste eigentlich mal mit dem Vater reden, aber irgendwie fehlt mir die Kraft dazu.«

»Wieso geht Ihre Frau nicht?«

»Sie findet, das sei meine Aufgabe. Sie glaubt, das würde eher wirken.«

»Warum ist Ihre Frau eigentlich nicht mitgekommen?«

»Wir dachten, dass das nicht ginge. Außerdem ist sie an unserem Termin eigentlich im Fitnessstudio.«

Ich sehe eine Art Lara Croft vor mir, die diesen netten blauen Pulli jeden Abend zusammenfaltet. Und sich dann wundert, dass er so klein ist.

Ich ärgere mich in dem Moment, in dem ich es sage. Aber ich kann nicht anders.

»Sind eigentlich Sie unzufrieden mit sich, oder ist Ihre Frau unzufrieden mit Ihnen?«

Ich bin richtig wütend auf diese Frau. Wir haben als Kinder Wasserbomben in den Garten unserer Nachbarn geschmissen. Nicht kleine Hello-Kitty-Bälle. Und wenn ihr so wichtig ist, dass ihre Fußmatte sauber ist, soll sie eine Fußmatte davorlegen. Eine Prä-Matte quasi. Und wenn sie einen Betriebsleiter zum Mann will, soll sie sich einen suchen. Und nicht einen Mann, den sie zum Betriebsleiter machen will. Mir fällt jetzt erst auf, dass der Pulli lange nichts gesagt hat.

»Ich liebe meine Frau«, höre ich plötzlich.

O Gott. Wie süß. Wie ergreifend. Wie bescheuert.

»Dann machen Sie doch einfach, was Ihre Frau möchte.«

Wenn er jetzt aufsteht und sagt »Gute Idee«, gehe ich in die Annalen der Psychologie-Geschichte mit der kürzesten erfolgreichen Therapie ein. Und dabei bin ich ja noch nicht mal Therapeutin.

Wahrscheinlich wäre das der Grund.

»Das schaffe ich ja nicht.«

Wir haben fast eine halbe Stunde gesprochen und sind wieder am Ausgangspunkt angekommen. Ich habe eine atemberaubende Idee.

»Ich habe das Gefühl, dass Ihre Frau Sie verändern möchte. Sie sich aber eigentlich nicht. Also müssen Sie einfach Ihre Frau verändern. Dann wird alles gut.«

Gut. Das hört sich etwas schlicht an. Aber auch naheliegend. Und meistens liegt doch die beste Lösung ganz nah. Deswegen kommt man ja nicht selber drauf.

»Meine Frau verändern?« Er klingt, als wolle er fragen: »Und *wie* genau soll ich zum Mars und zurück fliegen?«

»Nicht wirklich Ihre Frau. Vielleicht nur deren Erwartungen. Sie könnten Ihrer Frau neue Perspektiven aufzeigen.«

Das klingt doch schon viel therapeutischer.

»Neue Perspektiven?«

»Sie könnten sich zusammen daran erinnern, was Ihre Kinder früher für einen Unsinn gemacht haben. Wahrscheinlich noch kriminellere Sachen als Straßenkreidebilder auf dem Gehweg, oder?«

»Wir haben keine Kinder.«

Oh.

Wieso hat dieser Mann keine Kinder? Der könnte mit Sicherheit gute Baumhäuser zimmern und kaputte Fahrradreifen flicken. Der sieht doch total nach Cowboy-und-Indianer-Spielen aus. Oder zumindest nach Opfer am Marterpfahl. Ich schwöre: Dieser Mann würde für seine Tochter ein Pony eigenhändig mit einem Stabilo-Boss rosa einfärben, wenn die das wünschte.

»Sie könnten Ihrer Frau klarmachen, wie wenig Freizeit Sie noch hätten, wenn Sie Betriebsleiter wären. Wie spät Sie abends nach Hause kämen.«

»Meine Frau arbeitet abends oft noch lange. Oder sie ist im Fitnessstudio. Sie kommt selber immer sehr spät. Deswegen könnte ich ja auch ruhig länger arbeiten.«

Was für eine Unsympathin. Wahrscheinlich hat sie graue Businesskostüme in Größe vierunddreißig und immer einen Clip im Ohr, über den sie Anweisungen zum Ausbau des Firmenimperiums bellt.

»Sehen Sie, ich kann Ihnen ja auch nur Anregungen geben. Sie müssen Ihre eigenen Antworten finden.«

So. Und jetzt tschüsikowski. Geh zurück zu deiner Domina.

Er versteht und steht auf. »Bleibt es bei dem nächsten Termin in zwei Wochen?«

Er klingt so bittend. Kann ich jetzt sagen: »Ach nö. Ich finde Ihre Frau kacke. Sehen Sie doch selber, wie Sie mit der klarkommen?« Wohl kaum.

Ich nicke nur.

Er ist schon fast raus, als er sich noch mal umdreht.

»Jetzt habe ich ganz vergessen, Ihnen meine Versicherungskarte zu geben.«

»Hä?«

»Brauchen Sie die nicht für die Abrechnung?«

»Ach ja. Klar.«

Er drückt mir seine AOK-Karte in die Hand.

Hans-Peter Sanders heißt der Blaupulli also.

»Ich lese die eben mal ein«, flüstere ich und gehe mit der Karte in der Hand in die Küche. Zuerst stehe ich etwas ratlos mit dem AOK-Mitgliedsausweis in der Hand vorm Herd. Dann halte ich den Magnetstreifen mal kurz in den Toaster und mache mit den Lippen ein »sssssss«.

Als ich ihm die Karte wieder in die Hand drücke, sieht Hans-Peter ein bisschen verhauen aus. Das Gespräch mit mir hat ihm wohl doch nicht so gutgetan.

Vielleicht sollte ich doch ausziehen. Vielleicht ist ein Studentenwohnheim doch nicht so schlecht.

Klar ist: Ich muss damit aufhören. Ich darf mich nicht weiter für jemanden ausgeben, der ich nicht bin.

Mit einem Schraubenzieher bewaffnet nähere ich mich kurz darauf dem Schild an der Hauswand. Die gute Frau Schenk hat hier wohl mehrere Jahre praktiziert, die Schrauben lösen sich nur widerwillig. Als ich die Tafel endlich abnehmen kann, kommt darunter ein neues Schild zum Vorschein.

L. Lewandowsky – Tierpräparationen aller Art.

Bitte nicht.

Ich sehe schon verheulte Kinder mit steifen Kaninchen, alte Omas mit schlaffen Pudeln oder auch einsame Frauen mit ihren verstorbenen Katzen vor meiner Tür stehen. Und dann? Wahrscheinlich nehme ich die verblichenen Lieblinge dann aus wie Weihnachtsgänse und stopfe großzügig Holzwolle rein. Oder werden die Leichen mit Silikon oder Ähnlichem gefüllt? Das Schild von L. Lewandowsky ist nicht angeschraubt, sondern angeklebt. Schadlos bekomme ich das nicht von der Wand. Es hilft nichts. Frau Schenk muss wieder hängen.

Ich denke wieder an den blauen Mann. Ich müsste ihm einfach beibringen, so zu sein, wie Rolf war. Auf so eine weiche Art bestimmend. Er hat nie auf den Tisch gehauen oder rumgebrüllt, aber er war alles andere als ein Softie. Rolf wusste wohl schon im Kindergarten, was er wollte, und hat früh gelernt, dass man sich lächelnd besser durchsetzt und damit auch einfach glücklicher ist. Er hat sich selber nicht so wichtig genommen. Richtig streng war er nur bei seinen Rezepten. Wenn seine Kochschüler sich nicht genau an die Vorgaben hielten, hat er einfach weggekippt, was sie bis dahin zusammengebraut hatten, und gesagt: »Gut, dass das jetzt schon passiert. Jetzt können Sie ja prima noch mal von vorne anfangen.« Den Satz habe ich oft von ihm gehört. Es ist ein paar Jahre her. Wir hatten ein bisschen viel getrunken und ein bisschen auf der Couch rumgealbert. Aus dem Rumalbern wurden Zärtlichkeiten. Bis Rolf von der Couch fiel. Ich habe ihn nur angelacht und gemeint: »Gut, dass das jetzt passiert. Da können wir ja prima noch mal von vorne anfangen.«

Mist. Jetzt habe ich die Tür zu dem verbotenen Raum doch aufgemacht. Ich schlucke mit aller Kraft und ziehe sie wieder zu.

14

Ich bin gerade zurück von meiner erfolglosen Mission an der Haustür, als Annalena in der Tür steht. In der rechten Hand ihre Aktentasche, die vorgaukelt, dass sie schon erfolgreiche Businessfrau ist und nicht Langzeitstudentin. In der anderen Hand hat sie einen Baumwollbeutel mit der Aufschrift »Freizeitzentrum – Eines für Alle«. Mir schwant Fürchterliches.

Schwungvoll wirft sie einen Packen Broschüren auf den Tisch.

»Torsten und ich haben deine Idee mit dem Studium noch mal diskutiert. Vielleicht solltest du dich doch mal für das Angebot des Freizeitzentrums interessieren.«

Torsten und sie haben meine Idee diskutiert.

Ich habe ein akustisches Déjà-vu.

»Papa und ich haben deine Idee mit dem Bauchnabelpiercing diskutiert.«

Ist das wirklich schon so lange her? Rolf fehlt mir so sehr.

»Und wofür sollte ich mich eurer Meinung nach genau interessieren?«, heuchele ich aus Harmoniebedürfnis.

Annalena strahlt. Sie glaubt, dass ich ihr auf den klebrigen Leim gehe. Endlich wird Mutti vernünftig. Wurde ja auch Zeit, dass sie aufhört, sich wie ein bockiger Teenager anzustellen.

»Es gibt da ein ganz tolles Seminar zum Thema ›Frauen und Technik‹. Man kann da sogar verschiedene Abschlüsse machen.«

Das klingt ja wahnsinnig spannend. Vielleicht kann ich ja

demnächst ein eigenes Schild an der Hauswand anbringen: »Reparaturen aller Art«. Ich werde den ganzen Tag in einem Blaumann rumrennen und ein kariertes ölverschmiertes Tuch aus der Hosentasche hängen haben. Oder was denkt Annalena sich bei so einem Schwachsinn?

»Tolle Idee, Süße. Dann kann ich ja demnächst die Reifen von meinem Rollator selber flicken, wenn ich mal einen Platten auf dem Weg zur Beckenbodengymnastik habe.«

Annalena zieht einen Schmollmund. Sie zieht einen anderen Prospekt aus dem Stapel. »Wenn dir Technik zu profan ist, dann kannst du dich auch im Bereich ›Land und Leute‹ anmelden. Da gibt es einen ganzen Themenkomplex Asien. Asien ist unsere Zukunft, das ist total spannend.«

Was soll das heißen: Asien ist unsere Zukunft? Muss ich lernen, mit Stäbchen zu essen, und Glasnudeln in mein Kochrepertoire aufnehmen?

Sie blättert hektisch durch die Seiten und zeigt fast hysterisch auf irgendwelche Fotos. Glückliche alte Menschen vor alten Steinen, vor alten Gemäuern. Sehr stimmig.

»In Zusammenarbeit mit Studiosus wird auch eine geführte Rundreise angeboten. Kostet natürlich einiges. Aber wir wissen ja alle, dass keine Bevölkerungsschicht so viel Geld hat wie die so genannten Best-Ager«, doziert sie weiter.

»Aber dafür spart man auf so einer Reise ja auch bestimmt viel Geld. Wahrscheinlich werden da ja Verkaufsveranstaltungen durchgeführt, wo ich ganz billig einen Blutdruckmesser und Wärmedecken erwerben kann. Meinst du eigentlich, es ist schon zu spät, noch eine Sterbeversicherung abzuschließen?«

Ehrlich gesagt wäre ich grundsätzlich eher an einer Nicht-Sterben-Versicherung interessiert.

Annalena lässt sich zurückfallen. »Mama, es tut mir leid, aber du bist einfach keine zwanzig mehr.«

»Was? Ich bin gar keine zwanzig? Wieso hat mir das bis jetzt keiner gesagt? Und ich frage mich schon die ganze Zeit, wie ich mit zwanzig eigentlich eine Tochter haben kann, die definitiv älter ist. Gefühlte siebenundvierzig ungefähr. Aber das erklärt ja jetzt einiges. Was bin ich froh, dass du mir das endlich gesagt hast. Vielen Dank.«

»Mama, ganz ehrlich, ich will dir einfach den totalen Frust ersparen. An der Uni zu studieren ist nicht ganz so einfach, wie du dir das vorstellst.«

»Jetzt sag nicht, es gibt da keine extrabreiten Seniorenparkplätze oder keine Seniorenteller in der Mensa. Gibt es keine extra WC-Eimer für unsere Inkontinenzeinlagen? Dann studiere ich natürlich nicht.«

»Hör doch mal auf damit. Du hast keine Ahnung von überfüllten Hörsälen, von dem ganzen Stress, den Hausarbeiten.«

Hausarbeit? Was meint sie damit? Hausarbeit. Das ist für mich: Wischen, Putzen, Saugen. Jetzt wird mir doch mulmig, aber ich versuche, mir meine Irritation nicht anmerken zu lassen.

»Und wenn du wirklich einen Studiengang abschließen solltest. Was dann? Dann bist du Ende fünfzig oder noch älter.«

Ihr »noch älter« klingt, als sei ich damit eine biologische Sensation und würde demnächst bei Günter Jauch in »Menschen 2022« sitzen.

Ich hole tief Luft. Ich versuche es nicht zu sagen. Aber ich komme an diesem Allgemeinplätzchen jetzt nicht vorbei.

»Der Weg ist das Ziel«, sage ich schließlich.

Annalena grinst leicht: »Als mein Weg damals eine Extrarunde in der neunten Klasse war, hast du noch anders gesprochen.«

Ich grinse zurück: »Damals war ich noch so jung.«

Sie lächelt und schüttelt ihren neuen Bob. Ich weiß nicht genau, wie ich das deuten soll. Bringt sie so ihre Frisur wieder auf Vordermann, oder ist das persönlich gemeint?

Immerhin hat das Gespräch etwas Gutes. Es ist die perfekte Ausrede, um heute Abend nicht mit Kirsten auszugehen. Seit Wochen schon ist dieser Termin reserviert. Kirsten will mit mir »unter Menschen«. Für mich klingt das wie »unters Messer«. Ich begrüße sie direkt mit: »Ich kann nicht raus. Meine Tochter hat mir heute Nachmittag einen Vortrag über meine desolate Zukunft gehalten. Sie prophezeit mir eher ein Dahinvegetieren. Quasi ein sofort einsetzendes Siechtum. Mit einer solchen Prognose kann ich unmöglich raus. Ich habe Angst, von einer Spontandemenz befallen zu werden und mein Zuhause nicht mehr zu finden.«

»Keine Angst. Ich bringe dich nach Hause.«

»Im Ernst, Kirsten. Annalena hat mir total die Lust aufs Ausgehen genommen. Lass uns einfach hier zwei bis drei Flaschen Wein trinken. Ich spendiere dir auch das Taxi für den Heimweg.«

»Marita, du hattest vorher schon keine Lust auf Amüsement. Jetzt versteck dich nicht hinter deiner Tochter. Große Gebinde Wein bekommst du auch jenseits deines Wohnzimmers.«

Sie wirkt sehr unnachgiebig. Hat noch nicht mal die Jacke ausgezogen.

»Wo willst du denn überhaupt hin?«

»Da richte ich mich nach dir. Wir könnten zum Beispiel ins Kino. Das wäre vielleicht für die Gewöhnung an viele Menschen nicht schlecht.«

»Im Kino hatte ich immer meine linke Hand aufs Rolf Knie. Das würde mir fehlen.«

»Sobald es dunkel wird, darfst du deine Hand auf mein Knie legen.«

»Dein Knie ist mir zu spitz. Außerdem hat Rolf keine Seidenstrumpfhosen getragen.«

»Ich kann mir jetzt auf die Schnelle schlecht Wasser im Knie zulegen, damit sie runder werden. Lass uns essen gehen.«

»Bei essen muss ich an Rolf denken.«

»Du musst sowieso an ihn denken. Akzeptier das einfach.«

»Ich war mit Rolf in fast jedem Restaurant dieser Stadt. Ich werde überall an ihn erinnert.«

Kirstens Augen leuchten auf. Sie guckt wie Wickie, der oder die gerade eine Wahnsinnsidee hat.

»Zieh deine Jacke an. Ich weiß, wohin wir gehen.«

Zwanzig Minuten später sitze ich in einem japanischen Lokal. Weitere fünfzehn Minuten später hat Kirsten mir gezeigt, wie ich die Stäbchen halten muss. Ich kann es gut. Ich kann die Stäbchen nur nicht bewegen. Geschweige denn, sie wie eine Zange benutzen. Mein Mittelfinger bekommt einen Krampf.

Als die devote Kellnerin irgendwelche Platten bringt, die Kirsten bestellt hat, muss ich lachen.

»Die nehmen hier aber keinen Uncle-Ben's-Reis. Guck mal, der klebt total zusammen.« Ich kicke einen der kleinen Reisklumpen samt Fischauflage mit meinem Holzstab um. Kein Reiskorn löst sich.

Kirsten beginnt sich fremdzuschämen. Selber schuld.

Als ich anfange, die kleinen Rölleckes von der Seite mit einem der Holzstäbchen aufzuspießen und mir in den Mund zu schieben, zischt Kirsten mich an: »Lass das.«

Eine Gabel darf ich nicht bestellen. Mit den Fingern zu essen verbietet sie mir auch. Ich lasse einfach die Hände unter den Tisch fallen.

»Stell dir vor, ich hätte appe Arme. Fütter mich einfach.«

Sie leert ihr Weinglas in einem Zug und tut es wirklich. Als kleine Rache bindet sie mir allerdings die Serviette um den Hals.

Gemein finde ich auch, dass sie mich in dieser lächerlichen Situation mit dem Handy fotografiert. Wenn sie das Annalena schickt, lässt die mich entmündigen.

Immerhin. Als ich irgendwann nach elf wieder zu Hause

bin, habe ich netto ungefähr siebzehn Minuten nicht an Rolf gedacht.

Als ich mich mit einem Absackerglas Wein auf den Weg ins Wohnzimmer mache, komme ich am Flurspiegel vorbei. Ich gehe nicht wie sonst immer vorbei. Ich bleibe stehen, mustere mich. Ich habe eine Jeans an. Eine ganz normale Jeans. Keine Seniorenhose mit Gummizug. Der Großteil meiner Zähne ist noch echt. Ich kann meine Füße noch in Sandalen zeigen, muss keine eingewachsenen Nägel oder fiese Überbeine verstecken. Verdammt, ich bin zu jung, um alt zu sein.

15

Müde mache ich mich am nächsten Morgen auf den Weg in die Realität. Bis jetzt bin ich immer noch weiter zu meinem alten Supermarkt gefahren. Dabei musste ich leider immer an unserer alten Siedlung vorbei. Immer wieder denke ich an die Friedhofsbäume in »meinem« Vorgarten. Ich stelle mir vor, was die Dickmänner im Inneren treiben. Wahrscheinlich sind alle Böden praktisch gefliest worden. Dabei wurden bestimmt auch schon die Leitungen für den Treppenlifter unter Putz verlegt. Mit Sicherheit hat unser Maulwurf schon lange das Weite gesucht. Ich fühle mich, als hätte ich mein Haustier in schlechte Hände abgegeben.

Nun ja, ich muss jetzt mal langsam meine neue Umgebung erkunden. Sonst werde ich hier nie heimisch. Der Edeka-Laden direkt um die Ecke macht es mir nicht leicht. Es fängt damit an, dass man das Gemüse und Obst selber abwiegen muss. Das musste ich bisher nicht. Und ich weiß doch jetzt schon, dass ich demnächst andauernd mit vielleicht ausgewogener, aber leider nicht abgewogener Ernährung an der Kasse stehen werde. Die Kassiererin wird stöhnen und sich aus ihrem Verschlag quälen. Die Leute hinter mir werden die Augen verdrehen und interessiert beobachten, was sich für lustige Flecken auf meinem Hals bilden. In der Backwarenabteilung muss ich lachen. Da liegen eingeschweißte Kuchen mit dem Aufkleber »hausgemacht«. Was für eine Werbung! Natürlich sind die »hausgemacht«. Was sonst? Die werden wohl kaum in freier Natur allein durch die Erdwärme gebacken worden sein, oder? Ich könnte auf alles, was ich so koche und backe, »hausgemacht« schreiben. Besser würde es dadurch ja auch nicht schmecken. Das ist genauso ein Quatsch wie die Anmerkung »Originalfoto« in Kontaktanzeigen. Natürlich sind Bilder originale Fotos. Was sonst? Plakate? Briefmarken? Das heißt nur überhaupt nicht, dass die Person auf dem Bild original die ist, die im Text angepriesen wird. Nicht, dass ich mich für Kontaktanzeigen interessiere oder mal interessiert hätte. Habe ich mal in einem Verbrauchermagazin gesehen.

Am Kühlregal stelle ich fest, dass es meinen Lieblingsfrischkäse hier nicht gibt. Und auch keine Landjäger. Mist. Ich fühle mich schwer und wie ausgesetzt. Wie lange habe ich gebraucht, bis ich in unserem alten Supermarkt wusste, wo der Safran ist? Er ist nämlich entweder bei den Gewürzen oder bei den Backutensilien. Er ist auf jeden Fall nie da, wo man ihn zuerst sucht. Gleiches gilt für Sardellenfilets. Die scheinen wie Wanderdünen immer unterwegs zu sein.

Die Kassiererin schaut mich teilnahmslos und fremd an, als ich bezahle. Es ist ja nicht so, dass ich mit meiner Exkassiererin sonst noch stundenlang gequatscht hätte. Aber ihr schiefes Gesicht mit der überdimensionalen Hornbrille war mir irgendwie vertraut.

Natürlich habe ich keinen meiner rund zwanzig Stoffbeutel mitgenommen und muss mit Plastikeinkaufstüten Richtung Zuhause gehen. Die Tüten ziehen schwer an meinen Armen, meine Gedanken schwer an meinem Herz. Ich merke, dass ich dieses neue Leben eigentlich nicht mag. Aber ein besseres fällt mir nicht ein. Klar. Therapeutin Marita würde jetzt sagen: »Seien Sie einfach Sie selbst.« Ich weiß nur gerade nicht, wer ich bin. Ich bin nicht mehr verheiratet, bin noch keine Oma. Ich bin noch keine Rentnerin, aber mit Sicherheit gelte ich als schwer vermittelbar auf dem Arbeitsmarkt. Ich bin keine glückliche Nur-Hausfrau-und-Mutter. Ich bin noch nicht mal Tennis- oder Bridgepartnerin. Wie soll ich da verdammt noch mal wissen, was ich will, wenn ich nur ganz genau weiß, wer ich nicht bin? Ich rette mich mit einer halben Packung Vollmilch-Nuss aus dem Tief. Wenn es nach mir ginge, sollte man Schokolade – also richtig gute Schokolade – auch auf Rezept bekommen.

16

Das Gesetz der Serie wird am nächsten Mittag gebrochen. Bis jetzt waren die Patienten oder Klienten, oder wie immer die jetzt genau heißen, nie an zwei aufeinanderfolgenden Tagen da. Bis jetzt. Aber das ahne ich noch nicht, als es klingelt. Ich drücke auf den Türöffner, öffne die Wohnungstür, und ein Mann steht direkt auf meiner Matte. Schon wieder ein Mann. Das schwache starke Geschlecht.

Er streckt mir freundlich die Hand entgegen.

»Guten Tag, ich bin …«

Genau in dem Moment klingelt mein Telefon. Ich lächle ihn verlegen an und versichere meiner Schwester am anderen Ende der Leitung, dass ich kein kleines süßes Kätzchen haben möchte. Meine Schwester hat einen Bauernhof im Oderbruch, Unmengen von Tieren, Schulden und Hornhaut an den Händen. Dafür hat sie nicht nur einen Mann wie einen Baum, sondern selber auch eine Figur wie ein Baum – wie eine Tanne, um genau zu sein. Und sie ist immer rotbäckchenglücklich. Ich würge sie ab und bitte meinen Besuch ins Wohnzimmer.

»Ich will gar nicht lange bleiben. Ich wollte nur schnell ein paar Dinge mit Ihnen besprechen.«

Was soll das? Speed-Coaching oder was? Er sagt das wirklich, als ob er eine Therapie-to-go wollte.

»Die Parksituation vorm Haus ist etwas schwierig, aber das werden Sie ja schon bemerkt haben.«

Soll er doch mit dem Rad kommen oder mit dem Taxi. Ich

könnte natürlich auf einen Parkplatz mit weißer Farbe »THERAPIE« schreiben. Wenn er dann da sein Auto abstellen möchte – bitte.

»Ach, ehe ich das vergesse: Ich soll Ihnen natürlich auch schöne Grüße von meiner Frau ausrichten.«

Die ihn wahrscheinlich zu mir geschickt hat, nachdem sie selber zwanzig Jahre lang versucht hat, die gröbsten Macken und Mucken bei ihrem Ehemann zu entfernen. Und jetzt, wo sie offenbar gescheitert ist, soll ich es richten.

Da bin ich gescheiter.

»Vielleicht können Sie ja mal mit Ihrer Frau kommen. Ich würde sie gerne kennenlernen.«

Und dann wird sie mich mal kennenlernen.

Ich muss an Herrn Sander und seine Tyrannin zu Hause denken. Vielleicht sollte ich mal einen hübschen Pärchenabend hier veranstalten. Quasi eine Gruppentherapie.

»Schöne Idee. Aber warum ich eigentlich hier bin.«

Jetzt kommt er endlich zur Sache. Ich bin schon ein bisschen neugierig.

»In den nächsten Wochen werden die Bagger anrücken. Hinter den Häusern werden noch neue Bungalows hochgezogen. Außerdem soll unser Garten neu gestaltet werden. Das heißt natürlich auch, dass es laut wird.«

Ich warte.

Es muss doch noch was kommen.

Das kann doch nicht alles sein, oder?

Oder?

Dieser ausgewachsene Mann geht zum Lebenscoaching, weil er demnächst eventuell vom Baggerlärm aus dem Schlaf gerissen wird?

Was mich jetzt wirklich mal interessieren würde: Was bezahlt eine Krankenkasse wohl für eine solche Therapie? Wie viele Sitzungen werden dafür anberaumt? Selbst, wenn ich mir jetzt sehr, sehr viel Zeit lasse, mehr als fünfzehn Minuten werde ich doch nicht brauchen, um ihm den richtigen Gebrauch von Ohropax zu erklären, oder? Ganz im Ernst: Ich hatte mir therapieren anstrengender und irgendwie auch anspruchsvoller vorgestellt. Ich hätte gedacht, dass da tiefer gehende Probleme als Bagger Gesprächsgegenstand sind. Und plötzlich fühle ich mich ganz schlecht. Richtig naiv. Wie hatte ich denken können, es ginge ihm nur um den Lärm? Das ist doch die perfekte Psychometapher: Die Bagger kommen und reißen alles auf. Plötzlich sehe ich es ganz klar. Der Mann hat Angst, dass bei ihm auch ein Bagger vorbeikommen könnte, der die ganzen Verkrustungen aufreißt und die wahren Gefühle freilegt. Was ich aber schön finde: Er spricht nicht nur von den zerstörerischen Baggern, sondern auch von dem neuen Garten, der angelegt werden soll. Er hat also Angst, dass alte Gefühle hochkommen. Parallel sieht er was Neues wachsen. Das macht doch Hoffnung. Mir wird klar, dass ich jetzt sehr behutsam vorgehen muss.

»Macht es Ihnen Angst, dass die Bagger bald den Boden aufreißen werden?«, frage ich mit ganz weicher Stimme.

»Auf jeden Fall müssen die noch vorm Bodenfrost fertig sein«, findet der Mann.

Bodenfrost. Ich spüre richtig, wie sich alles in dem Mann zusammenzieht. Natürlich fürchtet er den Frost, die Kälte. Er will ja eigentlich, dass da was freigelegt wird, aber er hat auch Angst, dass er verletzt wird. Dass seine sensitive Seite leidet.«

»Manchmal kommen ja auch unangenehme Dinge hoch, wenn man etwas zu tief gräbt«, sage ich zutraulich.

»Meinen Sie Sondermüll? Keine Sorge. Außerdem bauen die ohne Keller. So tief müssen die gar nicht gehen.«

Wie traurig. Da spricht er von seinen tiefsten Emotionen als »Sondermüll«. Und er hat offenbar Angst davor, dass der Bagger zu tief gräbt. Dass Gefühle freigelegt werden, die ganz zart und beschützenswert sind.

Ganz klar. Er spricht von seiner Kindheit.

»Waren Sie ein glückliches Kind?«

»Wie bitte?«

Er guckt mich richtig irritiert an. Warum nur können Männer nicht ganz normal mit ihren Abgründen umgehen? Das machen Frauen andauernd.

»Haben Sie gerne draußen gespielt, auf dem Fußballplatz gebolzt? Oder waren Sie lieber alleine mit sich?«

»Sie meinen, ob da viele Kinder einziehen? Ich glaube eigentlich nicht. Und die Fenster sind alle doppeltverglast. Das wird kein Problem werden.«

Ich sehe ihn da sitzen, vor seinem doppeltverglasten Fenster. Er schaut den Kindern zu, die auf der Straße kicken, und wird ganz traurig. Er sieht die Bagger und hat Angst, dass irgendwann seine geheimsten Ängste und Träume freigelegt werden. Er tut mir so leid. Am liebsten würde ich jetzt zu ihm gehen, ihn einfach in den Arm nehmen. Aber ich fürchte, das ist ein totales No-Go.

»Ich denke, Sie sollten sich von der Angst verabschieden. Die brauchen Sie nicht mehr. Lassen Sie einfach los.«

Er sieht mich an, sieht zur Tür, und ich sehe richtig seine Gedanken vor mir: Wie lange brauche ich zur Tür, und wenn ich jetzt renne, folgt die Verrückte mir wohl?

Ich finde es so schade, dass Männer einfach sofort einen Fluchtinstinkt entwickeln, solange sie mal länger als siebzehn Sekunden über ihre Gefühle reden sollen. Seine Frau hätte ihn definitiv früher schicken sollen. Der Typ hier ist echt eine harte Nuss. Aber ich fühle, wie mein Ehrgeiz geweckt ist.

Bei ihm wachen dagegen gerade die Lebensgeister wieder auf. Er reibt mit seinen schönen Händen zwei Mal über seine Oberschenkel und sagt: »Ja, jetzt muss ich aber auch mal wieder. Meine Frau wartet.«

Wartet die gar im Auto vor der Tür? Vielleicht lässt die die ganze Zeit den Motor laufen, weil sie ihren Gatten noch zur Männergesprächsgruppe und zum Assoziations-Töpfern kutschieren will.

Vielleicht hat er aber auch genug für heute, muss das Gehörte erstmal in Ruhe verarbeiten.

»Ich freue mich schon auf das nächste Mal«, flöte ich.

Er soll auf jeden Fall das Gefühl haben, dass er hier willkommen ist. Dass er hier ganz frei über seine Gedanken reden kann, dass nichts lächerlich ist.

Er grinst schief.

»Die Liste mit der Flurwoche haben Sie ja sicherlich gesehen. Die hängt im Keller.«

Keller. Bagger. Spielende Kinder.

Der Mann ist ja ein Metapher-Geschenk für jeden Therapeuten.

»Sie sind nächste Woche dran.«

Ich bin nächste Woche dran? Wie meint er das? Ist das eine Drohung?

Was bitte meint er mit: *Ich bin dran*.

Ich habe Angst.

»Den Besen und die Harke für das Laub finden Sie auch im Keller.«

Er hat schon die Hand auf der Wohnungstürklinke.

»Die Harke?«

»Sie müssten auch das Laub aufkehren auf dem Gehweg. Aber das sind ja nur ein paar Meter.«

»Natürlich. Kein Problem.«

In meinem Kopf fahren meine Gedanken ein Stockcar-Rennen. Sie prallen gegeneinander, stoßen sich gegenseitig ab, geben wieder Gas. In meinem Kopf ist Schrott.

»Danke, Herr … Wie war noch gleich Ihr Name?«

»Kleinwegener.«

Kleinwegener.

Der Name steht auf dem Klingelschild direkt über Tanja Schenk. Dieser Mann ist mein Obermieter und wird innerhalb der nächsten drei Minuten seiner Frau erzählen, dass unter ihnen eine Verrückte wohnt.

Ich versuche mich zu erinnern, was er gesagt hat. Und vor allem, was ich gesagt habe. Habe ich ihn tatsächlich gefragt, ob er eine glückliche Kindheit hatte? Ich spüre einen Vorgeschmack auf die Wechseljahre und eine glühende Hitze. Ich bin mir so peinlich. Dieser arme Mann. Da schickt seine Frau ihn eine Treppe abwärts, damit er die Neue mal kurz warnt vor der drohenden Baustelle hinterm Haus, und schon sitzt er mit einer Wahnsinnigen in deren Wohnzimmer, die Dinge sagt wie: Sie müssen sich von Ihrer Angst verabschieden. Wahrscheinlich wird sich die Hausgemeinschaft bald von mir verabschieden.

Als er endlich draußen ist, ist mir klar: Ich muss damit aufhören. Ich darf nicht weiter Hobbypsychologin spielen. Wenn demnächst eine andere Nachbarin bei mir läutet, weil sie sich irgendwas leihen will, ein Ei oder Mehl oder so, werde ich wahrscheinlich ganz einfühlsam säuseln, dass ich ihr gerne ein Ohr leihe.

Ich gehe direkt in den Keller, schnappe mir den Besen und fege. Den Weg zu unserer Haustür und auch noch ungefähr hundert Meter Gehweg. Ich kann einfach nicht aufhören. Wenn ich stoppe, denke ich sofort wieder an meinen megapeinlichen Auftritt gerade. Vielleicht sollte ich mich abwechslungshalber mal mehr auf meine eigenen Probleme konzentrieren. Und da wären ja schon genug.

Als ich den Besen wieder ordnungsgemäß verstaue, komme ich an meinem Kellerverschlag vorbei. Jeder im Haus hier hat so ein kleines Gefängnis. Durch das Gitter sehe ich den Würfel. Er ist DAS Möbelstück meines Lebens. Er hat sein Dasein bei Rolf und mir als Couchtisch begonnen. Dann wanderte er als

Nachttisch in unser Schlafzimmer. Später war er Turnelement für Annalena, dann Christbaum-Erhöher und Beistelltisch, wenn viele Gäste mit vielen Schüsseln bewirtet wurden. In den letzten Jahren war der Würfel dann Telefontisch im Flur und Ablagefläche für Post, Schlüssel und alles, was nicht verloren gehen soll. Und jetzt ist er hier im Keller. Keine Frage, es ist trocken und sauber hier, und trotzdem macht es mich traurig. Was für ein Abstieg. Vielleicht hätte ich ihn doch mit verkaufen sollen. Dann würde mir der Anblick jetzt nicht so die Füße wegziehen. Ich widerstehe der Versuchung, den Kellerschlüssel zu holen und mich heulend auf dem Klotz niederzulassen. Stattdessen mache ich, was ich immer mache, wenn mir das Wasser schon im Hals steht – in letzter Zeit also ziemlich oft: Ich putze. Während in meinem Kopf alles drüber und drunter geht und meine Gedanken die Chaostheorie in die Praxis umsetzen, brauche ich wenigstens jenseits von mir Klarheit. Ich bin gerade dabei, die Tasten des Klaviers zu entstauben, was sich extrem unmusikalisch anhört, als ich mich frage: Warum mache ich es eigentlich nicht wie Tanja Schenk? Einfach meine sieben Sachen packen und abhauen? Wieso mute ich mir permanent diese ganzen Erinnerungen zu? Warum ist wohl Tanja Schenk so plötzlich ausgezogen? Ist sie vielleicht sogar vor einem aufdringlichen Patienten geflohen? Hat diese Wohnung bad vibrations? Fließt eine Wasserader direkt durchs Schlafzimmer? Wohl kaum. Dann hätte sie ja nicht gleich den Kontinent wechseln müssen. Vielleicht sollte ich mir auch einen sehr großen Rucksack kaufen und nach Nepal oder Norwegen aufbrechen. Die Freude bei der Vorstellung, nicht mehr so oft Annalena samt Begleiter ausgesetzt zu sein, weicht dem Wissen: Ich werde auch woanders keine andere sein. Nur noch einsamer. Ja, die Erinnerungen schmerzen. Aber perverserweise geben sie auch Halt.

17

Am nächsten Morgen probiere ich nicht erst sechs verschiedene Outfits an, ehe ich mich doch wieder ganz spontan für Variante eins entscheide. Schließlich habe ich bereits die halbe Nacht überlegt, was ich bei meiner Premiere an der Universität tragen werde. Für die Frage: »Was ziehe ich an?« ist man einfach nie zu erwachsen. Die Wahl fiel schließlich auf eine alte Jeans und einen Poncho, den ich mir mal in einem PMS-Rausch erstanden habe. Er sieht toll aus, total lässig. Ich finde Ponchos bei anderen einfach super. Leider fühle ich mich damit wie mit einem Friseurumhang. Aber das Gefühl unterdrücke ich jetzt. Wichtig ist, wie es aussieht. Punkt.

Nach fünfundvierzig Minuten Karussell im Parkhaus ist mir schwindelig. Ich kurve von Deck zu Deck. Es ist alles voll. Voller Autos. Dabei haben die Studenten unserer Stadt ein Semesterticket, mit dem sie kostenlos Bus und Bahn fahren können. Wenn ich erstmal Studentin bin, fahre ich immer mit der U-Bahn. Zumindest wenn es hell ist. Außerdem wundere ich mich über den Fuhrpark. Das ist hier nicht der Vorhof zum Schrottplatz. Nicht die letzte Station vor der langen Reise nach Russland. Hier stehen richtige Wagen. Mit Sylt-Aufklebern! Bei meiner dritten Runde habe ich fast Glück. Hinten rechts entdecke ich einen freien Frauenparkplatz. In letzter Sekunde kommt aus dem unteren Deck ein fetter Audi und quetscht sich in die Lücke. Ich fluche leise. Als dann auch noch ein Typ aussteigt, fluche ich laut, und zwar mit geöffnetem Fenster. Er grinst mich an.

»Meine Freundin sagt, ich hätte sehr viele weibliche Anteile.«

»Deswegen fahren Sie auch so eine Schwanzverlängerung, was?«

Zumindest vergeht ihm kurz das fiese Lächeln.

Als ich einen freien Behindertenparkplatz entdecke, zögere ich nicht. Mit dem Poncho kann ich kaum lenken. Das geht eindeutig als Behinderung durch. Ich parke schwungvoll ein. Sonst verbringe ich noch mein erstes Semester im Parkhaus.

Hinter der Stahltür tut sich eine Welt auf. Eine stinknormale Welt. Sparkasse, Starbucks, Bäcker, dm, Hundekacke. Und H & M natürlich. Wahrscheinlich gibt es hier irgendwo auch Hörsäle und Klassenzimmer und so. Sehen tut man die nicht. Dafür unheimlich viele schöne Menschen. Zielstrebige Menschen mit ordentlichen Frisuren. Ich stehe mittendrin wie ein Verkehrspolizist mit akuter Armlähmung. Wie ein Fels in der Brandung würde natürlich besser klingen. Aber ein Fels klingt auch nach Ruhe und Kraft. Beides habe ich offenbar im Kofferraum gelassen.

Wahrscheinlich sehe ich aus wie: »Die kleine Marita hat sich verlaufen. Die Eltern werden gebeten, sie an der Information abzuholen.« Hoffentlich kommt Annalena jetzt hier nicht vorbei. Ich würde mich spontan bei ihr unterhaken und sie nicht wieder loslassen. Aber irgendwie ist es auch faszinierend. Ich komme mir vor wie in einem Spot von »Germanys next top student«. Vor allem die Frauen liefern sich ein hartes Rennen. Sehr lange Beine, sehr hohe Stiefel, sehr lange Haare, sehr große Ohrringe. In vielen könnten Wellensittiche schaukeln. Alle sehen so geschäftig aus. Als wären sie auf dem Sprung, den Aktienmarkt zu revolutionieren, dabei, den Weltfrieden mal eben in die Wege zu leiten, oder angetreten, um die internationale Währungspolitik umzukrempeln. Mit meinem Strick-Friseurumhang und meinem Lederrucksack sehe ich bestimmt aus wie der fleischgewordene Anfang der »Grünen«. Ich muss mich dringend bewegen. Sonst hält mich noch jemand für die Abordnung der Zeugen Jehovas und will den neuen »Wachturm« von mir.

Ich gehe einfach los, entscheide mich spontan für links. Der Strom zieht mich mit Richtung Mensa. Mit dem Schwarm werde ich direkt vor einer Kaffeebar angeschwemmt. Ich habe schon einen Puls von hundertachtzig. Nur ein My Coffein, und ich kann fliegen. Ich drehe ab und lasse mich von einer Drehtür nach draußen katapultieren. Ich hätte Brotkrumen streuen sollen. Weil es nicht anders geht, trage ich mittlerweile den Rucksack unterm Poncho. Wahrscheinlich sehe ich aus, als hätte ich einen Buckel. Zumindest könnte ich so wirklich glaubhaft den Behindertenparkplatz rechtfertigen.

Eine Stunde später habe ich es geschafft. Wie bei einer Schnitzeljagd haben mich die Wegweiser mal in die falsche Richtung gelockt, mich am Ende dann aber doch ans Ziel gebracht. Das Institut für Soziologie. Ganz langsam betrete ich das Gebäude, lese jedes Plakat an den Wänden. Auch die von den Theaterstücken der vergangenen drei Jahre. An einem schwarzen Brett hängen vergilbte Kopien über das große Ganze. Es geht um Geschlechterverhältnisse. Zueinander. Nicht miteinander. Glaube ich. Es geht um Veränderungen und Umbrüche. Um die Herausforderungen für Geschlechterarrangements sowie für Weiblichkeits- und Männlichkeitskonstruktionen. Also wohl darum, dass Männer verdammt noch mal auch die Spülmaschine ein- und die Waschmaschine ausräumen können. Rolf war ein erstklassiger Spülmaschineneinräumer. Er hat das Ganze eher als eine Art Puzzle verstanden. Ich räume immer einfach rein, was irgendwie geht, und spüle den Rest mit der Hand. Natürlich wird es in diesem Studium auch um mehr gehen. Aber immerhin haben wir schon eine Frau als Kanzlerin und hatten schon mal einen Schwulen als Vize. Das ist nicht so schlecht, finde ich. Ich lese weiter und verheddere mich in dem

Satz »Neben den Veränderungen lassen sich aber auch hartnäckige Persistenzen tradierter Ordnungsmuster beobachten«. Das klingt bedrohlich. Ehe ich weiter über die Bedeutung von Persistenzen nachdenken kann, öffnet sich die Tür neben dem Brett. Eine Frau ungefähr in meinem Alter, aber schlechter frisiert, blafft mich an. Ob sie mir helfen könne. Wobei? Beim Lesen? Ich linse auf das Schild neben ihrer Tür. »Sekretariat«. Dann wird sie mir tatsächlich helfen können.

»Gerne«, strahle ich sie an. »Ich möchte mich gerne anmelden.«

»Anmelden? Sie meinen einschreiben?«

Klar, natürlich. Wie blöd von mir. Ich nicke nur.

»Für Soziologie?«

Ja klar. Oder sehe ich nach Wissenschaftsinformatik aus? Ich nicke wieder.

»Sie wissen schon, dass es einen NC darauf gibt?«

Einen NC? Was war das gleich? Ich kenne WSV, GV, GEZ, ETC, CC. Was verdammt war NC? Ich tue das, was man immer tun sollte, wenn man nicht weiterweiß. Einfach nichts. Gar nichts. Nicht lächeln, nicht räuspern. Nur starren. Das hilft oft. Die Frau fühlt sich auch bemüßigt, einfach weiterzureden.

»Eigentlich brauchen Sie einen besonderen Schnitt, um sich hier einzuschreiben.«

Das Erste, was ich denke, ist, dass ihre Frisur mal einen Schnitt bräuchte. Der zweite Gedanke ist: Mist! Daran hatte ich ja noch gar nicht gedacht. Dieses Studium ist nur was für Cracks. Da bin ich ja genau richtig.

»Aber in Ihrem Alter haben Sie ja so viele Wartesemester, dass das wohl kein Problem darstellen wird.«

Sollte es wirklich Situationen geben, in denen das schwindelerregende Alter von zweiundfünfzig Jahren ein Vorteil ist?

Während sie mit dem Charme der Zeitansage auf mich einredet, grapscht sie aus verschiedenen Fächern Papiere zusammen. Sie erzählt was von Krankenversicherungsnachweis, Studienordnung, Vorlesungsverzeichnis und so weiter und so fort. Sie scheint das öfter zu machen und hat das perfekte Timing. Zusammen mit dem letzten Wort nimmt sie auch den letzten Zettel aus einem Fach und streckt mir alles entgegen.

»Wenn Sie noch weitere Fragen haben, Sprechstunde ist mittwochs von zehn bis elf und montags von vierzehn bis fünfzehn Uhr.«

»Sie arbeiten hier nur zwei Stunden in der Woche?« Ich kann das gar nicht glauben.

Sie versucht mir mit ihrem Blick ein Loch zwischen die Augen zu brennen.

»Ich arbeite hier jeden Tag. Von morgens bis nachmittags. Zwei Stunden arbeite ich nicht, weil ich da von Studenten oder solchen, die es werden wollen, mit unnötigen Fragen belästigt werde.« Ich gehe wie blind raus, gehe einfach weiter, direkt in das nächste Gebäude. Ich muss mich setzen. Mich von einer Sekretärin runtermachen zu lassen, das hat mir gerade noch gefehlt. Ich öffne einfach die nächste Tür und lande mitten in einer Vorlesung. Ich schiebe mich auf den nächsten Stuhl und tue so, als sei ich eigentlich nicht da.

»Gott ist tot«, höre ich.

Erst jetzt fällt mir das kleine Hutzelmännchen vorne auf.

»Das ist im radikalen Atheismus des neunzehnten Jahrhunderts eindeutig«, fährt er fort. Für seine Körpergröße hat er eine erstaunlich laute Stimme. Zwei Plätze neben mir sitzt eine Mittzwanzigerin und strickt. Seit wann ist das denn wieder in? Häkelt Annalena mir gerade einen Topflappen? Auf dem Heft vor der Strickliesel steht »Psychologie I«. Interessant. Vielleicht ist es ja ein Wink, dass ich durch Zufall doch in eine Psychologie-Vorlesung geraten bin.

»Heidegger sagt ganz klar, dass der Tod zum Leben gehört. Ein Leben danach können wir uns nicht vorstellen.«

Ich kann mir zurzeit ein Leben vor dem Tod nicht vorstellen. Oder ein Leben nach Rolfs Tod, um genau zu sein. Wenn das hier ein Wink des Schicksals ist, ist das Schicksal verdammt zynisch. Ich schlängle mich irgendwie aus dem Poncho.

»Sartre, der alte Rebell, wusste es wieder besser. Er behauptet, der Tod gehöre zu den fünf Dingen, die nicht frei entscheidbar seien«, brüllt das Männchen vorne. Er schnappt sich seine Kreide und schreibt Platz, Vergangenheit, Umgebung, Nächster, Tod an die Tafel.

Das soll nicht frei entscheidbar sein? Was ist das für ein Quatsch? Ich bin gerade umgezogen. Damit habe ich wohl meine Umgebung gewählt. Und meine Nächste? Gut, das ist jetzt zufällig eine Strickmamsell, aber ich könnte mich ja auch umsetzen. Oder soll ich meiner Patientenmutti sagen, das ihr Platz nicht ihre eigene Entscheidung sei und dass sie bis in alle Ewigkeit weiter die Haussklavin ihrer Familie spielen soll?

Das Hutzelmännchen vorne redet unbeeindruckt weiter: Es sei Unsinn, den Tod dem Leben zu eigen machen zu wollen. Der Tod komme immer zu früh. Er sei ein Absurdum.

Bei den letzten Worten wird mir kalt. Wieso gerate ich ausgerechnet in diese Abhandlungen über das Sterben? Als ich wieder in meinen Poncho steigen will, hält der Professor vorne meine Verrenkungen wohl für eine Wortmeldung. Mit einem fröhlichen »Ja?« zeigt er in meine Richtung.

Ich reagiere wortlos, mit brennenden Wangen und stürme raus.

Genau so hatte ich mir den ersten Tag an der Uni vorgestellt.

Ich hätte meine Wuttränen gerne zurückbehalten, bis ich in meinem Auto sitze. Wenn ich mein Auto sofort gefunden hätte, hätte es vielleicht auch noch gereicht. So stehe ich in einem zugigen Treppenhaus von Parkhaus zwei und flenne. Vor Wut über die blöde Sekretärin, über meine eigene Ängstlichkeit, über die Unfähigkeit, mein Auto zu finden, und überhaupt.

18

Als ich das Kirsten später am Telefon erzähle, lacht sie nur.

»Ich habe ein ganzes Semester gebraucht, um herauszufinden, wo die Mensa ist, wo die Hörsäle sind und was man unter Pflichtveranstaltungen versteht. Mach dir keinen Kopf. Die machen das mit dem Einschreiben extra so kompliziert, um schon mal die rauszusieben, die nur aus Spaß ein bisschen studieren wollen.«

»Meinst du, die stellen auch extra falsche Wegweiser auf, damit sich jedes Semester ein paar Studenten verirren, die man erst Jahre später mumifiziert in einem abgelegenen Parkhausaufgang wiederfindet?«

»Das wäre zumindest eine sehr radikale Lösung des Problems der überfüllten Hörsäle. Du musst dir einfach einen Tunnelblick aneignen. Geh immer dieselben Wege, parke immer im selben Parkhaus, gehe immer in dieselbe Mensa. Und hör bitte auf, alles auf Rolf zu beziehen. Es gibt Dinge, die haben nichts, rein gar nichts, mit ihm und seinem Tod zu tun.«

Ich ignoriere die letzte Bemerkung. Mein Leben ist: vor Rolf, Rolf, nach Rolf. Alles hat mit ihm zu tun.

»Gibt es verschiedene Mensas?«, frage ich schließlich.

»Mensen.«

»Schnauze.«

»Klar gibt es die. Bei uns war das zumindest so. Eine große für alle mit Pferdemagen und wenig Geld. Eine kleine für alle mit genug Bafög und eine Bio-Mensa für alle mit ökologischem Gewissen und genug Bafög. Dazu kommen natürlich noch die Cafeterien für alle, die auf gesunde Ernährung oder warme Mahlzeiten keinen Wert legen. Das perfekte Angebot für dich also.«

»Vielleicht kann ich mir auch einfach ein paar Brote und eine Thermoskanne mit Kaffee von zu Hause aus mitnehmen.«

»Klar kannst du das machen. Wenn du möchtest, dass alle dich seltsam finden, ist das sogar eine sehr gute Idee.«

»Das werden sie eh.«

Ich hätte noch gerne gehört, dass Kirsten so etwas sagt wie: »Quatsch« oder »Sie werden dich total nett finden«. Ich verstehe aber leider nicht, was sie sagt, weil es bei mir klingelt.

Sie sieht aus wie ein Streichholz. Unten und mittig viel farbloses Popelin, um den Hals ein feuerrotes Tuch. Das steht im fiesen Kontrast zu den hektischen Flecken auf ihren Wangen. Keine Frage: Es geht ihr nicht gut. Ich freue mich trotzdem. Oder: Ich freue mich genau deswegen. Jemand, dem es noch schlechter geht als mir – das ist genau das, was ich jetzt brauche. Natürlich ist das gemein, egoistisch, niederträchtig und verlogen. Aber ich fälsche auch das Schild an meiner Levis. Mit einer »29–32« fühle ich mich einfach besser als mit den echten Angaben. Außerdem schade ich niemandem mit meiner kleinen Lüge. Und überhaupt: Warum ist denn die Größe außen lesbar? Das verleitet einen doch zu kleinen Korrekturen.

»Die Farbe steht Ihnen gut. Sieht so frisch aus«, lüge ich.

Warum tragen Frauen knallrote Schals, wenn nicht, um dafür gemocht oder gelobt zu werden? Ich lasse sie rein, und Mutti setzt sich auf ihren Stammplatz auf der Couch. Dabei fingert sie immer wieder an dem Tuch rum. Es sieht ein bisschen wie eine klaffende Wunde aus. Wenn ich jetzt wirklich Psychologin wäre, was würde ich denken?

1. Schön, dass die Frau jetzt zu ihren seelischen Verwundungen steht und sie nicht mehr verheimlicht?

2. Das Leid dieser Person ist doch wesentlich größer als angenommen. Ich sollte sofort für eine stationäre Einweisung sorgen?

3. Ich sollte dieser Frau den Namen einer sehr guten Farbberaterin geben?

In den vergangenen Tagen hatte ich zwischendurch natürlich immer mal wieder darüber nachgedacht, was ich denn tue, wenn der nächste Patient/Klient/Verwirrte klingelt und mit mir reden will. Und natürlich reichten auch nur zwei, drei müde graue Zellen, um mir klarzumachen: Aufhören! Schluss machen! Ehrlich sein! Aber kann ich dieser Frau wirklich sagen, dass ich auch nur so eine überforderte Normalsterbliche zwischen Push-up und Bauch-weg-Slip bin? Wir sind wahrscheinlich genau die Zielgruppe für Pumps mit orthopädischen Einlagen. Ich kann diese Frau nicht einfach zurück in die Wüste ihrer Familie schicken. Gleiches gilt natürlich für den armen Frauchen-schickt-mich-Mann. Wenn ich dem das nächste Mal reinen Wein einschenke, kann der seinem Weibchen niemals mehr das Wasser reichen. Wenn der seinem Drachen zu Hause erzählt, dass er sich vertan hat und seine beruflichen und seelischen Probleme einer Wald-und-Wiesen-Frau erzählt hat, zerfetzt die den in der Luft und stopft seinen Kopf als Trophäe aus. Den Mann behalte ich auch. Also als Patient. Was ich mit der »Business-Frau« mit dem hektischen Flackern im Blick mache, weiß ich noch nicht genau. Vielleicht erstmal auf Handyentzug setzen.

»Ich bin in den Waschstreik getreten«, strahlt mich die Dame an.

Sie sagt das, als hätte sie einen Achttausender ohne Sauerstoff bestiegen. Ich habe von Hungerstreik gehört und von Waschzwang. Was ein Waschstreik bringen soll, ist mir irgendwie schleierhaft. Noch rieche ich ja nichts, aber wahrscheinlich werde ich dann die nächsten Sitzungen bei geöffnetem Fenster abhalten müssen.

»Sie waschen sich nicht mehr? Ist das eine Protestform? Möchten Sie sich eine Art Schutzhaut zulegen?«, frage ich ganz sensibel nach.

Sie quietscht. »Nein. Natürlich wasche ich mich noch. Was denken Sie denn? Ich wasche keine schmutzige Wäsche mehr. Also fast. Ich wasche nur noch das, was in dem Eimer für schmutzige Wäsche landet.«

»Was haben Sie denn sonst noch alles gewaschen?«

Hat sie vorher alles zwanghaft in die Trommel gestopft, was ihr in die Finger gekommen ist?

»Ich bin vorher jeden Morgen wie eine Trüffelsau durchs Haus gegangen und habe schmutzige Kleidung zusammengesucht. Mein Mann hat seine getragenen Sachen immer einfach in die Badewanne gelegt. Mein Sohn hat alles, was stinkt, unten in seinen Kleiderschrank oder unter die Kommode gestopft, und meine Tochter hat schmutzige Wäsche unter ihrer Bettdecke gehortet. Ich habe schon stinkende Socken unter ihrem Kopfkissen gefunden.«

»Und Ihr Streik hat Erfolg?«

»Na ja, zumindest musste mein Sohn heute in Badehose in die Schule gehen.«

»Nur in Badehose?«

»Nein. Unter der Jeans, anstelle eines Slips. Er hatte keinen sauberen mehr.«

»Wieso versteckt Ihre Familie ihre Dreckklamotten an so diffusen Orten?«

»Weil es bequem ist. Ich habe ja immer alles eingesammelt und irgendwann wieder sauber und gebügelt in den Schrank gelegt. Aber das ist jetzt vorbei. Ich bin ja bereit, mich um die Wäsche zu kümmern. Das gehört zu meinem Job. Aber ich muss der Arbeit ja wohl nicht noch hinterherlaufen, oder?«

»Auf gar keinen Fall«, bestätige ich. Positive Bestätigung ist ja immer wichtig. Ich wundere mich eher, dass die Frau das vorher so brav gemacht hat. Wenn ich das nächste Mal Rolf besuche, werde ich seinem Grabstein versichern, wie schön ich es fand, dass er seine schmutzige Wäsche ganz alleine zur Waschmaschine getragen hat. Mir war bislang nicht klar, was ich für ein Glück mit meinem Mann hatte.

Nein. Stimmt nicht. War mir doch klar. Ich wische mit meiner Hand kurz über meine Stirn. Ich muss die Gedanken da zur Seite schieben.

»Und wie ist das mit der Spülmaschine? Weiß Ihre Familie, wo die steht und wie man die bedient?«

Sie gluckst. »Sie ahnen vielleicht, hinter welcher Klappe in der Küche die ist. Aber irgendwie haben die wohl alle Angst, diese zu öffnen. Ich bin ja schon froh, wenn schmutzige Teller überhaupt in die Küche getragen werden.«

Ich bin ansatzweise fassungslos. Warum macht diese Frau, die offenbar nicht unter Masochismus leidet, das alles mit? Harmoniebedürfnis? Überausgeprägte Leidensfähigkeit? Hausfrauen-Perfektionismus? Blödheit?

»Was bei der Waschmaschine klappt, funktioniert bei der Spülmaschine auch. Heute beim Abendessen können Sie doch verkünden, dass nur noch gespült wird, was auch den Weg in das Innere der Maschine findet.«

Ich finde meinen Vorschlag schlicht umwerfend und frage mich, ob solche Tipps wirklich Teil einer Therapie sein müssen.

»Und all die schmutzigen Teller auf dem Küchentisch, die schmutzigen Tassen im Esszimmer lasse ich einfach da stehen und schaue dem Schimmel beim Wuchern zu?« Sie starrt mich an und streicht die widerspenstigen Enden ihres Tuchs runter.

Vielleicht ist mein Vorschlag nicht so alltagstauglich.

Ich überlege kurz.

»Vielleicht können Sie die wieder dem Verursacher zuführen. Sie stellen die Sachen einfach dahin, wo schon die schmutzige Wäsche liegt.«

»Ich soll meiner Tochter dreckige Teller unter das Kopfkissen legen?«

Ich lehne mich zurück, gucke die Frau nur an. Natürlich war mein Vorschlag ein bisschen theorielastig. Das merke ich ja selber. Aber das kann ich jetzt schlecht zugeben. Das würde nur unnötig an meiner Glaubwürdigkeit kratzen. Hinterher hat die Frau noch den Eindruck, ich wüsste nicht, was ich sage. Das muss ich auf jeden Fall verhindern. Sie muss doch zumindest die Illusion haben, dass ich weiß, was ich tue, und vor allem, was ich sage. Ich gucke sie weiter ernst an. Mein Blick soll ihr sagen: Die Antwort liegt in Ihnen.

Sie guckt zurück. Schaut aus dem Fenster. Studiert ihre Handinnenflächen und seufzt plötzlich tief.

»Sie haben ja Recht. Ich sollte viel radikaler sein. Aber es fällt so schwer. Ich habe Angst vor Streit, vor Ablehnung. Ich möchte, dass sich alle wohl fühlen. Aber manchmal wird eine Stimme in mir immer lauter, die fragt, ob ich mich selber auch wohl fühle.«

Wow. Das habe ich geschafft, indem ich *nichts* sage.

»Aber wahrscheinlich wissen nur Sie, wie Sie sich wirklich wohl fühlen. Das können andere nicht für Sie schaffen.«

Ich höre mir selber zu und denke nur: Gut gebrüllt, Löwe.

»Und wenn ich selber nicht weiß, wie wohl fühlen geht? Es geht mir gut, wenn es anderen gut geht. Aber zurzeit geht es den anderen gut und mir trotzdem nicht. Fühle ich mich besser, wenn die anderen sich auch schlecht fühlen?«

»Vielleicht könnten Sie Ihre Familie dazu bringen, dass es ihr zumindest nicht ganz egal ist, wie Sie sich fühlen.«

Bitte, bitte. Frag jetzt nicht wie! Ich habe doch auch keine Ahnung.

»Manchmal habe ich schon so eine Sehnsucht in mir. Da wüsste ich, was mir guttäte«, sagt sie plötzlich leise.

»Und?« Jetzt bin ich doch echt gespannt.

»Einfach mal gehen. Einfach so.«

Mehr sagt sie nicht. Nicht wohin. Nicht für wie lange. Sie will nirgendwo hin. Sie will irgendwo weg. Leider klingt sie dabei wie eine Vierzehnjährige, die sagt: Wenn ich erstmal tot bin, wird es euch leidtun!

Sie ist schon fast raus, da traue ich mich.

»Ich habe leider meinen Kalender verlegt und weiß gar nicht, wann wir uns wiedersehen. Haben Sie den nächsten Termin im Kopf? Sehen wir uns wieder am Mittwoch?«

Sie wühlt in ihrer Tasche.

»Ich habe noch den Zettel mit allen zehn Terminen. Können Sie ruhig haben, ich habe die schon in unseren Familienkalender übertragen.«

Zehn Termine? Die Frau kommt noch acht Mal? Ich frage mich, ob die Frau nach den acht Treffen glücklicher sein wird. Ich hoffe es so sehr. Und überhaupt: Warum trägt diese Frau ihre Termine beim Seelenklempner in den Familienkalender ein? Was steht dann da? »Mutti bei Psychotussi«? Und hängt dieser Kalender wie überall in der Küche, wo alle Welt ihn sehen kann?

19

Ja, ich fühle mich ein ganz bisschen überlegen, als ich danach durch meine Wohnung streife. Keine schmutzige Wäsche in der Badewanne, auch nicht unter der Bettdecke. Noch nicht mal im Klavier. Ich muss keine dreckigen Unterhosen wie faule Ostereier in der Wohnung suchen. In der Spüle steht ein dreckiges Weinglas. Ansonsten sieht die Küche aus, als wäre Meister Proper mit seinem kleinen Swiff hier durchgewuselt. Als ich eine Stunde später wieder vorbeikomme, sieht die Küche noch genauso aus. Vielleicht liegen ein, zwei weitere Staubkörner mehr auf der Granitarbeitsplatte. Keiner hinterlässt bei mir Spuren. Nur die Zeit.

Ich halte mich bis zum nächsten Vormittag aus. Nach dem Frühstück habe ich gespült – zwei Weingläser – und einmal alles gesaugt. Ich habe das Bett gemacht, die Zeitung von der ersten Seite oben links bis zur letzten Todesanzeige unten rechts gelesen und das Küchenfenster samt Rahmen geputzt. Ich habe drei Mal gedacht: »Das muss ich unbedingt Rolf erzählen.« Drei Mal hat mich die Realität wie eine Eisdusche nach der Sauna getroffen. Als ich mich um kurz nach zehn bei dem Gedanken »Jetzt könnte ich ja endlich mal alle Fotos der vergangenen fünfzehn Jahre einkleben« überrasche, ziehe ich meine Jacke an. Ich muss raus. Ich gehe einfach los. Zügig. Ziellos. Als ich mir um kurz vor elf in einer Bäckerei ein belegtes Brötchen und ein Schweineohr gönne, ist mein Selbstwert ungleich größer als der Zinssatz für mein Sparbuch. Um ein Uhr finde ich mich tatsächlich in der Uni-Mensa wieder. Ich bin den ganzen Weg hierhin gelaufen. Das hat zumindest den Vorteil, dass ich jetzt keinen Parkplatz und später mein Auto nicht suchen muss. Ich stelle mir vor, wie es wäre, wenn ich das jetzt immer mache. Ich werde in ein, zwei Jahren sehr schlau und sehr schlank sein – zumindest wenn ich auf das Schweineohr verzichte. Wenn das keine schönen Aussichten sind! Was vor mir in der gläsernen Mensaauslage liegt, ist weit von schönen Ansichten entfernt. Ich habe mich noch nicht entschieden, vor was ich mich mehr ekele, als ich schon an der Reihe bin. Ungeduldig starrt mich die Frau unter ihrer durchsichtigen Badekappe an. Spontan zeige ich auf den Topf hinter dem Gulasch-Schild. Ich freue mich zu früh, dass ich einen freien Tisch finde. Erst als ich sitze, registriere ich, dass der direkt neben der Tür zur Küche ist. Ich kriege im Minutentakt fast die Schwingtür ins Kreuz und unschöne Einblicke in das Horrorszenarium dahinter. Ich sehe Frauen in Kniestrümpfen und Kitteln, einen Ausländer, der mit bloßen Händen die Essensreste von den schmutzigen Tellern in den Müll schiebt.

Viel schöner sieht es auf meinem Teller auch nicht aus. Die Nudeln, die zum Gulasch auf den Teller geklatscht wurden, sind zu einer dicken Masse verklebt. Schlecht gelaunt schnitze ich einen Würfel daraus. Ich stecke gerade kleine Paprikastücke als Augenanzahl auf die Seiten, als ich Annalena sehe. Sie spaziert jenseits des Fensters über den Campus. Nein, sie spaziert nicht. Sie stolziert. Sie trägt Nylons, schwarze Schühchen mit Bommeln drauf, einen braven grauen Rock, eine Oma-Strickjacke mit einer Brosche in Kometengröße und eine große schwarze Aktentasche. Im Ohr hat sie den unvermeidlichen Handyknopf. Ich starre ihr nach. Was werden diese Mädels tragen, wenn sie mal wirklich groß sind? Wenn sie mal wirklich Geld verdienen? Und wieso lasse ich mich von diesen

Wesen hier einschüchtern? Wieso habe ich Angst vor vielen großen Kindern, die erwachsen spielen? Als eine Küchenhilfe hinter mir aus der Küche kommt, winke ich sie zu mir.

»Wasis?«

»Schöne Grüße an den Koch. Und richten Sie ihm doch bitte aus, er soll das nächste Mal nach dem Nudelkochen kurz in den Topf gucken.«

»Warumdas?«

»Zum Abschrecken.«

Damit lasse ich sie stehen. Das war vielleicht nicht nett. Aber es tat gut.

Ich gehe direkt zum Institut für Soziologie, zücke vor dem Schwarzen Brett mein Notizbuch und fange an, die empfohlene Literaturliste abzuschreiben. Ja, wahrscheinlich kann man das auch im Internet nachlesen. Wahrscheinlich kann man die Liste direkt per Amazon bestellen. Aber das ist mir zu blutleer. Also beginne ich zu kritzeln. »Soziologische Geschlechterforschung. Eine Einführung«. Einführung ist immer gut. Was mich irritiert ist: »Das Lehrbuch zeichnet zentrale Entwicklungslinien, Weichenstellungen und Stationen der soziologischen Frauen-, Männlichkeits- und Geschlechterforschung nach.« Es geht also um Frauen und Männer. Und um Geschlechter. Als wären Frauen und Männer nicht schon schlimm genug. Und wieso heißt es Frauenforschung und Männlichkeitsforschung?

Empfohlen wird auch »Die intersektionelle Stadt: Geschlechterforschung und Medienkunst an den Achsen der Ungleichheit«. Ich muss mich wirklich konzentrieren, um das fehlerfrei hinzubekommen. Die Achsen der Ungleichheit. Klingt fies irgendwie. Und was ist denn wohl eine »intersektionelle Stadt«? Ich fühle mich ein bisschen unwohl und lese den Erläuterungstext. Beantwortet werden soll die Frage, ob sich die alltäglichen Wege von Menschen in einer Stadt unterscheiden. Ob Milieu und Alter die Stadtraumnutzung beeinflussen. Meinen die damit, dass junge Leute auch spätabends noch durch den Park gehen und alte nicht mehr? Dass ältere Menschen lieber eine Ampel suchen, während Jugendliche auch eine Schnellstraße queren? Das Buch umfasst hundertsiebzig Seiten. Da sollte dann wohl mehr drinstehen, als dass Bewohner aus der Bahnhofsgegend am Sonntag eher selten den Weg in den Stadtwald für einen kleinen Spaziergang finden. Ich bin wirklich erstaunt, was so alles erforscht wird. Das nächste Werk heißt: »Ernste Spiele. Zur politischen Soziologie des Fußballs«. Wow. Es heißt dazu: »Als Mikroskop der komplexen Verflechtungen des Sozialen wird Fußball zu einem ernsten Spiel, in dem zentrale gesellschaftliche Themen und Konflikte aufgeführt und stellvertretend ausgefochten werden.« Meinen die damit, dass beim Betriebsfußball der Azubi seinem Chef gerne mal in die Beine grätscht als Rache für das Jeansverbot am Arbeitsplatz? Ich wusste ja gar nicht, dass dieses Studium so alltagsbezogen ist. Ich könnte hübsche Beiträge aus dem Bereich »Männer, Frauen, Küche« beisteuern. Warum zum Beispiel trinken Männer beim Kochen ein Bier oder einen Wein und Frauen räumen während des Kochens schon mal die Küche auf? Wieso kaufen Männer das, was auf dem Einkaufszettel steht, und Frauen das, was sich im Supermarkt irgendwie ins Blickfeld schiebt? Meine These dazu ist ja: Das hat historischen Hintergrund. Mann ist früher aus der Höhle gegangen mit Pfeil, Bogen und den Worten »Ich erlege heute einen Hirsch«. Da musste er natürlich mit einem Hirsch zurückkommen. Die Frau hat derweil vor der Höhle das gepflückt, was ihr so in die Quere kam. Und weil sie wusste, dass Mann morgen wieder zur Jagd weg sein wird und mitnichten die Höhle und die Feuerstelle säubern wird, sondern alles wieder an ihr hängen bleibt, schwingt sie den Reisigbesen, noch während der Braten überm Feuer schmort. Ich fühle mich, als könnte ich mich sofort zum Hauptstudium anmelden.

»Wenn Sie mit Ihrem historischen Kopiervorgang fertig sind, könnten wir dann auch mal einen Blick auf das Brett werfen?«, werde ich aus meinen Gedanken gerissen.

Hinter mir stehen zwei Typen, die problemlos in einem Spot für Pickelcreme (*vorher*) mitwirken könnten.

»Klaro«, höre ich mich und räume schnell das Feld.

Klaro. Wie peinlich. Wieso habe ich nicht gesagt: »Klaro, ich stück mal ein Rück«?

Während ich zurück über den Campus schlendere, frage ich mich, was ich wohl mal mit meinen soziologischen Kenntnissen anfangen werde. Eigentlich wäre es ja schön, wenn ich das verknüpfen könnte, mit dem, was ich schon kann. Das ist: Kochen (rein theoretisch) und mit Kindern spielen (sehr praktisch). Vielleicht könnte ich einen spielerischen Kinder-Kochkurs machen und versuchen zu ergründen, was wirklich hinter dem Eier-Phänomen steckt: Warum manche Menschen ein Ei köpfen und andere es pellen. Ist das wirklich anerzogen? Sind die Köpfer knallharte Despoten? Sind die Peller fiese Sadisten? Und sind Kartoffelzerdrücker auch Unterdrücker? Sind Kartoffelschneider schnittig? Und wieso müssen Kinder so früh wie möglich mit Messer und Gabel essen? Ich liebe es, ein halbes Hähnchen in die Hände zu nehmen und abzuknabbern. Müsste ich es mit Werkzeug essen, wäre der Spaß nur halb so groß. Was sagt das über mich?

20

Den Abend verbringe ich mit meinem neuen Fünfhundert-Teile-Puzzle. Ich habe es schon letzte Woche lackiert, die Farbe ist also richtig trocken. Ich weiß gar nicht mehr, was es genau für ein Motiv war. Ich glaube irgendein Volksmusikheini samt Kapelle. Ist ja auch egal. Ich lackiere immer alle Teile von vorne, ehe ich sie zusammensetze. Das macht die Sache natürlich um einiges schwieriger. Aber dafür sieht es hinterher richtig gut aus. Fünfhundert weiße Teile, die ein Quadrat ergeben. Einfach. Schön.

Auch für den nächsten Tag habe ich mir schon was vorgenommen. Ich muss einfach meine Zeit verplanen, sonst durchschreite ich weiter ziellos immer die gleichen Wege durch meine Wohnung. Wenn es so weitergeht – wenn ich so weitergehe –, habe ich bald eine Laufspur auf dem Parkett. So wie der Tiger in unserem Zoo, der auch immer den gleichen matschigen Pfad nimmt. Wie der Panther von Rilke. Ich versuche den letzten Satz nicht zu denken. Tue ich natürlich trotzdem. Ihm ist, als ob es tausend Stäbe gäbe und hinter eintausend Stäben keine Welt.

Aus einer dunklen Ecke meines Kopfs schleicht sich eine Frage nach vorne: Was soll ich eigentlich noch zehn Stunden lang mit dieser Super-Hausfrau-und-Mutter besprechen? Wie soll ich sie therapieren? Auf den richtigen Weg bringen? Ich müsste einfach wissen, was ein richtiger Therapeut täte. Zehn Minuten später stehe ich mit dem Telefonbuch in der Hand im Wohnzimmer. Mein Plan ist ganz einfach: Ich suche mir einfach einen Therapeuten, spiele Mutti und weiß, wie so eine Sitzung aussieht. Ich versuche es bei einer psychosozialen Beratungsstelle. Die Dame am anderen Ende der Leitung ist irritiert. Ich suche einen Therapeuten für sofort? Auf welchen Wartelisten ich denn schon stünde? Ob ich das Notwendigkeitsgutachten schon hätte? Ich oute mich als gänzlich unwissend und kann hören, wie sie mit den Augen rollt. Sie empfiehlt mir fürs Erste die Akutkriseninterventionen und diktiert mir sehr langsam die Nummer. Die akuten Kriseninterveneure sind wohl gerade im Gespräch. Ich erreiche nur den Anrufbeantworter.

Ich mache mich auf Richtung Gartencenter. Eigentlich will ich nur ein paar Pflanzen für meine winzige Terrasse kaufen, als ich die Kräuterschnecke sehe. Es ist eine getöpferte Spirale, die man – laut Bedienungsanleitung – nur mit Erde und Samen füllen muss, und schon hat man nach wenigen Wochen immer alle wichtigen Kräuter zur Hand. Ich bin fasziniert. Die muss ich haben. Unter Aufbringung aller meiner Kräfte schiebe ich das Monster auf die Ladefläche des Einkaufswagens. Das nächste Problem wartet am Auto auf mich. Ich muss die schwere Schnecke anheben, um sie in den Kofferraum zu wuchten. Ich stöhne und fluche. Als ich das Ding halb hoch habe, rollt der Einkaufswagen weg. Schöne Scheiße.

»Könnten Sie mir mal helfen?«, bitte ich einen Typen, der das Pech hat, gerade vorbeizugehen.

»Klar«, lächelt er und hält den Einkaufswagen fest. Ich bin kurz fassungslos. Er meint das offenbar ernst. Steht nur da und guckt mir zu.

Mit einem Ruck und meiner letzten Kraft hieve ich die Beton-Schnecke ins Auto. Der Typ drückt mir einen Euro in die Hand.

»Den Wagen kann ich haben, oder?«

Ich muss ein paar Schritte laufen, um ihn wieder einzuholen. Ich reiße ihm den Wagen aus der Hand.

»Ich kann doch von Ihnen nicht verlangen, dass Sie meinen Wagen zurückbringen. Wo Sie schon so gütig waren.«

Ich lasse die Münze in seine Sakkotasche fallen und schiebe schnell ab. Zwei Stunden später habe ich drei Tüten Erde, acht Beutel Samen und die Schnecke auf meiner Terrasse und das Gefühl, Bungeejumping mit einem zu langen Seil gemacht zu haben. Ich trinke eine Tasse Vanilletee. Die einzige Sorte, die Rolf nicht mochte. Ich denke an meine Patienten-Mutti. Auch sie erzählte neulich, dass Gartenarbeit sie glücklich mache. Komisch, oder? Man sitzt da mit wehem Rücken, schmutzigen Fingernägeln, dreckigen Hosen, und es geht einem gut. Die Erde riecht so voll. Überall ist ein Zirpen und Zirren in der Luft. Jeder Sommer tut immer so, als sei er der erste.

Mit schmutzigen Fingern wähle ich wieder die Nummer der akuten Helfer, und es nimmt sogar jemand ab. Ich bekomme einen Termin – für morgen in drei Wochen. Ich bin fassungslos.

»Wenn ich also einen akuten depressiven Schub mit Selbstmordabsichten habe, muss ich noch drei Wochen warten, bis mir jemand mal eine halbe Stunde zuhört?«

»Sie haben Suizidgedanken? Warum sagen Sie das nicht gleich. Sie können übermorgen um neun Uhr kommen. Bringen Sie bitte Ihre Krankenkassenkarte mit.«

21

Ich hätte nicht hingehen sollen. Hätte von meinem lädierten Rücken erzählen sollen. Aber ich habe so viel Zeit zurzeit, dass ich sogar diese Einladung angenommen habe. Blaue Stunde bei Annalena und Torsten ohne h. In irgendeinem ihrer Intellektuellen-Magazine hatte Annalena gelesen, dass sich besagte Szene immer häufiger privat treffe. Dass *man* einfach nicht mehr abends in Kneipen abhinge, um bei Wein (Marke des Hauses) und Ültje-Erdnüssen über das Leben zu diskutieren. Neuerdings trifft man sich im kleinen Kreise mit noch kleineren Häppchen. Annalena ignoriert dabei stoisch, dass in dem Bericht von Berlin die Rede war. Nicht von Bielefeld. Ich sitze in ihrem Wohnzimmer und fühle mich ein bisschen wie bei »The Great Gatsby«. Alle sind so intellektuell. Torsten hat sich sogar in einen schwarzen Rolli gequetscht. Bei seinem Hang zum Doppelkinn sollte er das eigentlich öfter machen. Annalena trägt ein Kleid, unter dem sie eine Zwillingsschwangerschaft im siebten Monat verbergen könnte. Annalena betitelt das Gewand als »Tunika-gut-oder?«. Früher nannte man so etwas »Hängerchen«. Ich fühle selbiges. Ich sitze mitten zwischen diesen riesigen schwarzen Brillen, den Schwarzbrot-Lachs-Happen und nippe an meinem Martini. Der Qualm von Zigarren legt sich auf meine Zunge. Ich war nie ein Freund von Marihuana. Aber besser riechen tut es schon. Besser aussehen sowieso. Männer, die Zigarre rauchen, sehen immer ein bisschen so aus, als seien sie nie ganz aus ihrer oralen Phase herausgekommen.

Die Diskussion dreht sich gerade um die »bildungsfernen Schichten«. Annalena ereifert sich richtig.

»Wenn wir es nicht schaffen, die wieder zurück in unsere Mitte zu führen, wird unser System scheitern. Wir müssen die Bildung zu unserer vordringlichsten Aufgabe machen und die Leute da abholen, wo sie stehen.«

Ich wünschte, mich würde auch jemand abholen, und zwar hier.

»Bis kurz vorm Abi hätte ich dich eigentlich auch zur bildungsfernen Schicht gezählt. So wenig wie du gelernt hast«, lache ich.

Alle gucken mich an. Bis auf Annalena. Die sieht aus, als würde sie am liebsten gänzlich in ihrem flatterigen Zweimannzelt verschwinden.

Nur mühsam kommt das Gespräch wieder in Gang, nachdem mein einsames Lachen verklungen ist. Ich schließe mich erstmal auf dem Klo ein. Mein Einstand in der Studentenszene ist ja ein voller Erfolg. Als die Flecken auf Hals und Wangen wieder verblasst sind, geselle ich mich wieder zu der intellektuellen Szene und mache das, was ich sehr gut kann: so tun, als sei ich nicht da. Ich studiere die Titel der Bücher im Regal, nicke ab und zu interessiert. Es geht gefühlte drei Stunden um die Vereinbarkeit von Karriere und Familie. Geführt von Frauen und Männern, die so aussehen, als seien sie erst seit wenigen Monaten geschlechtsreif. Alle Frauen sind unisono der Meinung, dass sie »direkt danach« wieder mit dem Arbeiten beginnen wollen. Ich frage mich, wonach? Nach dem Kreißsaal, den Presswehen, den postnatalen Depressionen?

Nachdem das Karrierethema einstimmig beschlossen ist, widmet sich der Zirkel dem Thema Kultur. Es geht um irgendeinen ostasiatischen Filmemacher, der »uns als europäische Cineasten den traurigen Platz des Konsumenten schmerzhaft vor Augen führe«, so eine junge Frau neben mir. Während sie das ausführt, streicht sie die ganze Zeit bestimmt über ihren schwarzen Polyesterrock. Das Geräusch macht mich wahnsinnig. Mein Sitznachbar auf der anderen Seite verkündet dazu: Es sei ein »must«, die Filme im Original mit Untertitel zu sehen. Sonst ginge einem einfach die Atmosphäre verloren.

»Wenn ich lesen will, kaufe ich mir ein Buch«, hatte ich gesagt. Leider nicht so leise wie beabsichtigt.

Ich habe mal davon gehört, dass es im Internet die These gibt, dass es Bielefeld eigentlich nicht gibt.

Ich wünschte manchmal, es wäre so.

Auf dem Weg in mein neues Zuhause mache ich einen Umweg. Ich muss einfach kurz auf den Friedhof. Ich muss mit Rolf reden. Oder zumindest zu ihm. Wie immer in den vergangenen Monaten stehe ich erst ein bisschen fassungslos vor dem eingemeißelten Namen. Rolf Wallner. Es sieht so falsch aus. Der Name sollte da nicht stehen. Noch nicht. Mehr steht nicht auf dem Stein. Ich wollte keine Jahreszahlen, bei denen die Leute nachrechnen und dann mitleidige Kommentare abgeben. Ich erzähle Rolf von meinen Plänen, von der Uni, von dem peinlichen Auftritt gerade bei Annalena, und ich rede mich richtig in Rage. Wie unmöglich ich es finde, dass er mich hier einfach alleine zurücklässt. Das war so nicht abgemacht. Neben der Wut stößt mir die Trauer wie Sodbrennen auf. Als ich mich mühsam losreiße, sehe ich ein paar Reihen weiter ebenfalls eine Frau stehen. Sie hat ungefähr mein Alter und offenbar meinen Gefühlsmix. An der Art, wie sie die Schultern hart hochgezogen hat, ihre Hände knetet, immer mal wieder kurz über ihre Augen wischt und kurz in die Ferne starrt, sehe ich mich selber. Ich kann ihren Zorn, ihre Verzweiflung, ihre Einsamkeit fühlen. Und auch in dieser Gemeinsamkeit bleibt man allein. Ganz leise gehe ich zum Ausgang und schaffe es nur mühsam, mir an dem Abend keine der Koch-CDs anzuhören. Ich würde selbst bei dem Satz »Putzen Sie nun den Rosenkohl« flennen.

22

Die Frau mir gegenüber trägt ein bodenlanges indisches Gewand und eine sehr große dunkle Brille. Wie zwei kleine Fernseher rahmen die ihre Augen ein. Ihre Stimme ist weich und leise. Man könnte auch einfach sagen müde. Ich schildere ihr kurz meine Situation, erzähle von den nervenden Kindern, dem nörgelnden Mann, meiner Unzufriedenheit. Plötzlich lehnt sich die Fernsehfrau nach vorne.

»Wahrscheinlich würde es Ihnen schon helfen, Ihr inneres Heim zu finden.«

Mein inneres Heim? Noch ein Haus, das ich putzen soll, oder was?

Sie befiehlt mir, die Augen zu schließen, mich ganz schwer und weich zu fühlen, was auf ihrem Leder-Stahl-Stuhl nicht so ganz einfach ist. Sie erzählt dann gelangweilt. Ich sei ganz entspannt. Meine Füße spürten den Boden. Ich sei ganz bei mir. Ich blinzle kurz und sehe, dass die Frau irgendwas auf ihrem Handy liest, während sie versucht, mich zu bequatschen. Wie gut, dass Frauen so multitaskingfähig sind. Als sie glaubt, ich sei jetzt ganz entspannt bei mir, soll ich mir einen sicheren Ort vorstellen und benennen.

Einen sicheren Ort? Wo könnte das sein? Ich habe mal gelesen, dass man sich bei Erdbeben unter den Tisch setzen soll. Vielleicht meint sie das.

»Unterm Tisch«, sage ich.

»Wie bitte?« Ihre Stimme ist zu laut und zu irritiert.

Ich glaube nicht, dass diese Reaktion zum Leitfaden einer erfolgreichen Therapie gehört.

»Ich meine einen Ort, an dem Sie sich sicher fühlen. Ganz wohl und beschützt.«

Was will sie hören? In Mamas Bauch? In einer Lehmhütte in der Serengeti? Im Kreis meiner Familie? Was wird sie je nach Antwort von mir denken?

»In einem Chalet in den Bergen«, sage ich plötzlich.

»Sind die Berge hoch?«

Was ist, wenn ich das bejahe? Sind die Berge vielleicht in Wirklichkeit ein Symbol für meine Probleme? Was, wenn die alles in den Schatten stellen? Werde ich dann gleich stationär eingewiesen? Ich bekomme ein bisschen Angst.

»Ich habe es mir anders überlegt. Mein sicherer Ort ist eine Penthousewohnung mit Blick über die Stadt.«

»So weit weg vom Leben?«

Mist. Das klingt ja wirklich so, als sei ich schon auf halbem Weg in den Himmel. Die Frau wird jede Minute meine Einweisung unterschreiben.

»Ein sicherer Ort könnte für mich aber auch im Kino sein«, sage ich schnell. Ob sie das überzeugt? Ich mache die Augen wieder auf.

»Das ist für mich sehr schwierig. Ich habe so lange nicht über mich nachgedacht«, behaupte ich. Mutti hätte das auch gesagt.

»Vielleicht machen Sie sich bis zum nächsten Mal Gedanken dazu. Manchmal hilft es, wenn man das aufmalt.«

Ich nicke. Ich werde auf gar keinen Fall irgendwas malen, das mal gegen mich verwandt werden kann. Überhaupt. Ich werde nicht wiederkommen. Ehe ich hier Tipps für die Praxis als Therapeutin bekomme, sind Muttis Kinder schon aus dem Haus. Ich muss es weiter alleine versuchen.

Kirsten kommt in ihrer Mittagspause mit einer großen Papiertüte vorbei. Einer riesigen Türe vom China-Mann-Take-away-Fast-Food. Ich bekomme wie immer die drei, die siebzehn und die vierundzwanzig. Mit größter Kraftaufwendung schaffe ich es, ihr nichts von meinem merkwürdigen Date am Vormittag zu erzählen. Wie gerne würde ich jetzt mit ihr über die indische Matrone ablästern. Doch Kirsten hat auch was zu sagen. Mit dem Mund voll Glasnudeln und Sojasprossen teilt Kirsten mir mit, dass ich ab sofort Sport treiben muss.

»Bin ich fett geworden, oder was?«

»Nein, Quatsch.«

»Malt sich meine Cellulitits durch die Jeans ab?« Das ist mein absoluter Horror.

»Spinn nicht rum. Sport macht einfach gute Laune. Und genau die brauchst du.«

»Lass mich raten. Das hast du aus derselben Zeitschrift, in der auch stand, dass ich zum Friseur soll.«

»Nein. Das ist einfach Fakt. Und das weißt du auch. Komm einfach mal mit mir mit. Nach einem Vormittag auf dem Golfplatz wirst du dich besser fühlen.«

»Darf ich dich daran erinnern, dass du das schon mal behauptet hast? Ich hatte vier Tage Muskelkater im Rücken und Po. Und dabei durfte ich ja noch nicht mal auf den Platz. Ich musste zwei Stunden lang Bälle ins Nirwana befördern. Wenn überhaupt, könnte ich mich für Minigolf begeistern.«

»Du bist einfach zu arrogant, um mir zu sagen, dass du Golf eigentlich arrogant findest.«

Ich fühle mich ertappt.

»Kirsten, du bist Zahnärztin. Du musst so was machen. Ich kann mir einreden, dass du das nicht freiwillig treibst, dass das wichtig ist, um in der Innung anerkannt zu werden. Das muss ich glauben. Sonst müsste ich ernsthaft an unserer Freundschaft zweifeln.«

»Gut, lass uns vielleicht darüber reden, was du machen möchtest.«

»Eigentlich finde ich jegliche Form des Ballsports doof. Handball, Billard, Volleyball, Tennis und Rugby kannst du also schon mal streichen.«

»Schade. Ich wollte gerade Rugby vorschlagen«, grinst Kirsten mich an.

»Im Ernst: Was würdest du gerne machen?«

»Früher habe ich gerne Bodenturnen gemacht.«

Sie zückt ihr Phone.

»Okay, dann gucken wir doch mal, was das Netz für Bodenturnen für junge Fünfzigerinnen in Bielefeld so ausspuckt. Das wird bestimmt immens sein.«

Sie hackt irgendwas in ihre Tastatur.

»Ich hätte hier Beckenbodengymnastik am Freitagabend im Gemeindehaus West.«

»Perfekt. Da gibt es bestimmt Gratisproben von Tena-Lady.«

»Ich spüre hier irgendwie schlechte Stimmungen. Wenn du so weitermachst, verpasse ich dir eine silber-lila Dauerwelle und melde dich für einen Bridgekursus an.«

»Kirsten, im Ernst, grundsätzlich finde ich den Gedanken mit Sport und Schwitzen und so gar nicht so abwegig. Das ist wie mit dem Autowaschen. Danach findet man immer, dass man das eigentlich häufiger tun sollte. Aber mir fällt einfach nichts ein, was ich machen könnte. Ich werde definitiv nicht in ein Fitnessstudio gehen und mich in Maschinen einklemmen. Ich möchte auch vor keiner Spiegelwand mehr stehen, wo ich das Gefühl habe, alle starren auf meine Oberschenkel, und zwar von vorne und von hinten. Ich möchte mich eigentlich grundsätzlich auch nicht mehr in Sammelumkleiden umziehen.«

»Seit wann bist du so verklemmt?«

»Ich bin nicht verklemmt. Zumindest nicht mehr als vor

zwanzig Jahren. Aber in solchen Umkleiden zieht es immer, und auf dem Boden liegen fremde Haare und im schlimmsten Fall noch abgefallene Pflaster. Was habe ich davon, wenn mein Po straffer wird, ich aber mit einem chronischen Herpes durch die Welt laufe?«

»Wieso gehst du dann nicht joggen oder walken?«

»Weil ich Joggen so langweilig finde, dass ich immer Angst habe, in eine Art Wachkoma zu fallen. Und dieses Tok-Tok-Tok beim Walken macht mich wahnsinnig. Das erinnert mich an diese indianische Folter mit dem stoisch fallenden Wassertropfen.«

»Und welches Scheinargument hast du gegen Wandern? Das ist der neue Trendsport. Außerdem könntest du das gut mit deinem Urlaub verbinden. Hast du überhaupt schon Urlaub geplant?«

»Danke, Kirsten. Du hast es geschafft, in dreißig Minuten zwei Themen meiner Da-will-ich-nicht-drüber-nachdenken-Liste anzusprechen.«

»Und weil ich deine Freundin bin, muss ich das tun. Wenn du schon den Kopf in den Sand steckst, dann kannst du da unten ja mal deine Füße suchen und fragen, wohin die im Leben noch gehen wollen.«

Wenn mein Leben so verlaufen wäre, wie es geplant war, wäre ich jetzt just aus dem Urlaub gekommen. Jetzt denke ich schon in Ich-Form. Also. Rolf und ich wären just aus dem Urlaub gekommen. Aber er hat sich ja verdrückt. Die gebuchten Ferien in Italien hatte ich natürlich abgesagt. Und ich frage mich, ob ich jemals wieder verreisen kann. Orte, die ich schon mit Rolf besucht habe, kann ich ohne ihn nicht ertragen. Orte, die ich noch nicht kenne, will ich ohne ihn gar nicht kennenlernen.

Kirsten packt unseren Fast-Food-Müll zusammen.

»Ich will dich nicht ärgern. Ich will dich nur ein bisschen ins

Leben schubsen«, sagt sie lieb, ehe sie sich wieder in Richtung Zahnarztstuhl aufmacht.

Ins Leben schubsen. Das klingt ein bisschen, als stünde ich auf dem Dreimeterbrett und wüsste nicht, ob Wasser im Becken ist. Ob Kirsten wohl weiß, ob das Becken gefüllt ist? Was, wenn ich unschön auf den Beton knalle?

Ich mache mir einen Espresso, und während das Wasser in der Maschine erhitzt wird, wird auch mir heißer. Eine Welle aus Wut prallt von innen gegen meine Schädeldecke. Es ist einfach so verdammt ungerecht, dass ich jetzt hier alleine stehe. Wenn Rolf ungesund gelebt hätte, Kettenraucher oder Arztmuffel gewesen wäre, würde ich mich vielleicht anders fühlen. Aber Rolf hat auf seine Gesundheit geachtet. Er hat sich ausgewogen ernährt, ist am Wochenende gerne mal für eine Stunde auf dem Rad durch den Wald gecruist. Wir haben Wein getrunken. Aber nie viel und nie harte Sachen. Rolf ist auf mein Anraten zu allen möglichen Vorsorgeuntersuchungen gegangen. Er hat regelmäßig seine Blutwerte überprüfen lassen. Wofür? Ich fühle mich, als hätten wir brav an einer roten Fußgängerampel gewartet und plötzlich wäre ihm ein Flugzeug auf den Kopf gefallen. Ich trinke meinen Espresso in kurzen schnellen Schlucken. Er macht mich nicht stärker. Nur bitterer irgendwie.

23

Das Telefon schneidet meine zermürbenden Gedanken in zwei Hälften. Selten habe ich mich so gefreut, Annalenas Stimme zu hören.

»Du hast doch am kommenden Samstag bestimmt noch nichts vor. Hast du nicht Lust, zu einem kleinen Essen zu uns zu kommen?«

So sieht meine Tochter mich also. Sie geht davon aus, dass ich Samstagabend alleine mit einem Leberwurstbrot vor einem unerfreulichen Fernsehprogramm sitze. Wahrscheinlich vermutet sie sogar, dass ich bereits Florian Silbereisen verfallen bin. Leider hat sie Recht. Na ja, zumindest mit der Vermutung, dass ich noch nichts vorhabe.

»Warum lädtst du mich schon wieder zum Essen ein?«, frage ich misstrauisch. Vielleicht glaubt sie auch, ich würde mir mittlerweile Ravioli direkt in der Dose warm machen und binnen weniger Monate an Skorbut oder Ähnlichem versterben. Wieso verzeiht sie mir so schnell meinen unschönen Auftritt in ihrer ominösen blauen Stunde? Da kann etwas nicht stimmen. Und was ist ein kleines Essen? Kleine Mahlzeiten? Kleiner Kreis?

»Nur so. Torsten und ich geben einfach ein kleines Essen im kleinen Kreis und hätten dich gerne dabei.«

»Ihr seid aber echt spontan.«

Spontanität gehört zu den Eigenschaften, die ich den beiden am wenigsten zugetraut hätte. Oder wenn, dann nur nach ganz viel Vorlauf und Planung. Vielleicht sind sie ja doch noch nicht so alt, wie sie tun.

»Eigentlich steht der Termin schon ein bisschen länger. Torstens Eltern kommen auch. Zumindest der Vater. Seine Mutter hat ganz kurzfristig abgesagt. Sie möchte nun doch nicht auf ihren Exmann treffen und uns lieber mal alleine besuchen. Total kindisch.«

Ich beginne zu verstehen.

Ich bin wohl nicht die allererste Wahl für die Besetzung dieser gemeinsamen Mahlzeit.

»Und damit der Stuhl an der Seite deines zukünftigen Schwiegervaters nicht leer ist, fragst du nun dein altes Mütterchen.«

»Wir wollten dich eigentlich ja sowieso einladen. Wir haben nur nicht genug gute Stühle. Und wir können ja schlecht einen Plastikküchenstuhl an den Esstisch stellen. Wie sieht das denn aus?«

Sie lädt also lieber mich aus als den billigen Küchenstuhl in ihr Wohnzimmer ein. Interessant.

»Annalena, für Torstens Vater wird es reichen, wenn ihr am Stuhl neben ihm einen Luftballon festbindet und ein Gesicht draufmalt. Das reicht dem völlig. Wahrscheinlich wird er sich am Ende des Abends bei dem Ballon für das interessante Gespräch bedanken. Dieser Mann redet nicht. Der doziert.«

»Wenn du tatsächlich studieren willst, musst du dich an so etwas gewöhnen. Da steht jemand alleine auf der Bühne und monologisiert. Und es gibt noch nicht mal etwas zu essen.«

Ich gebe mich geschlagen. Außerdem kommt am Samstag kein »Wetten dass«. Und für Florian Silbereisen fühle ich mich echt noch nicht schlecht genug.

24

Ich wache gegen fünf Uhr auf. Im Hinterkopf noch wirre Träume von Dozenten, Prüfungsangst und mir als Aerobic-Vorturnerin. Mein T-Shirt ist nasskalt. Ich rieche nach Angst. Ich weiß genau, diese Angst kann ich nicht wegschlafen. Ich stehe auf, dusche heiß und starre auf meinen Kaffeeautomaten. »Bereit« steht da in leuchtenden Buchstaben. Ich fühle mich nicht so. Ich fühle mich klein. Will ich wirklich an die Universität? Was habe ich da verloren? Zwischen all den jungen Menschen, die gerade von der Schule kommen und wissen, wie man lernt? Und wieso dann ausgerechnet Soziologie? Wäre es nicht schlauer, ich mache etwas, womit ich mich schon ein bisschen auskenne? Etwas mit Kindern? Ich fahre meinen Rechner hoch. Vielleicht sollte ich mich für Pädagogik einschreiben? Da hätte ich den Mitstudenten wenigstens ein bisschen Praxiserfahrung voraus. Ich finde die Homepage des Instituts für Pädagogik. Von acht bis zehn heute Vormittag ist eine Vorlesung zum Thema »Soziale und emotionale Kompetenz«. Es geht um Kommunikationsfähigkeit und Spielekompetenz. Das ist mir vertraut. Spielende Kinder, die sich anbrüllen, in ihrer emotionalen Kompetenz mal kurz einen Wutausbruch bekommen und versuchen, sich das Nasenbein zu brechen. Da kann ich viel zu sagen. Ich bin um zehn vor acht in dem Vorlesungssaal. Langsam füllen sich die Reihen. Neben mir sitzt ein junger Mann, der allerlei technisches Gerät vor sich aufbaut. Einen flachen Monitor, eine externe Tastatur, ein winziges Handy. Ich habe vor mir einen Block und einen Kuli liegen und fühle mich, als hätte ich Hammer, Meißel und eine schöne, glatte Felsplatte dabei. Mit forschen Schritten betritt eine Frau die Bühne, der ich auch zutrauen würde, ein internationales börsennotiertes Unternehmen zu führen. Sie sieht sehr kühl aus. Aber vielleicht hat sie die Haare auch so streng nach hinten gebunden, um die eine oder andere Falte glatt zu ziehen.

»Wir wollen heute über emotionale Kompetenz und besonders über Frustrationstoleranz sprechen«, verkündet sie.

»Frustrationstoleranz?«, flüstere ich meinem Nachbarn fragend zu.

»Das heißt, dass Kinder nicht gleich heulen sollen, wenn sie bei einem Spiel verlieren«, antwortet er.

»Warum nicht?«, frage ich erstaunt zurück. Was sollen sie denn sonst machen? Sich für die Erfahrung bedanken?

Er guckt mich an, als hätte ich gefragt, warum man Kinder nicht schlagen darf. Blödmann.

Die kühle Zopfträgerin vorne erklärt uns, dass es für Kinder geradezu verheerend sei, wenn sie in einem Spiel verlören. Es wäre verletzend, enttäuschend, frustrierend, nicht selten traumatisch. Das sei ein Grund, warum Kinder nie in Konkurrenz spielen sollten. Sie sollten das Spiel als warmes Wasser des Wohlfühlens empfinden. Ein bisschen so wie das Tummeln im Fruchtwasser.

Ich starre sie mit offenem Mund an. Ich habe noch kein Wort auf meinem Block notiert. Tummeln im Fruchtwasser? Ich frage mich, ob die Frau schon mal länger als zwanzig Minuten in einem Kindergarten gewesen ist. Da würde ihr wohl eher der Vergleich mit einem Haifischbecken über die Lippen kommen.

Stattdessen lässt sie sich jetzt zu der These verleiten, dass man die Kinder doch ganz behutsam auf die harte Realität vorbereiten müsse. Dazu zeigt sie uns einen Film. Wir sehen eine scheinbar normale Situation in einem Kindergarten. Drei Kinder spielen Mensch-ärgere-dich-nicht. Die Stimme aus dem Off erzählt uns, dass die Kinder das schon oft gespielt hätten – aber mit anderen Regeln. Diese hießen:

Keine andere Spielfigur darf rausgeschmissen werden, und es ist egal, wer als Erster seine Figuren im Haus hat.

Wie bitte? Ich muss meinen offenen Mund mit der Hand manuell schließen. Nicht dass mir noch ein Speichelfaden am Kinn festklebt. Was soll der Mist? Mensch-ärgere-dich-nicht ohne Rauswerfen? Das macht doch keinen Spaß. Und einen Gewinner gibt es auch nicht? Warum sollen die Kinder denn dann spielen? Der Weg ist das Ziel? Kinder wollen sich messen. Wettlaufen, wettspringen. Das ist ein menschliches Grundbedürfnis. Doch plötzlich ändert sich die Szene vor uns. Man verkündet den drei kleinen Protagonisten – Maya, Nils und Paul –, dass man sich nun gegenseitig rauskicken darf und dass der gewinnt, der als Erster alle vier Puppen im Haus hat. Maya, Nils und Paul nickten, anscheinend noch völlig untraumatisiert, und spielen los. Keine zwei Minuten später schickte Paul eine Figur von Nils in die Wüste. Sofort ist eine Erzieherin bei Nils. Denn Nils möchte jetzt gerne ein bisschen wütend werden. Was ich durchaus verstehen würde. Er aber wird sanft vom Tisch weggeführt, muss in ein Sandkissen hauen und dann ein Bild malen. Ein schönes, buntes Bild. So solle er lernen, seine Aggressionen anders zu kanalisieren, erklärt uns der gestrenge Zopf. Nils müsse lernen, den Schmerz anders zu verarbeiten und nicht in Gegengewalt zu verwandeln. Die Energie müsse eine andere Form annehmen. Ich sehne mich augenblicklich nach einem dieser Sandsackkissen. Was ist denn das für Quatsch? Natürlich ist Nils sauer. Und deswegen wird er gleich Paul rauswerfen. Oder Maya. Und am Ende wird irgendjemand das Spiel gewinnen und den ganzen Nachmittag triumphierend durch den Kindergarten hüpfen und brüllen »Ich habe gewonnen«. Müssen die Mitspieler dann wirklich gleich in Therapie?

»Wenn ein Kind ein Spiel verliert, verliert es einen Teil seines Selbstwerts. Es fängt an, sich selber abzulehnen, sich von sich zu distanzieren. Dem müssen wir sehr wach entgegenwirken«, höre ich von vorne.

Wahrscheinlich schlägt sie gleich vor, dass jedes Kind per se eine eigene Therapeutin an seiner Seite hat, die es bei den schweren Schicksalsschlägen des Kindergartenlebens begleiten kann. Ich packe meine Sachen, was recht schnell geht, und verlasse mit dem sicheren Gefühl den Saal: Egal, was ich mal studiere, das hier ist es auf gar keinen Fall.

25

Der Samstag ist da, und ich bin leider nicht krank, also muss ich hin.

Neben Heinz-Horst, Torstens Vater, sind noch Sybille, seine Schwester, samt Ehemann Stefan und Torstens Bruder Olaf nebst Gattin Christa eingeladen. Abgerundet wird das Bild durch Andreas, der sich selber allerdings Ändy nennt. Er ist Torstens Tennispartner, sein Saufkumpane und sein Alter Ego. Mit Torstens Größenwahn gehen die beiden als Trio mit vier Fäusten durch. Neben Ändy sitzt Peggy. Die kenne ich noch von Annalenas letztem Geburtstag. Wir hatten uns sehr angeregt über Haarverlängerungen unterhalten. Nicht, dass das für mich in Betracht kommt, aber Peggy ist Friseurin, und ich wollte schon immer mal wissen, wie das funktioniert.

»Schön, Sie wiederzusehen«, strahle ich sie von unten an. Ich sitze nämlich nun doch auf dem wackeligen Küchenstuhl. Der ist nicht nur unbequem, sondern auch ziemlich niedrig. Mein Kinn ist fast auf Tischhöhe. Annalena hatte mich mit den Worten begrüßt: »Jetzt ist überraschenderweise Sybille mitgekommen. Damit konnten wir nicht rechnen. Die geht sonst nie weg. Aber ausgerechnet heute hat sie einen Babysitter engagiert. Ich hoffe, das Essen reicht.«

Ich hatte den Wink verstanden und sofort beteuert, dass ich so gut wie nichts essen und mich schon auf den Küchenstuhl freuen würde.

Peggy guckt irritiert zu mir runter. Ihre Lider flattern.

»Ich glaube nicht, dass Sie Mandy schon kennengelernt haben«, flötet Ändy.

Mandy?

»Wir sind erst seit einigen Wochen liiert«, schiebt er hinterher und tätschelt seiner Liaison den Arm.

Peggy. Mandy. Ich setze fünfzig Euro, dass das nächste Model Jenny heißt. Oder vielleicht doch Sandy? Na dann viel Spaß, Ändy.

»Das tut mir leid«, sage ich schnell.

»Das muss Ihnen nicht leidtun«, grinst Ändy selbstgefällig. »Ich bin eigentlich ganz glücklich mit meiner Wahl.«

Mit seiner Wahl. Als wäre er in ein Geschäft gegangen und hätte verlangt: Zeigen Sie mir mal das blonde Exemplar dahinten. Was soll das denn kosten? Schmutzt oder flust das? Kann es sprechen?

»Ich meine natürlich, dass es mir leidtut, Sie verwechselt zu haben«, lächele ich Mandy an. Die fühlt sich just sichtlich unwohl. Mit ihrer Wahl. Außerdem bin ich mir sicher, dass ich diese Mandy doch kenne.

»Haben wir uns schon mal irgendwo anders getroffen?«, frage ich einfach.

»Mama, du hast dich einfach vertan. Das kann doch mal passieren«, geht Annalena dazwischen.

Es klingt wie: »Das kann doch mal passieren, wenn man auf die achtzig zugeht.« Ich ignoriere sie einfach.

»Mandy arbeitet im Modebereich«, erklärt Ändy. »Das hier hat sie zum Beispiel selber gemacht.« Er hält Mandys Arm hoch, und alle starren auf die obskuren Strickschläuche, die Mandy an den Handgelenken trägt. Das Einzige, was mir dazu einfällt, ist, ob sie mit denen wohl verbergen will, dass sie heimlich ritzt.

»Sehr schön«, ringt Christa sich endlich ab.

»Das sind Pulswärmer«, erklärt Mandy ganz stolz.

Ich sehe, wie Torsten auch gerade Puls bekommt. Denn Mandy hat ihre Wollwerke mit kleinen Holzperlen bestickt. Mit denen dängelt sie nun dauernd vor die Tischkante, und dann zuckt der Hausherr jedes Mal zusammen. Als der Tisch und ich das erste Mal aufeinandertrafen, hatte Torsten mir erklärt, dass dieser aus ganz weichem Holz (also nicht so wie ich) gefertigt sei und ganz schnell Kratzer bekäme. Damals hatte ich es gewagt, meinen Schlüsselbund auf den Tisch zu legen. Seitdem versuche ich den Tisch noch nicht mal scharf anzugucken.

»Und hier kommt ein kleiner Gruß aus der Küche«, durchbricht Annalena die leicht peinlich berührte Stille.

»Ich freue mich schon so auf den Gruß aus dem Schlafzimmer«, kommentiert Ändy. Mandy grinst verlegen.

Annalena drapiert vor jedem eine Kaffeetasse. »Das ist ein Kohlrabi-Cappuccino«, erläutert sie.

Wir löffeln gefühlte zwei Stunden an dem Schaumwasser. In die Tassen passt natürlich kein Suppen-, sondern nur ein Kaffeelöffel. Ich habe mal gelesen, dass – egal, wie wenig man isst – nach zwanzig Minuten ein Sättigungsgefühl einsetzt. Ich weiß jetzt, dass das nicht stimmt.

Sybille dagegen hat's gut. Statt sich hungrig zu löffeln, darf sie seit ewigen Zeiten mit dem Babysitter telefonieren und erklären, wo der Lieblingsschnuller liegt, welche Einschlaf-CD auf jeden Fall funktioniert und dass Sina und Mona – die hellwachen Zwillingsmädchen – auf gar keinen Fall eine DVD sehen dürfen. Völlig geschafft lässt Sybille sich wieder am Tisch nieder und leert die Tasse in einem Zug. Sie sieht müde aus. Im ersten Moment dachte ich, sie trägt neuerdings eine Brille mit dunklem Rand. Dabei hat sie einfach nur Augenränder, die sehr, sehr viele schlaflose Nächte erahnen lassen. Stefan dagegen sieht aus wie immer. Also eigentlich todlangweilig, aber zumindest nicht todmüde.

»Wie schaffst du das bloß, Stefan? Ich dachte, Zwillingsväter gehen zumindest im ersten Jahr total am Stock. Du wirkst ganz entspannt«, frage ich mal nach.

»Ich schlafe seit der Geburt der Mädchen im Arbeitszimmer. Schließlich muss ich tagsüber arbeiten«, antwortet er ganz sachlich.

Fassungslos gucke ich Sybille an. Das Zucken ihrer Augenbrauen sagt: »Was willst du machen?«

»Da hast du natürlich Recht. Du musst in die böse feindliche Welt, und Sybille liegt den ganzen Tag auf der Couch, um bei siebzehn Friends-Folgen drei Liter Kaffee in sich zu kippen.«

»Mama, möchtest du mir gerne in der Küche helfen?«, höre ich Annalena durch den Blutrausch in meinen Ohren. Es klingt nicht nach einer Frage. Eher nach einer ultimativen Aufforderung kurz vorm Rauswurf.

In der Küche kriege ich natürlich erstmal einen kleinen Abriss. Ich möge mich bitte nicht in das Privatleben anderer einmischen. Das sei ihr – also Annalena – sehr unangenehm. Ich staune nur kurz darüber, dass es jetzt so weit ist: Meine Tochter schämt sich für mich. Vergessen die Zeit, als *ich* mit *ihr* durch die Fußgängerzone gegangen bin, und sie mit ihren schwarzen Haaren, schwarzen Fingernägeln und sehr schwarzem Kajal sehr drogenkrank aussah – und ich mich *nicht* geschämt habe. Doch ich wundere mich nur kurz. Meine Aufmerksamkeit wird von meinem Umfeld gänzlich in Beschlag genommen. Ich studiere, was in dieser Küche alles rumliegt. Riesige Warmhaltekartons, jede Menge Aluschalen, auf dem Herd ein Rechaud. Auf allem prangt der »Iss was?!-Aufkleber«. Die übelste Catering-Kette im Umkreis von hundert Kilometern. Mindestens. Wie hatte ich auch nur für den Bruchteil einer Hundertstelsekunde annehmen können, Annalena habe selber gekocht?

»Warum bestellt ihr bei diesen neureichen Kalorien-Kastraten? Die nennen einen Tee wahrscheinlich ›gesiedetes Wasser an einer Kräutermelange zum interaktiven Dialog‹.«

»Torsten möchte bei denen seine Masterarbeit schreiben und ein neues Marketingsystem vorstellen.«

»Die brauchen kein neues Marketingsystem. Die brauchen einfach ein paar Köche«, stelle ich fest. Dann werde ich wieder auf meinen Sünderstuhl entlassen.

Olaf und Heinz-Horst beteuern sich gerade gegenseitig, dass bodentiefe Duschen nur eine Modeerscheinung seien.

Torstens Vater führt ein Sanitärgeschäft, Olaf ist als Ältester natürlich seine rechte Hand. Christa macht in der Klitsche – Entschuldigung: in dem erfolgreichen kleinen Familienunternehmen – die Buchführung. Irgendwann habe ich Christa mal gefragt, ob denn die nächste Sanitär-Generation schon in Arbeit sei. Sie hat mich nur völlig fassungslos angesehen. Wann sie das denn bitteschön noch machen solle? Schließlich sei Olaf ja jetzt stellvertretender Vorsitzender der Wirtschaftsjunioren, und das bliebe natürlich alles an ihr hängen: die Weihnachtsfeier für die Junioren-Kids, die Tagesfahrt der Wirtschaftsjuniorinnen, der Segelausflug auf der Außenalster, der Besuch im NRW-Wirtschaftsministerium mit anschließendem Kaffeetrinken und so weiter und so fort. Sie hat so getan, als würde das gesamte Wirtschaftsleben dieser Stadt auf ihren schmalen Schultern ruhen.

Plötzlich fällt es mir ein. Plötzlich weiß ich, woher ich diese Mandy kenne. Sie arbeitet bei H & M. Ich war da vor ein paar Tagen, um für das Enkelkind einer Freundin einen Body zu kaufen. An der Kasse neben mir tobte eine junge, blöde Frau. Mandy hatte sie sehr nett beruhigt.

»Sie arbeiten bei H & M, oder?«, wende ich mich an Mandy. Ich bin so erleichtert, dass mir endlich eingefallen ist, woher ich sie kenne. Das hätte mich sonst die ganze Nacht verrückt gemacht.

Ändy zuckt zusammen, als hätte ich ihn angeschossen.

»Mandy will das Business von der Pike auf lernen.«

»Also von H & M in die Vorstandsetage von Dolce und Gabana? Klingt überzeugend.«

So ein Blödmann.

Es gibt Männer, die sich Frauen schön trinken. Und es gibt Typen, die sich ihre Frauen schlau denken. Ehe ich noch was Gehässiges sage, bringe ich Sybille noch einen Teller raus. Sie sitzt mittlerweile im Schlafzimmer und singt Sina und Mona per Telefon Schlaflieder vor. Kurz hält sie ein, um sich »Nester aus saurem Kraut mit Spargelmousse auf Roastbeefherzen« mit den Fingern in den Mund zu schieben. Sie lächelt mich trotzdem dankbar an.

»Willst du Sybille nicht mal ablösen?«, frage ich Stefan, als ich mich wieder vor meine sauren Nester setze.

»Ich habe ihr schon vor einer halben Stunde gesagt, dass die Babysitterin ihnen ›Shaun, das Schaf‹ in der heavy rotation vorspielen soll. Aber das ist ihr ja zu unpädagogisch.«

Als ich Sybille kennengelernt habe, war sie alles, was ich so gerne gewesen wäre: zielstrebig, schlank, schlagfertig, energisch, und noch dazu hatte sie hohe Wangenknochen. Sie war Werbezeit-Verkäuferin für eine Kinokette. Rolf und ich haben unzählige Freikarten von Sybille bekommen. Jetzt sitzt sie mit den eindrucksvollen Überresten ihres Zwillingsbauches und dem Geruch von ausgespuckter Milch statt Parfüm auf dem Pulli im Dunkel und singt zum siebenundzwanzigsten Mal »Der Mond ist aufgegangen«. Ob sie glücklich ist? Oder nur zu müde, um irgendwas zu fühlen?

Ich kaue mich geduldig durch alle sieben Gänge, die Torsten und Annalena in Auftrag gegeben haben. Bei der obligatorischen Creme brulée ist es so weit. Torsten schlägt sein Messer gegen das Weinglas. Als ob er sich gegen ein brodelndes Stimmengewirr durchsetzen müsste. Dabei erklärt Heinz-Horst nur gerade mal wieder das Geheimnis seines Erfolgs. (Harte Arbeit, Disziplin, Intelligenz, Trinkfestigkeit.) Torsten räuspert sich bedeutungsschwanger, während Annalena mit stolzgeschwellter Brust zu ihm aufschaut. In diesem Moment hat sie eindeutig Körbchengröße C.

»Annalena und ich möchten heute etwas bekannt geben. Wir werden kommende Woche den Vorvertrag für den Kaufvertrag für eine Eigentumswohnung auf dem Postparkplatz unterschreiben.«

»Auf dem Postparkplatz steht gar kein Haus«, stellt Ändy überrascht fest. Wie schlau. Sonst wäre es ja auch kein Parkplatz.

»Noch nicht. Aber nächstes Jahr rollen da die Bagger an«, verkündet Torsten.

»Ihr werdet also einen Vertrag unterschreiben, dass ihr irgendwann einen Vertrag für eine Wohnung unterzeichnen werdet. Für eine Wohnung, die irgendwann gebaut wird«, fasse ich zusammen.

»Genau, Mama. Ist das nicht super?«, strahlt Annalena mich an.

»Ja, super«, bestätige ich fassungslos.

Wenn die beiden die Absicht der Absicht schon so zelebrieren, was tun sie wohl erst, wenn sie tatsächlich Wohnungsbesitzer sind? Und was, wenn sie dann endlich einziehen? Wahrscheinlich werden sie behaupten, sie hätten das Stadtfest finanziert.

»Eine Eigentumswohnung? Ist das so überlegt?«, streut Heinz-Horst schlechte Stimmung. »Da weiß man doch nie, mit wem man da gemeinsame Sache macht. Wisst ihr schon, wer sich da sonst noch einkauft?«

»Papa, das ist financial-high-level. Da wird eine ganz bestimmte Klientel angesprochen. Und wir werden uns die Penthousewohnung reservieren lassen. Da tanzt uns niemand auf dem Kopf rum«, gibt Torsten an.

»Ich hatte eigentlich gedacht, dass in deinem zukünftigen Job Flexibilität so wichtig ist. Meinst du, du wirst eine Anstellung in Bielefeld bekommen?«, bringe ich mich vorsichtig ein. Penthouse. Das kannte ich bis jetzt nur aus »Verbotener Liebe«.

»In Bielefeld?«, fragt Torsten, und es klingt wie: »In der Bronx.«

»Ganz sicher nicht. Aber gerade weil ich ja demnächst sehr international unterwegs sein werde, ist eine Homebase so wichtig. Annalena und Co können da ja nicht dauernd mit umziehen.«

»Co ist aber auch ein schöner Name«, merkt Mandy an.

Wenn ich Mandy hieße, würde ich das auch finden.

»Ich soll also hier die Wäsche waschen und die Fenster putzen, während du in der Welt herumjettest?«, fragt Annalena erstaunt.

»So eine Penthousewohnung hat bestimmt viele Fenster«, mischt Christa sich ein. Nicht gerade ein Gesprächsbeitrag, den Annalena begrüßt. Sie guckt ihre Schwägerin in spe an wie eine haarige schwarze Spinne an einer weißen Wand.

Offenbar ist der Plan mit der Homebase noch nicht bis ins Detail durchgesprochen worden.

»Postparkplatz? Das ist doch total nah an der Autobahn«, müffelt Olaf rum.

»Eben. Die Verkehrsanbindung ist hervorragend«, rechtfertigt Torsten.

»Du meinst also, dass du schnell wieder weg bist von deinem Basislager«, giftet Annalena.

Ich bin mir nicht sicher, aber ich glaube, die Gastgeber haben sich den Abend anders vorgestellt. Aber ich habe mir mein Leben auch oft anders vorgestellt, na und? Lade ich mir deswegen Gäste ein, um die an meinen Problemen teilhaben zu lassen?

26

Den ganzen Sonntag buddle ich. Ich fülle die Schnecke mit Unmengen von Erde, gieße brav, verteile die Samen, gieße wieder, und zum Schluss spieße ich sogar die leeren Tüten auf abgebrochene Äste und ramme sie in die Erde. Damit ich noch weiß, was wo wachsen soll. Ich kann nicht aufhören, habe das Gefühl, dass ich mich spüren muss. Meine Muskeln, meinen Körper. Ich muss in Bewegung bleiben. Ich rupfe mit Freude das Unkraut zwischen den Steinen weg und stelle fest: Es ist zu kahl. Zu kalt. Mit einer Plastiktüte bewaffnet gehe ich auf den nächsten Kinderspielplatz. Zwei Mädchen schaukeln, die Mutter liest auf der Bank abwechselnd eine Illustrierte und ihre SMS. Als die drei endlich weg sind, schlendere ich Richtung Sandkasten und fülle da schnell die Tüte. Vier Mal mache ich den Weg. Dann habe ich endlich genug Sand vor der Schnecke. Aus meiner riesigen Dekokiste hole ich jede Menge Muscheln und drapiere sie voller Konzentration. Es sieht schön aus. Ich ziehe die Schuhe aus, gehe barfuß über den Sand. Ein gutes Gefühl. So fremd.

»Sie glauben gar nicht, wie gut mir unser Gespräch vergangenes Mal getan hat. Ich hatte ganz fest damit gerechnet, dass Sie mir raten, den Job nicht zu wichtig zu nehmen. Ich hatte Angst, dass Sie von Burn-out reden. Dass ich andere Dinge finden soll, die meinem Leben Sinn geben. Dass ich Sport machen soll und so.«

Jeder normale Mensch hätte das der Lady in Grau auch gesagt. Als sie mich am nächsten Morgen völlig überraschend auf meiner Fußmatte anstrahlt, stelle ich fest, dass sie sogar graue Augen hat. Das ist mal konsequent.

»Ich fand es so schön, mal bestätigt zu werden. Zu hören, dass ich alles richtig mache.«

Habe ich gesagt, dass sie alles richtig macht? Oder leidet die gute Frau unter dem bekannten »Ich träume mir die Welt, wie sie mir gefällt«-Syndrom?

Sie lässt sich energisch auf meine Couch fallen.

Ich kann mich dunkel daran erinnern, dass ich bei unserem ersten Treffen zum Abschluss etwas wie »Schön, dass es Sie gibt« geäußert habe. Da dachte ich allerdings auch noch, die Gute arbeite für die heimische Trauerbewältigungsszene. So etwas muss man doch gutheißen.

»Ich halte nicht viel von Vernegativierung.«

Gibt es das Wort? Es ist mir gerade einfach so aus dem Mund gefallen. Ich meine damit, dass ich Leuten lieber was Hübsches als was Doofes sage. So klingt das natürlich total untherapeutisch. Vernegativierung klingt da doch viel wissenschaftlicher. Die Frau auf meiner Couch sieht mich begeistert an. Ich registriere, dass sie wartet. Auf weitere verbale Ejakulationen.

»Ich meine, Sie üben Ihren Beruf ja aus, weil Sie es gerne machen. Warum sollten Sie sich dann schlecht fühlen?«

Ihr Handy klingelt in meine Ausführungen. Sie lächelt mir verschwörerisch zu und geht ran. Ich bin erstaunt, wie aus dieser leicht devoten Gottesanbeterin eine Domina wird. Sie spricht laut und hart und immer nur im Imperativ.

Einen Wimpernschlag später ist sie wieder die artige Schülerin, die alles machen will, was ich ihr auftrage.

Ich hole tief Luft. »Wenn ich abends noch ein bis zwei Tafeln Schokolade esse, weiß ich ja auch, dass das nicht gerade in einen ausgewogenen Ernährungsplan gehört. Aber wenn ich sie schon esse, will ich mich damit nicht auch noch schuldig fühlen. Das wäre ja doppelt doof.«

Geht »doppelt doof« wohl als anerkanntes Therapeuten-Deutsch durch?

»Ein bis zwei Tafeln?« Sie sieht richtig erschrocken aus. Blöde Kuh. Wenn sie Heißhunger auf Schoko bekommt, nascht sie wahrscheinlich höchstens ein After-Eight und geht danach direkt auf den Stepper, um das wieder abzutrainieren.

»Das habe ich natürlich nur überzeichnet«, lüge ich. »Ich meine damit, was man tut, sollte man wenigstens selber gut finden. Man sollte der erste Vorsitzende des eigenen Fanclubs sein.«

Ich höre mir interessiert bis überrascht zu. Ich habe natürlich Recht. Theoretisch. Praktisch fühle ich mich nach ein bis zwei Tafeln Vollmilch-Nuss wie eine gestrandete See-Elefanten-Kuh und verordne mir sofort mindestens achtundvierzig Stunden Genussmittelverbot.

»Erster Vorsitzender des eigenen Fanclubs – das klingt wirklich gut. Ich habe mich in letzter Zeit oft gefragt, ob ich auf dem richtigen Weg bin.«

»Ja, manchmal ist der Weg das Ziel. Manchmal ist das Ziel weg«, murmle ich.

Sie ignoriert mich.

»Aber kann ich meine Firma jetzt im Stich lassen? Darf ich jetzt wirklich egoistisch sein? Es werden so große Hoffnungen in mich gesetzt.«

»Wo Hoffnung ist, da ist auch Leben.«

Was rede ich denn hier? Habe ich mein Poesiealbum inhaliert?

»Es ist nur manchmal so, dass ich mich so gehetzt fühle. Die Verantwortung wie Wackersteine an meinen Armen.«

Was tue ich hier? Diese Frau ist womöglich gerade kurz vor einem Herzinfarkt, einem Magengeschwür und/oder einem

Nervenzusammenbruch, und ich erzähle ihr, dass alles gut ist und sie genau so weitermachen soll. Werde ich hier gerade straffällig? Als eine Art Hochstaplerin? Ich muss diesem Spuk ein Ende bereiten.

»Warum sind Sie eigentlich genau zu mir gekommen?«

»Sie waren die Einzige, die noch Termine freihatte.«

Ich fühle mich gekränkt. Wieso war die gute Tanja Schenk offenbar die einzige Therapeutin im gesamten Stadtgebiet, die nicht ausgebucht war? Spricht ja nicht für sie. Also für mich.

»Nein, ich meine, was war genau Ihr Grund für diese Gespräche?«

»Mir ist aufgefallen, dass alle meine Kollegen zu Therapeuten und Coaches gehen. Da wäre es ja ein klarer Wettbewerbsnachteil für mich, wenn ich darauf verzichten würde.«

Ich bin also eine Art Weiterbildung. Ich denke zum zweiten Mal an diesem Nachmittag »Blöde Kuh«, und ich glaube, das ist für das Vertrauensverhältnis Therapeutin-Klient/Patient nicht gerade förderlich.

»Ja, mir ist auch schon aufgefallen, dass gerade im mittleren Management gerne auf Coaching zurückgegriffen wird«, sage ich arrogant.

Mittleres Management. Das trifft sie wie der Anblick des ersten grauen Haares. Sie fängt sich schnell wieder.

»Soweit ich weiß, lassen sich auch die absoluten Topleute coachen«, presst sie schmal aus ihren Pastelllippen hervor und schlägt wieder ihre Beine ganz parallel übereinander.

»Im Mittelstand schon. Natürlich.«

»Mittelstand?«

Alles, was mit »Mittel« anfängt, klingt für dieses Wirtschaftsweibchen ganz klar nach Mittelmaß. Und ist damit nicht akzeptabel.

»In den Etagen ganz oben sieht es mittlerweile anders aus.«

»Und wie?«

Sie würde für die Antwort bezahlen. Viel bezahlen. Sie klingt so gespannt, als hätte ich den Schlüssel für ewige Jugend in der Tasche. Ich würde ihr gerne sagen, dass nur Leute, die abhängig sind, immer erreichbar sein müssen und auf jedes Handyklingeln hin zucken wie ein Hund auf »Sitz!«. Ich könnte ihr erklären, dass Diskussionen um elektronische Fußfesseln für Trieb- oder andere Täter totaler Quatsch sind, wo wir uns alle jederzeit orten und erreichen lassen.

Ich räuspere mich verheißungsvoll und sage mit etwas gedämpfter Stimme: »Da ist Selbstcoaching angesagt. Wer es nach oben geschafft hat, lässt sich einfach nur noch schlecht beraten. Der kennt sich selber so gut, dass er zum eigenen Trainer wird. Wer an der Spitze steht, ist eben alleine. Wer soll da auf Augenhöhe Ratschläge geben?«

»Ehrlich? Selbstcoaching? Habe ich ja noch nie gehört.«

Meine Patientin klingt wie angefixt.

»Das gehört wahrscheinlich auch gar nicht hierhin. Das funktioniert natürlich nur bei Menschen, die sehr reflektiert und ehrgeizig an sich selber arbeiten. Menschen, die sich gleichermaßen von innen und außen sehen und das innere und äußere Bild in Einklang bringen. Menschen, die ihren Weg ganz klar vor sich sehen.«

Sie ist wie in Trance, steht auf und streicht ihren kurzen Rock glatt.

Sie geht. Ihren Weg. Zu Tanja Schenk wird der bestimmt nicht mehr führen. Hoffentlich. Sollte ich es wirklich geschafft haben, meine erste Patientin auf den Weg der Genesung zu führen? Habe ich der Frau wohl geholfen? Fühlt sie sich jetzt weniger gestresst? Für mich zumindest trifft das zu. Hinter meiner ersten Klientin kann ich einen Haken machen.

Erstaunlicherweise führt der Weg meiner Tochter allerdings direkt nach dem Abgang der grauen Frau in meine Wohnung.

Und: Sie sieht wieder aus wie Annalena. Ein bisschen zumindest. Sie trägt keine Perlenkette, keine Bömmelchen-Schuhe und keinen Gesichtsausdruck à la »Wir spielen Vorstandsetage«. Sie trägt ihren wütenden Gesichtsausdruck, den ich noch bestens aus ihren Jahren dreizehn bis siebzehn kenne.

»Bei mir ist eine Vorlesung ausgefallen, und da dachte ich, ich gucke mal, wie es dir so geht«, lügt sie.

Dabei will sie mir mitteilen, wie es ihr geht, nämlich kacke. Ich kann mir vorstellen, dass sie gestern Abend noch eine längere Diskussion rund um den Themenkomplex »Mann macht Karriere, Frau wickelt Kinder und putzt in ihrer Freizeit noch unzählige deckenhohe Fensterfronten« hatte.

»Das war ja eine Überraschung am Samstagabend«, ebne ich ihr den Weg zu ihrem angestrebten Gesprächsthema.

»Allerdings«, faucht sie zurück.

Ich drehe im letzten Moment vor der Kaffeemaschine ab und wende mich dem Wasserkocher zu. Koffein ist offenbar das Letzte, was Annalena jetzt braucht. Wo ist wohl mein Baldriantee?

Ich ärgere mich, dass ich nicht wirklich weiß, wie das geht. Wie ich durch drei, vier gezielte Fragen mein Gegenüber dahin kriege, dass ihm ganz klar wird, was ich schon weiß. Wie richtige Psycholeute das wohl machen? Ich würde jetzt so gerne ein paar scheinbar belanglose Sachen von mir geben, und Annalena würde dadurch schlagartig klar, dass ihr derzeitiger Mitbewohner ein selbstverliebter Schaumschläger ist, der in wenigen Jahren genau wie sein Vater zum Spiegeleierclub gehören wird. (Das sind die Männer, die ihr bestes Stück nur noch im Spiegel sehen können.) Ich möchte, dass sie fast von alleine zu der Antwort kommt, zu jung, zu hübsch und zu experimentierfreudig für einen haarlosen Jungspießer zu sein. Wenn ich ihr jetzt sage, dass ihr Torsten blöd, langweilig und leicht adipös ist, treibe ich sie ja eh nur gleich wieder in seine Arme.

»Was machen eigentlich deine Studiumspläne?«

Die Fragen wollte ich doch stellen. Ich lehne mich lässig an die Spüle.

»Es läuft. Ich war schon an der Uni und habe mich über die Ausschreibung informiert.«

»Du meinst wohl Einschreibung?« Annalena grinst. Aber eher nett. Nicht überheblich. Sie macht eine kleine Pause.

»Wenn ich dir helfen kann, sag mir Bescheid. Torsten hat behauptet, dass du das niemals hinkriegst. Er hat was über einen neuen Trend ›Rent a Oma‹ gelesen und meinte, das wäre wohl eher was für dich.«

Rent a Oma?

Sie guckt mich herausfordernd an und versteht wohl langsam, dass ich nichts verstehe. »Das sind quasi Omas zum Mieten. So zum Vorlesen und Backen und so. Für Kinder, die keine Oma haben. Oder eine, die noch berufstätig ist.«

Diese Schweinebacke.

»Sag deinem Lebensabschnittspartner bitte, dass er davon ausgehen kann, dass ich wieder berufstätig bin, wenn ihr mal ein Kind in die Welt gesetzt habt. Aber ihr braucht ja keine Oma. Während Alleskönner Torsten durch die Welt jettet, um die globale Wirtschaft zu retten, sitzt ja sein Frauchen brav in der hübschen Eigentumswohnung mit Blick auf die Autobahn.«

Ja, das ist gemein. Aber irgendwo muss ich hin mit dieser ganzen Wut. Sonst implodiere ich.

Annalena presst ihre Lippen aufeinander. »Mama, du kannst sicher sein, dass ich hier nicht Fliesenfugen mit Zahnbürsten schrubbe, während Torsten mit seiner Sekretärin im Fünf-Sterne-Hotel die Sauna testet.«

Fugen mit Zahnbürsten putzen? Wie kommt sie denn auf so etwas? Ob sie das wohl wirklich tut? Hat sie das im Fernsehen gesehen? Oder hat Torsten ihr ein Abo von »Hygienisch und heimelig« zu Weihnachten geschenkt?

»Jetzt zeig mir mal deine Unterlagen für die Uni. Vielleicht kann ich dir noch ein bisschen helfen.«

Ganz langsam beginne ich zu begreifen. Ich bin ihre ganz persönliche Rache. Sie will mich jetzt fit fürs Studium machen und Torsten damit so was wie »Ätschebätsch« sagen.

»Ja, die Unterlagen«, hole ich aus. »Im Prinzip habe ich die alle. Ich muss die nur noch raussuchen.«

»Du hast dich also bis jetzt um nichts gekümmert«, stellt Annalena mit vorwurfsvollem Tonfall fest. So habe ich vor nicht allzu langer Zeit registriert, dass sie noch nichts für die anstehende Mathearbeit getan hat.

»Ich bin gerade umgezogen. Da hatte ich noch keine Zeit dafür«, wehre ich mich.

»Das heißt doch, dass du die Unterlagen erst vor kurzem eingepackt hast. Dann musst du doch noch wissen, wo die sind.«

Schlüssige Argumentation. Eigentlich.

»Natürlich weiß ich, wo ich die Unterlagen habe«, lüge ich. In Wahrheit bin ich mir gerade nicht ganz sicher, was »die Unterlagen« überhaupt sind. Ganz bestimmt brauche ich wohl mein Abizeugnis. »Also das Abizeugnis ist in dem Ordner ganz unten im Bücherregal.«

»Hol doch mal.«

Wenige Minuten später blättert meine Tochter in meinem Sammelsurium »WICHTIG«.

»Also deine Urkunde über das Silber-Abzeichen in der Tanzschule und eine Einladung zum zehnjährigen Klassentreffen habe ich schon«, stellt sie fest und blättert weiter. »Du hast mal einen Surfschein gemacht?«

Stimmt. Hatte ich ganz vergessen. Sie stockt.

»Was ist das?«

Ich gucke über ihre Schulter. »So was nannte man früher ›Blauen Brief‹«, stöhne ich.

»Siebzehn unentschuldigte Schulstunden in einem Halbjahr?« Ihre Augenbrauen erreichen fast ihren Haaransatz.

Ganz egal, wer jetzt gerade an der Tür schellt, ihn oder sie schickt der Himmel.

Denke ich völlig naiv. Und soll bald eines Besseren belehrt werden.

27

Der unmännliche Mann steht plötzlich im Flur und strahlt mich an. Heute ist Montag. Heute war die Lady in Grau doch schon da. Was will der dann jetzt hier? Nach welchem System hat Tanja Schenk ihre Termine vergeben? Nach Mondphasen? Nach dem TV-Programm? Wie soll ich so arbeiten?

»Meine Frau musste eh gerade für ein Stündchen in die Stadt. Da passt mein Besuch hier ganz gut«, freut er sich. Offenbar hat er gerade einen Termin bei mir, und sein Frauchen hat ihn gnädigerweise zu mir gebracht. Wahrscheinlich hätte er sonst die Rollschuhe genommen.

Annalena guckt irritiert von dem Mann zu mir. Ihr Blick sagt: »Bitte, bitte, lass das nicht wahr sein.« Sie starrt wieder meinen Besuch an und grübelt wohl darüber nach, ob dieser Mann tatsächlich für ein Schäferstündchen bei ihrer Mutter vorbeigekommen ist, während seine Frau shoppen geht. Ich muss zugeben, im ersten Moment sieht das hier ein bisschen merkwürdig aus. Ich könnte natürlich jetzt die Situation klären und sagen: »Annalena, es ist nicht so, wie du denkst. Dieser Mann macht nur gerade eine Therapie bei mir. Er hält mich leider für seine Therapeutin, die kurzfristig nach Tibet ausgewandert ist. Ich will ihm das nicht sagen, weil das nur unnötig an seinem rudimentären Selbstwert kratzen würde.«

Ich glaube, da ist es mir lieber, Annalena hält mich für die Geliebte eines Mannes mit der Ausstrahlung eines hellblauen Kleinjungenschlafanzugs mit Bündchen.

»Ich geh schon mal rein«, sagt der fleischgewordene Schlafanzug in die Stille. Für Annalena scheint das wie »Ich mach mich schon mal unten rum frei« zu klingen.

»Ich bin ja schon weg«, zickt sie. »Vielleicht kannst du ja bis zum nächsten Mal deine Unterlagen wirklich zusammensuchen. Ich weiß nicht, wie ich dir sonst helfen soll«, wendet sie sich noch kurz an mich und sieht mich abfällig von oben nach unten an. Warum eigentlich? Selbst wenn ich mir zur Stimmungsaufhellung eine kleine Affäre gönnen würde, müsste sie mich dann angucken wie Heidis Fräulein Rottenmeier? Was weiß Annalena schon von Einsamkeit, von langen schwarzen Nächten, die niemals enden wollen? Und habe ich *sie* damals so abfällig angeguckt, als sie ihrer vermeintlich besten Freundin den Lover ausgespannt hat? Na also.

Nach ihrem Abgang habe ich ein bisschen Mühe, mich auf meinen neuen Besuch zu konzentrieren. Für meinen Geschmack herrscht hier heute ein bisschen viel Betrieb. Außerdem überlege ich die ganze Zeit, wie der Mann noch mal hieß. Er hatte mir doch seine Versicherungskarte gegeben. Es war irgendwas mit »anders«. Das hatte ich mir gemerkt, weil er so anders war, als seine Frau ihn haben wollte.

»Ich habe meiner Frau erzählt, was Sie vorgeschlagen haben. Dass sie sich ändert.«

Das fand sein Frauchen bestimmt nicht so gut.

»Und?«

»Meine Frau meint, Sie sollten sich eher auf meine Probleme konzentrieren. Wenn sie sich ändern wollte, würde sie sich eine eigene Psychologin dafür suchen.«

Ich halte das prinzipiell für eine sehr gute Idee. Persönlich glaube ich sogar, dass sie vielleicht ein Scheidungsanwalt glücklicher machen würde. Aber das sage ich natürlich nicht.

»*Möchten* Sie sich eigentlich ändern?«, frage ich ganz spontan.

»Natürlich. Deswegen bin ich ja hier«, betont der andere Mann.

Eigentlich ist er ja hier, weil er sich ändern *soll*. Nicht, weil er will. Frau Anders wäre es wohl am liebsten, ich würde ihrem Mann Eigenblut entziehen und die fehlende Flüssigkeitsmenge durch Testosteron ersetzen.

»Und wie wären Sie dann gerne?«

»Ja, glücklich.«

Gar nicht dumm, der Typ. Nur ein bisschen verträumt eben.

»Ich meine, wie müssten Sie sein, um glücklicher zu sein?«

»Das habe ich Ihnen doch schon erzählt. Ein bisschen energischer einfach. Ein bisschen durchsetzungsstärker.«

Klingt für mich wie ein bisschen schwanger. »Ich glaube, Sie können durchaus Ihre Meinung vertreten«, behaupte ich.

»Ja, ehrlich?« Er ist wirklich erstaunt. Er hat wohl schon lange nicht mehr so viel verbale Anerkennung erhalten.

»Ja, aber nur dann, wenn Ihr Gegenüber dieselbe Meinung hat. Sie mögen halt Harmonie.«

»Meine Frau findet mich auch zu harmonisch.«

Ich stelle mir vor, wie Herr und Frau Anders sich vor fünfzehn Jahren auf einer Party kennengelernt haben. Beide hatten jeden Tag Jeans an. In den Semesterferien ging es in den Süden, wo die Nächte kurz und die Gläser tief sind. Jetzt trägt Frau Anders weiße Blusen, die auch abends noch knitterfrei sind, macht Städtetrips mit abendlichem Theaterbesuch, schlürft Prosecco oder stilles Wasser. Und der Mann an ihrer Seite soll die Stewardess einschüchtern, wenn der Prosecco nicht genug kribbelt, er soll den Hotelmanager zusammenfalten, wenn das Zimmer zur Straße geht. Er soll ihr schlicht die Welt vor die Pumps legen.

»Ich denke auch, dass Sie durchsetzungsstärker werden müssen. Und zwar sollten Sie sich mal gegenüber Ihrer Frau durchsetzen.«

»Sie kennen meine Frau nicht.«

»Ich glaube, Ihre Frau kennt Sie auch nicht. Hören Sie einfach mal auf mit wollen wollen oder wollen sollen. Fragen Sie sich einfach ganz genau, was Sie möchten. Und das machen Sie dann.«

»Das klingt so einfach.«

Ich beuge mich vor und flüstere ihm zu: »Das ist es auch. Das ist babyleicht. Im wahrsten Sinne des Wortes. Kinder wissen genau, was sie wollen, und sie fordern das immer ein.«

»Ich soll mich brüllend auf den Boden werfen, wenn mir danach ist?«

»Das ist eher was für Fortgeschrittene. Üben Sie einfach mal Sätze mit ›ich will‹. Ich will in den Ferien nach Sylt fahren. Ich will nicht ins Theater. Ich will nicht zum Geburtstag deines Chefs. Haben Sie eigentlich Hobbys?«

»Ja, ich mag Bogenschießen. Und ab und zu spiele ich Federfußball.«

Federfußball? Ist das so etwas wie Badminton für Leute, die ihren Schläger vergessen haben?

»Das ist doch schön. Kümmern Sie sich um Ihre Hobbys. Kümmern Sie sich darum, was Sie wirklich wollen. Nur wenn Sie mit sich zufrieden sind, können es andere auch sein.«

Ich höre mich echt an wie ein kitschiger Abreißkalender. Aber wo ich doch Recht habe! Und er sieht auch so aus, als fände er gut, was ich sage. Ich verabschiede ihn gut gelaunt.

»Auf Wiedersehen, Herr Anders. Ich wünsche Ihnen viel Glück.«

»Danke.« Er ist schon fast raus, als er sich noch mal umdreht.

»Ich heiße eigentlich Sanders.«

Und es klingt, als wollte er sagen: »Sie können ruhig Herr Anders zu mir sagen. Wenn Ihnen das besser gefällt.«

Ich bin ja wirklich ein voller Erfolg als Coach.

Er ist schon zu zwei Drittel draußen, als er sich ein zweites Mal umdreht.

»Was ist denn mit unserem nächsten Termin?«

»Glauben Sie wirklich, Sie brauchen den noch?«

Er überlegt sehr, sehr kurz. »Ich bespreche das am besten mit meiner Frau.«

Ich hebe entsetzt die Augenbrauen.

»Sie haben Recht: Ich will das mit meiner Frau besprechen.«

28

Auf was ich aber ein bisschen neidisch bin: Der Mann hat etwas, das er gerne tut. Auch wenn es Sitzfußball – oder so etwas Ähnliches – ist. Vielleicht malt er seiner Frau auch demnächst eine Zielscheibe auf den schlafenden Rücken und spannt seinen Flitzebogen. Aber immerhin hat er ein Hobby. Ich würde auch gerne etwas in meiner Freizeit tun. Ich weiß, Freizeit hat man eigentlich nur, wenn man auch Arbeitszeit hat. Ich betrachte meine zukünftige Zeit an der Uni einfach als Arbeitszeit. Und meine Therapiesitzungen auch. Da bleibt immer noch Zeit übrig. Die muss ich füllen. Vorsätzlich füllen. Sonst füllt die sich nämlich von alleine, und zwar mit wehmütigen Erinnerungen, mit wortlosen Wutattacken vor Rolfs Grab, mit schniefenden Momenten bei jeder Kussszene im Fernsehen. Ich muss mich von mir selber ablenken. Die passende Idee habe ich zwei Abende später in der Badewanne. Ich blättere gerade in einem Anzeigenblättchen, als mir eine unheimlich glückliche Frau entgegenlacht. Der Text verrät mir, dass das die Märchentante sei, die jetzt in den Ruhestand gehe. Die letzten vier Jahre hat sie jeden Dienstagnachmittag in der Bücherei Märchen vorgelesen und sich wohl eine erstaunliche Fangemeinde erarbeitet. Ich habe noch nasse Haare, als ich Kirsten anrufe.

»Was hältst du von der Idee, dass ich die neue Märchentante in der Bücherei werde?«

»Eigentlich nichts. Aber wenn du das unbedingt willst. Du hast schon schwachsinnigere Ideen gehabt.«

»Ach ja? Und welche?«

»Wischfarbtechnik im Wohnzimmer. Selbst gestrickte Socken. Selber Bier im Keller brauen. Haare mit Wasserstoffperoxid bleichen. Reicht das?«

Ich wusste nicht, dass Kirsten so ein gutes Gedächtnis hat.

»Ich könnte da ja schon mal üben, vor einer Gruppe zu reden. Das muss ich im Studium doch auch.«

»Vor Sechsjährigen über Schneewittchen sprechen?«

Meine Fähigkeit, Märchen erzählen zu können, wird früher auf die Probe gestellt, als mir lieb ist. Zehn Minuten nach dem Gespräch mit Kirsten muss ich nicht nur Märchen erzählen. Ich muss mir erstmal eines ausdenken. Annalena ist am Telefon. Die Begegnung mit Herrn Sanders lässt ihr natürlich keine Ruhe. Sie klingt gleichzeitig beunruhigt und vorwurfsvoll. »Mama, ich mache mir ein bisschen Sorgen wegen deines Umgangs«, höre ich sie sagen.

Sie hat sich seinerzeit in den einzigen Jungen in der Klasse verliebt, der rauchte und Bierflaschen mit den Zähnen aufmachen konnte. Und ausgerechnet sie benutzt das Wort »Umgang«.

»Ich habe ja nun mal mitbekommen, wie du Herrenbesuch bekommen hast.«

Ich würde jetzt gerne sagen: »Aber es war nicht nach zweiundzwanzig Uhr.« Sag ich aber nicht.

»Ich mache mir Gedanken, dass du nach dem Tod von Papa ein bisschen orientierungslos bist.«

Ja. Das bin ich. Meine Tage laufen in die Zukunft, meine Gedanken hängen in der Vergangenheit. Wie, bitte, soll man da nicht die Orientierung verlieren?

»Torsten und ich haben Angst, dass du emotional ein bisschen labil sein könntest.«

Torsten hat Angst? Um mich? Ich kann mir nicht vorstellen, dass er sich um etwas anderes als sein Aktiendepot sorgt.

Wenn ich nicht mal langsam was sage, quatscht Annalena mir jetzt den Akku leer.

»Annalena, ist ja gut. Ich weiß, dass das für dich merkwürdig gewirkt hat. Dieser Mann, der hier einfach so bei mir aufkreuzt. Du hast das aber wirklich völlig falsch verstanden.«

Während ich rede, laufen meine Gedanken völlig aufgescheucht in meinem Kopf hin und her und suchen nach einer geeigneten Erklärung fern von »Der tut nichts. Der will nur Sex.«

»Aber wer war das denn?«

»Das ist der Herr Sander. Der hilft mir, meine Wohnung nach Fengshui einzurichten.«

»Was?«

Annalena ist echt erstaunt. Ich bin es auch.

»Deswegen ist der auch gleich ins Wohnzimmer. Das ist ja quasi das Herzstück der Wohnung. Es ist besonders wichtig, dass da die Grundstimmung fließt«, steigere ich mich in meine abstruse Idee.

»Also dass das Klavier mitten im Raum eine blöde Idee war, hätte ich dir auch sagen können.«

Du dumme Kuh.

»Weit gefehlt, Lenchen. Das ist reinste Fengshui-Lehre. Das Klavier da in der Diagonale öffnet gleichzeitig den Raum, schafft neue Plätze und ist wie ein optischer Brückenschlag zwischen Ying und Yang.«

Ich könnte mir ewig zuhören.

»Ich hatte immer den Eindruck, dass das da einfach nur im Weg steht«, räumt meine Tochter ein. Den Eindruck also, den ich permanent von Torsten habe.

»Auf den ersten Blick vielleicht. Aber wir müssen ja mal neue Blickwinkel zulassen. Und gerade ich bin dazu ja neuerdings leider gezwungen.«

So. Jetzt wird sie still sein. Zumindest ist sie schon mal beruhigt, dass ihre Mutter sich nicht einem Heiratsschwindler oder anderen Trickbetrüger an den Hals schmeißt.

Manchmal beneide ich Annalena. Nach dem Tod von Rolf hat sie eine gefühlte Woche nur geheult. Sie hatte schon richtig runzlige Haut auf den Wangen, weil ihr da immer nur die Tränen runtergekullert sind. Sie war wieder Papas kleine Tochter. Sie hat geschluchzt und geschrien und alles rausgelassen. Nach der Woche wirkte sie ein bisschen wie gereinigt. Als hätte sie die Trauer mit den Tränen aus ihren Poren gelöst und rausgeschwemmt. Ich habe auch geweint, und dann habe ich eine Tür in meinem Inneren zugemacht. Dahinter wogt ein Tränenmeer. Aber noch habe ich zu viel Angst, davon weggeschwemmt zu werden.

Die Dame an der Büchereirezeption war begeistert. Ich habe ihr wortreich erläutert, dass Literatur für Kinder so wichtig sei, dass die oft ja gar nicht mehr wüssten, wie toll es sei, Geschichten vorgelesen zu bekommen, die eigenen Bilder im Kopf dazu zu entwickeln, und dass ich mich bereit erklärte, den Job von der Märchentante a. D. zu übernehmen. Sie fand meinen Vorschlag richtig gut.

»Von mir aus« waren ihre Worte, um genau zu sein. Aber wahrscheinlich war sie zu beschäftigt mit den üblichen Fristversäumern, um ihre Begeisterung treffender in Worte zu fassen. Wir verabreden den nächsten Dienstag, fünfzehn Uhr, für meine Premiere. Danach fahre ich noch mal am Baumarkt vorbei. Bei meinem letzten Besuch hatte ich einen neuen Duschvorhang mitgenommen. Ein Traum von einem Duschvorhang: Er ist komplett durchsichtig und hat zweiunddreißig Fächer. Als ich die sah, wusste ich, was da rein muss: Fotos. Kurz: Ich klebe meine Fotos nicht mehr ein, sondern stecke sie in durchsichtige Plastiktaschen und kann dann beim Duschen lustige Bilder betrachten. Aber auch wenn man Vor- und Rückseite nutzt, gehen nicht mehr als vierundsechzig Fotos in einen Vorhang. Ich habe aber noch viel mehr Bilder aus den letzten Jahren, und ich sehne mich fast danach, in ein Rolf-Bildermeer einzutauchen. Also erstehe ich drei weitere Vorhänge, die ich zu Hause bestücken und in den einzelnen Räumen vor die Fenster hängen will. In die Küche kommt die Sammlung »Fiese Speisekarten«. Rolf und ich haben eine Zeitlang unappetitliche Menükarten abgelichtet. Am besten gefällt mir »Creme brülle«. Obwohl: »Spaghetti mit Kotze« ist auch nicht schlecht.

Mitten in der Nacht wache ich auf und habe Angst. Was, wenn mein pseudoberufliches Tun rauskommt? Wenn ich als Psychotrickbetrügerin auffliege und ein Foto von mir mit schwarzem Balken vor den Augen in der Heimatzeitung erscheint? Wie strafbar mache ich mich gerade – vom moralischen Aspekt mal ganz abgesehen. Ich kann mich doch nicht ernsthaft auf einen Anklagestuhl setzen und behaupten, dass ich das Gefühl hatte, meinen »Patienten« wirklich zu helfen. Ich würde ja wie so ein falscher Arzt klingen, der sich nach drei Semestern Medizinstudium als Stationsarzt in ein Krankenhaus lügt und munter Blinddärme und sonst was entfernt. Am liebsten würde ich sofort Kirsten anrufen und ihr alles erzählen. Wir kennen uns wirklich so gut, dass es mir nur ein bisschen peinlich wäre. Aber Kirsten ist Ärztin. Zahnärztin zwar, aber wahrscheinlich reicht das. Sie müsste mich bestimmt bei der Ärztekammer anzeigen oder so was. Wenn nicht, würde sie sich vielleicht strafbar machen. Ich darf es ihr also auf gar keinen Fall erzählen. Sie müsste sich sonst zwischen mir und ihrem Job entscheiden, und das will ich ihr nicht zumuten. Erst nach sehr heißer Milch mit sehr viel Honig, die ich mit einem großen Glas Rioja runterspüle, kann ich endlich einschlafen.

29

Am Dienstag um fünfzehn Uhr sitzen vier Kinder auf den ausgeleierten Kissen in der Kinderbücherei. Ich hänge in einem unförmigen Sitzsack und versuche, nicht zu unförmig auszusehen. Ich warte noch ein bisschen. Um 15.03 Uhr fragt mich ein Mädchen, wann es denn endlich losgehe. Sie erinnert mich an Lola. Lola ist die Hauptfigur in einem Kinderbuch. Darin geht es um eine tolle Geburtstagsparty, zu der auch die Cousine des Geburtstagsmädchens eingeladen ist. Lola eben. Alle anderen finden Lola doof, keiner will mit ihr spielen. Sie sitzt mit ihren schiefen Zähnen samt Klammer und der fetten Brille den ganzen Nachmittag unter der Kaffeetafel. Das Mädchen vor meinen Füßen sieht genauso aus wie diese Lola.

»Wir warten noch ein bisschen«, sage ich nett und setze mich mal wieder etwas aufrechter hin.

»Auf wen oder was?«, fragen zwei Jungen. Sie könnten als Max und Moritz durchgehen. Wenn man akzeptiert, dass Max und Moritz viel Gel in den Haaren und Ohrringe tragen.

»Auf noch mehr Kinder«, sage ich wieder sehr nett.

»Um vier muss ich aber zum Klavier«, räumt das vierte Kind ein. »Und vorher muss ich einfach ein bisschen runterkommen. Schließlich war ich gerade schon beim assoziativen Chinesisch, und die Zeit dazwischen brauche ich einfach, um meinen Akku wieder aufzuladen. Dafür ist eine entspannte Körperhaltung beim Listening einfach das Beste. Dabei können sich die Synapsen total super verbinden«, erläutert sie weiter. Sie hat es sich in einer Art Embryohaltung auf einer Matratze bequem gemacht. Wahrscheinlich ist das die perfekte Körperwindung, um die Synapsenenden zu verknoten. Nicht dass da was durcheinanderkommt und sie hinterher nur noch chinesische Stücke auf dem Klavier klimpert. Um zehn nach drei kommt noch eine Mutter mit einem Jungen an der Hand in die Kinderbücherei gestürmt. Der Junge spielt offenbar gerne im Dreck, und heute Mittag gab es offensichtlich irgendwas mit Tomatensoße. Er lässt sich direkt vor mir auf den Teppichboden fallen und sagt einfach »So«. Das heißt wohl so viel wie: Ich kann jetzt anfangen.

»Waren das sonst nicht viel mehr Kinder?«, frage ich die Tomatensoßenherstellerin.

»Klar. Die Märchentante vorher war ja auch Grundschullehrerin, und alle ihre Schüler mussten kommen. Zumindest wenn sie eine Empfehlung fürs Gymnasium haben wollten«, lacht sie.

»Ich habe euch heute die Geschichte vom hässlichen Entlein mitgebracht«, wende ich mich an meine Handvoll Zuhörer.

»Geil«, lacht Max oder Moritz. »Das ist doch das mit dem Schwan, oder? Ich habe neulich im Fernsehen was gesehen über einen bekloppten Schwan, der sich in ein Boot verknallt hat. So eine Flachbirne. Aber spätestens beim Vögeln wird es dem Schwan wohl aufgefallen sein, oder?«

Darf man bei Schwänen zum Zeugungsakt wohl wirklich vögeln sagen? Ich bin mir nicht sicher.

Ich ignoriere seinen Beitrag und lese einfach. Direkt nach dem letzten Wort starrt mich Vierauge Lola wütend an. »Ist doch eigentlich ein doofes Märchen. Solange der Schwan denkt, dass er hässlich ist, versteckt er sich. Erst als er total gut aussieht, kommt er raus, und alle lieben ihn. Heißt das, dass nur hübsche Lebewesen liebenswert sind?«

Ehrlich gesagt: An ihrer Stelle würde mir das auch zu denken geben.

»Nein«, lüge ich. »Es geht darum, wie man sich selber sieht. Man muss sich doch selber mögen. Das ist wichtig.«

Habe ich das nicht neulich schon mal behauptet?

Und wann fange ich dann wohl mal damit an?

Es ist erst 15.17 Uhr. Ich habe wohl sehr schnell gelesen.

»Mögt ihr eigentlich auch Tiere?«, frage ich. Vielleicht wäre eine gewisse Interaktion nicht schlecht. Vielleicht könnten wir einen Text mit verschiedenen Rollen lesen.

»Ich mag den Schuhschnabel. Das ist so ein Vogel, der aussieht, als hätte er einen Schuh verschluckt«, lacht das kleine Dreckmonster vor mir.

»Ich mag Schweine. Aber nur als Currywurst«, kommt von der Max-und-Moritz-Fraktion. Die beiden lachen fett.

Das Wunderkind in spe sagt nichts. Es ist in seiner Tiefenentspannung so weit fortgeschritten, dass es leise schnarcht.

»Ich möchte euch gerne noch die Geschichte der Bremer Stadtmusikanten vorlesen«, kündige ich an. Ich frage erst gar nicht, ob jemand mitlesen will.

»Die Bremer sind die absoluten Loser«, sagt Max oder Moritz. »Die haben jetzt sogar gegen Wolfsburg verloren. Mit Eigentor. Was für Vollidioten.«

Ich fange einfach an.

»Das ist doch schon wieder so etwas mit Gewaltverherrlichung, oder?«, unterbricht mich Lola nach der ersten Seite.

»Klar«, dröhnt es von der Jungsseite. »Gleich kriegen die blöden Räuber voll was auf die Nuss. Kennst du nicht die Märchenreihe von RTL? Da lief das letzte Woche. Voll geil.«

Ich klappe das Buch zu. Irgendwie macht mir das so keinen Spaß.

»Möchtet ihr vielleicht lieber ein anderes Märchen hören?«, frage ich verzweifelt nett.

»Vielleicht mal irgendwas, was wir noch nicht kennen«, schlägt die Tomatensoße vor.

»Ja, genau. Mal was Neues. Mit ein bisschen mehr Action. Und mit Verfolgungsrennen und so.«

»Märchen sind eigentlich nie neu«, werfe ich ein.

»Dann erzählen Sie uns doch keine Märchen«, schlägt Lola vor.

Die Wahrheit werdet ihr noch früh genug erfahren, denke ich. Sage ich aber natürlich nicht.

»Geht Harry Potter nicht vielleicht als modernes Märchen durch?«, fragt das Tomatengesicht.

»Oder das mit dem Frosch, der an die Wand geworfen wird. Platsch! Sie wollten uns doch gerne was mit Tieren erzählen«, tönen M & M.

»Das ist frauenfeindlich«, zischt Lola.

»Ich fürchte, ihr müsst euch euer Märchen selber schreiben«, mische ich mich entnervt ein. Wessen Scheißidee war das hier eigentlich?

Lola sieht heute das erste Mal nicht so aus, als wäre sie Anwärterin für die jüngste Amokläuferin Deutschlands.

»Das ist eine gute Idee«, stellt sie fest.

Ich fühle mich gelobt und freue mich. Diese ganze Veranstaltung hat wohl schon so sehr an meinem Ego gekratzt, dass ich mich über das Wohlwollen eines Mädchens freue, das im Auto noch nicht vorne sitzen darf.

»Yes. Wir erfinden ein geiles Massaker mit irgendeiner Hello-Kitty-Prinzessin, die von den Cars entführt wird«, skizzieren M & M ihre erste Idee.

»Ich fände eine Entführung auch total gut«, so die Tomate. Das wird von seiner Mutter im Hintergrund nur von einem gezischten »LENNART« kommentiert.

Das Riesenembryo bewegt sich. Es reckt sich, setzt sich auf, macht kurz ein paar Dehnübungen, die mich für mindestens zehn Tage stationär ins Krankenhaus gebracht hätten, und fragt müde in die Runde: »Wie spät ist es eigentlich?«

Ihre innere Uhr ist offenbar funkgesteuert. Es ist zehn vor vier. Der nächste Agendapunkt steht an für sie.

Auch Lola steht auf. »Gut, dann besprechen wir nächste Woche den Plot«, verkündet sie. Ich bin mir gar nicht sicher, ob ich dabei auch wieder willkommen bin.

Aber natürlich werde ich da sein. Ich habe mich selber als neue Märchentante engagiert und will jetzt nicht in die Wüste geschickt werden. Außerdem ist dieser Termin dienstags, fünfzehn Uhr, Stadtbücherei, der einzige fixe Termin in meinem Leben. Ein Hauch eines Hauchs von Struktur. Das will ich mir nicht nehmen lassen.

Nach diesem Debakel tue ich es. Ich gehe in die Eisdiele, die direkt bei mir um die Ecke ist. Ich bin schon einige Male daran vorbeigekommen und jedes Mal standhaft geblieben. Jetzt brauche ich Zucker und Fett und Koffein. Das sind die einzigen Medikamente, die mich aus meinem Stimmungstief holen können. Die Eisdiele mit dem lustigen Namen »Neis« ist winzig. Drei kleine Tische drängen sich mit neun unterschiedlichen Stühlen in einer Ecke. Was groß ist, ist die Auswahl an Geschmacksrichtungen. Ich entscheide mich für den großen Nuss-Mokka-Kaffee-Krokant-Becher und mache es mir bequem. Nachdem ich ungefähr den Kalorienbedarf eines Hochleistungssportlers verputzt habe, geht es mir besser. Ich beschließe, dass das hier mein neues Stammcafé wird. Immerhin muss ich mich in meiner neuen Umgebung ja einleben, und da ist es ganz wichtig, dass man vertraute Orte findet. Und selbst wenn ich dadurch total verfette – wen kümmert es? Ich habe nicht vor, noch mal einen anderen Mann kennenzulernen. Kirsten wird sich auch weiter mit mir abgeben, wenn ich Größe vierundfünfzig trage, und Annalena bin ich ja eh jetzt schon peinlich.

30

Ein bisschen mulmig ist mir doch. Annalena hat eine beneidenswerte Penetranz an den Tag gelegt, und ich habe wirklich alle notwendigen Unterlagen zusammen. Sie hatte mich tatsächlich zu ihrem Projekt mit oberster Priorität erklärt. Ganz klar: Sie will Torsten beweisen, dass ihre Mutter geistig und körperlich noch fit und aktiv ist und er nicht glauben soll, dass er die Tochter dieser Superwoman in seiner Penthouse-Homebase gefangen halten kann.

Seit einer halben Stunde arbeite ich mich eher stehend als gehend der Tür zum Sekretariat entgegen. Wenn ich in wenigen Stunden auf der anderen Seite des Büros herauskomme, werde ich Studentin sein. Die Wartezeit vertreibe ich mir mit einem von Rolfs Lieblingsspielen. Er hat sich gerne Leute angeguckt und überlegt, was der oder die wohl zu Mittag gegessen haben. An der Uni finden sich überdurchschnittlich viele Pasta-Prototypen. Dann gibt es aber auch die Modelle »Nur Mutti weiß, was mir schmeckt«. Der Typ vor mir riecht eindeutig nach Rindsroulade und Gurkensalat mit Sahnedressing. Ich bin mir sogar fast sicher, dass die Roulade mit Nähgarn und nicht mit Zahnstocher in Form gehalten wurde. Ein paar andere Mitwartende – vor allem Frauen – sehen verdächtig vegan aus. Vielleicht sind es aber auch Vegetarier mit Laktoseintoleranz.

Als ich endlich vor dem Tresen stehe, bin ich fast überrumpelt. Ich hatte gerade darüber nachgedacht, nach was ich wohl aussehe. Sauerkraut mit Püree? Butterbrot? Brigitte-Diät? Mit vorgetäuschter Coolness informiere ich die Frau auf der anderen Seite, dass ich mich für Soziologie einschreiben möchte.

Sie nickt nur. Ein »Willkommen« oder so wäre ja vielleicht auch ganz nett gewesen. Sie hackt alles Mögliche in ihren Computer ein, guckt plötzlich zu mir hoch. »Bachelor oder Master?«

Natürlich weiß ich, was ich will. Annalena hat mir ja schließlich lang und breit den Unterschied erklärt. Ich kann es nur nicht aussprechen. Bei mir klingt es immer nach »Pätschler«.

»Ich nehme das Erste«, sage ich nur und spüre die Hitze hochkriechen. Ob sich in der winzigen Vertiefung an meinen Nasenflügeln schon Pfützen gebildet haben? Das passiert mir in sehr, sehr unangenehmen Situationen, die dadurch natürlich noch ein bisschen unangenehmer werden.

Die Frau beugt sich noch ein bisschen weiter nach vorne. »Ich war auch so früh dran. Fürchterlich. Manchmal ist es mir in Bächen den Rücken runtergelaufen«, wispert sie mir verschwörerisch zu.

»Aber seien Sie doch froh. Dann sind Sie auch schneller damit durch«, fügt sie mit einem Augenzwinkern hinzu.

Ich starre sie an. Kann es wirklich sein, dass mir diese Person gerade von ihren Wechseljahren erzählt? Dass es hier gerade um Menopause statt Matrikelnummer geht?

Ich würde jetzt so gerne sagen: »Machen Sie sich keine Sorgen. Das ist nur PMS.«

Oder: »Oh, das kommt von der Folsäure. Aber gerade in den ersten Wochen der Schwangerschaft ist das ja total wichtig für den Embryo.«

Ich könnte natürlich auch einfach sagen: »Das ist nur dieser Pulli. Einhundert Prozent Nylon. Grässlich. Wenn ich noch fünf Minuten hier stehe, haben Sie den Geruch meiner Achselnässe noch bis heute Abend in der Nase.«

Wäre ich jetzt meine eigene tibetanische Therapeutin, würde ich mit weicher Stimme fragen: Ist es denn wichtig, was andere denken? Und dann müsste ich zugeben: *Ja. Ja. Ja.* Es ist mir verdammt wichtig. Es ist mir so wichtig, dass ich ganz fiese Flecken aus den Klamotten bürste, ehe ich sie in die Reinigung gebe. In der Grundschulzeit war Annalena in der Woche definitiv ordentlicher gekleidet als an hohen Feiertagen. Ich wollte einfach, dass die Lehrerin einen guten Eindruck von uns hat. Wir hatten zeitweise eine Putzfrau, und ich bin jedes Mal ein bisschen früher aufgestanden, um schon mal das Gröbste aufzuräumen. Vor allem Weingläser habe ich rasch gespült und wieder in den Schrank gestellt. Wie sieht das denn aus, wenn am Mittwochmorgen zwei Rotweingläser auf dem Wohnzimmertisch stehen?

Was ich aber zu der postklimakterischen Frau des Unisekretariats nur sage, ist: »Ich wäre jetzt auch gerne schnell damit durch.« Ich meine natürlich diese Scheißanmeldung hier. »Ich muss nämlich auf Toilette«, füge ich noch an, und schon als ich es ausgesprochen habe, ist mir klar: Die Frau denkt jetzt, ich ringe nicht nur mit der Menopause, sondern auch noch mit Inkontinenz. Wahrscheinlich fürchtet sie, dass ich jeden Moment husten oder niesen muss und in einer Pfütze vor ihr stehe. Sie haut in die Tasten wie bei der Schnell-Tipp-Prüfung. Keine drei Minuten später stehe ich draußen. Mit meinem Studentenausweis in der Hand. Meine Freude währt gefühlte sechzig Sekunden. Dann frage ich mich: Und jetzt?

Natürlich könnte ich jetzt – mit meinem neuen Ausweis – in die Unibibliothek gehen und einfach schon mal mit »Soziologie – die Grundbegriffe« oder so etwas anfangen. Aber irgendwie hat mich der Vorgang des Einschreibens schon genug geschlaucht. Ich fahre nach Hause und feiere den ersten Tag meiner Zukunft mit einer halben Flasche Weißwein. Leider steht die noch auf dem Tisch, als es am nächsten Morgen klingelt. Eine Frau steht vor mir, und ich denke sofort: O nein. Wie viele denn noch? Weiter komme ich nicht. Die Frau ist einfach zu präsent.

»Könnten Sie Ellen zu mir sagen? Ich glaube nicht, dass ich wirklich etwas Persönliches erzählen kann, wenn Sie die ganze Zeit ›Frau Wollenweber‹ zu mir sagen. Da fühle ich mich eher wie beim Versicherungsvertreter.«

»Ich bin Marita«, sage ich automatisch.

Ich bin ein bisschen irritiert. Diese Frau trägt eine Hello-Kitty-Haarspange. Dazu einen Pulli aus der Sparte »Für sonntags morgens über den Schlafanzug«, eine Röhrenjeans und die geilsten Schuhe, die ich je gesehen habe. Ich folge ihr ins Wohnzimmer. Sie guckt die Weinflasche an.

»Ist das Bestandteil Ihrer Arbeit?«, lacht sie.

»Das ist Bestandteil meines Privatlebens«, sage ich ernst und muss doch grinsen. Wann endlich wird es mal jemandem auffallen? Wann wird mich mal jemand ansehen und sagen: Wissen Sie was? Ich glaube, Sie sind überhaupt kein Coach oder so etwas. Was Sie mir erzählen, habe ich alles schon in der Freundin-Petra-Neon gelesen. Oder schlimmer noch: in der Apothekenrundschau.

Sie steht vor der Couch und mustert sie fast ängstlich. »Muss ich mich jetzt darauflegen?«

»Nein. Nein.«

Die Schuhe sind toll. Keine Frage. Auf meiner Couch will ich die trotzdem nicht liegen sehen.

»Geht es da in die Küche? Wohnen Sie hier?«

Komisch. Das hat bis jetzt noch niemand gefragt. »Ehrlich gesagt, ja. So spare ich die Anfahrt zum Arbeitsplatz. Ist ja steuerlich mittlerweile nicht mehr so einfach«, stottere ich.

»Ich habe jetzt eine winzig kleine Küche. Ich bin gerade umgezogen. Und obwohl ich nur einen ganz kleinen Tisch drin stehen habe, sitze ich da am häufigsten. Auch mit Freundinnen. Ich habe mir ein nagelneues Sofa gekauft. Knallrot. Das ist fast unbenutzt.«

»Wenn Sie möchten, können wir in die Küche gehen«, höre ich mich sagen.

»Das würde es mir einfacher machen«, sagt Ellen.

Ein paar Augenblicke später sitzt sie in meiner Küche, einen Milchkaffee vor sich, und erzählt mir meine Geschichte.

31

Plötzlich ist sie alleine. Der Sohn ist vor vier Jahren in die USA gegangen und geblieben. Ihre Tochter hat gerade ihre Liebe zu Frauen entdeckt, und zwar in Portugal. Ihr Mann ist auch gegangen. Nicht von uns. Nur zu seiner Sekretärin.

»Wenn er sich in eine Prostituierte verliebt hätte, in einen Kollegen oder von mir aus in eine hochbegabte Studentin, das wäre wenigstens nicht ganz so peinlich. Aber in seine Sekretärin! Er nennt sie Assistentin. Aber das ist doch das Gleiche. Ich komme mir vor wie in einem schlechten RTL-2-Film.«

»Und da sind Sie ausgezogen?«

Wieso gehen immer die Frauen? Wieso wechseln sie nicht einfach das Haustürschloss aus? Das habe ich noch nie verstanden. Natürlich: Oft hat der Mann das Geld oder zumindest mehr Geld verdient. Aber das ging nur, weil Mutti zu Hause die Kinder bespaßte und hütete und die Hütte versorgte und kochte und, und, und. Die Häuser gehören auch immer den Frauen, und trotzdem sind sie es, die gehen.

»Ja. Und das war auch richtig.«

»Sie haben sich eigentlich schon immer eine winzige Küche gewünscht?«, frage ich sie mit einem vorsichtigen Lächeln.

»Natürlich nicht. Aber sollte ich in unserem Haus wohnen bleiben, und mein Mann erzählt überall, dass ich jetzt einsam auf hundertvierzig Quadratmetern residiere, er die Hypothek abbezahlt, aber auf den fünfundvierzig Quadratmetern mit seiner Assistentin sooo glücklich ist?«

»Ist er glücklich?«

»Ist mir pumps. Mir ist es wichtiger, dass ich glücklich werde. Das ist schon schwierig genug.«

»Wie könnten Sie denn wohl glücklich werden?«

»Ich dachte, das sagen Sie mir«, lacht diese Ellen und meint es Gott sei Dank nicht ernst.

Zwei, drei Wimpernschläge später ist sie wieder ernst. Sie schafft es mit dem verbliebenen Milchschaum in ihrer Tasse komische Skulpturen zu kreieren. »Es ist mir so peinlich. Ich schäme mich sogar vor mir selber. Ich habe die traurige Vita wie so viele dumme Frauen. Ich habe nach dem ersten Kind drei Jahre ausgesetzt, habe danach wieder angefangen zu arbeiten. Bin zwischen Laden und Kita gebückt unter der schweren Last des schlechten Gewissens hin und her gependelt. Zwei Jahre lang. Dann kam Kind Nummer zwei. Nach zwei weiteren Jahren wollte ich wieder in den Job zurück. Ich habe sogar was gefunden und bin diesmal zwischen Kindergarten, Kita und Geschäft hin und her getitscht wie eine Billardkugel. Als Kai mit dem ersten blauen Auge nach Hause kam und die Erzieherin ein längeres Gespräch mit mir geführt hat, habe ich gekündigt. Als er dann plötzlich wieder angefangen hat, ins Bett zu pinkeln, habe ich mich nicht mehr wirklich getraut, mich irgendwo zu bewerben. Für mich stand fest, dass ich meine Kinder sträflich vernachlässigt hatte und dass das Bettnässen ein einziger Hilfeschrei war. Ich habe mich für jeden Pups verantwortlich und schuldig gefühlt. Und es gab ja immer so viel anderes zu tun. Das Haus. Der Garten. Dann ist mein Vater erkrankt. Klassischer geht es wohl nicht mehr. Dümmer wohl auch nicht.«

Ich nehme schnell einen Schluck von meinem kalten Kaffee, nur um nicht »*Ja*« zu sagen. Ja – zu meiner eigenen Dummheit.

»Dann fangen Sie doch einfach jetzt Ihr Leben an«, sage ich zu – ja, zu wem eigentlich?

Ellen stützt ihren Kopf auf.

»Sie werden lachen, aber das habe ich versucht. Ich bin eigentlich Floristin. Und ich liebe meinen Beruf. Aber als ich nach Kais Geburt wieder einsteigen wollte, hatten alle Blumenläden plötzlich erst um zehn Uhr morgens geöffnet. Und Kai ist um zwölf aus der Schule gekommen. Letzte Woche wollte ich mich dann in einem Blumenladen vorstellen. Aber plötzlich habe ich mich gefühlt wie ein verwelktes Stiefmütterchen. Das war nicht mehr meine Welt. Alles war so voller Leben, so vital, so – blühend eben. Ich bin gleich wieder gegangen.«

Ich finde, sie sieht eher wie eine Sonnenblume aus. Allerdings in Schleierkraut. Das sage ich aber nicht. »Vielleicht sollten Sie was ganz anderes machen«, sage ich stattdessen.

Irgendwas muss ich ja von mir geben. Das wird wohl von mir erwartet. Komisch, bei meinen bisherigen Patienten ist mir immer sofort etwas eingefallen. Das Gespräch hier ist mir zu nahe. Das hat zu viel mit mir selber zu tun. Und genau deswegen hadern meine Gedanken.

»Wissen Sie, was ich gerne mal machen würde? Ins Kino gehen. Oder ins Theater. Aber alleine traue ich mich irgendwie nicht. Es ist doch merkwürdig: Blöde Dinge macht man ganz selbstverständlich alleine. Einkaufen, zum Zahnarzt gehen. Dabei wäre es doch schön, wenn man ausgerechnet dann jemanden an seiner Seite hätte. An der Freitagskasse im Real hätte ich gerne jemanden zum Quatschen. Aber erst im Theater oder im Kino, wo man ja eh nicht reden will, kommt man sich alleine komisch vor.«

»Früher bin ich auch zu zweit aufs Klo gegangen«, fällt mir ein.

»Genau«, stimmt sie mir zu. »Und wenn ich jetzt irgendwo auf Toilette muss, hoffe ich, dass die Kabine neben mir frei bleibt. Es ist mir peinlich, wenn mir jemand beim Pinkeln zuhört.«

»Am schlimmsten ist es, wenn man auf einer Toilette richtig muss.«

»Horror«, findet auch diese Ellen. »Wenn mir jemand beim Kacken zuhört, werde ich rot. Wenn jemand nebenan gepinkelt hat, warte ich, bis der raus ist.«

»Und das dauert ja manchmal ewig.«

»Ja. Fürchterlich. Manche Frauen erneuern dann erst noch ihr gesamtes Make-up. Und ich stehe da in meinem Stink.«

Wir schweigen beide plötzlich und gucken uns nicht an. Dafür war das gerade zu persönlich.

Langsam rutscht diese Ellen von ihrem Hocker. Sie zieht ihren B-Pulli glatt und sagt leise: »Das war gut.«

Sie ist bestimmt schon eine Stunde weg, und ich sitze immer noch in meiner Küche. Es ist etwas anderes, sich fremde Probleme anzuhören und zu kommentieren, als mit der eigenen Gefühlslage konfrontiert zu werden. Das tut schlicht weh. Und auch gut. Da hatte diese Ellen einfach Recht.

32

Fremde Probleme sind das mit Abstand beste Mittel gegen eigene Probleme. Und deswegen habe ich im Wohnzimmer von Annalena und Torsten stehenden Fußes alle meine Sorgen vergessen.

Ich hatte mich schlecht gefühlt. Richtig schlecht. Ich muss damit aufhören, hatte ich mir eingebläut. Wie komme ich auf die Idee, dass ich anderen Menschen helfen kann und Lebensratschläge geben muss? Wie war das mit dem Bock und dem Gärtner? Ich bin durch meine Wohnung getigert und habe versucht, vor meinem schlechten Gewissen wegzulaufen. Aber das ist ziemlich anhänglich und kennt meine Wege. Also habe ich mich kurz entschlossen auf den Weg zu Annalena gemacht. Die wollte mir eh noch was für die Uni raussuchen.

Ich gerate mitten in eine Trotzattacke von Torsten. Ich fürchte, er steht kurz davor, sich auf den Boden zu werfen und mit den Fäusten auf den Teppich zu trommeln. Er ist nur bruchstückhaft zu verstehen und hat eine sehr ungesunde Gesichtsfarbe. Vielleicht sollte er mal seinen Cholesterin-Spiegel untersuchen lassen. Oder seinen Choleriker-Spiegel. Steht wohl in einem kausalen Zusammenhang. Ich nehme mir vor, das mal im Internet nachzulesen, wäre vielleicht ein hübsches Thema für mein Studium. Derweil haut Torsten mit der flachen Hand gegen die Wand und schüttelt den Kopf, als hätte er Wasser im Ohr. Irgendjemand versteht offenbar nicht, dass Torsten das Beste ist, was der nördlichen Hemisphäre seit Erfindung des Internets zugestoßen ist. Er geifert »Ignoranten«, brüllt »Dilettanten« und haut dann so fest auf den Tisch, dass sogar die Glaskatzensammlung zusammenzuckt. Mir war diese Geschmacklosigkeit vorher noch nie so aufgefallen. Also: diese Katzen.

Ich frage Annalena leise: »Was hat er denn?«

Ich fühle mich dabei wie inmitten eines sehr modernen Ein-Mann-Personen-Stücks. Dabei stehe ich eher auf klassisches Theater.

»Dieses Catering-Unternehmen hat seine Vorschläge abgelehnt.«

»Dann soll er neue machen.«

»Nein. Soll er nicht«, raunt Annalena.

»Waren sie so schlimm?«

»Schlimm? Sie waren grandios. Aber diese Kleingeister sind zu blind, zu ignorant und zu dumm, um das zu erkennen. Sie sind nicht mutig genug, um die Zeichen der Zukunft zu erkennen«, brüllt Torsten dazwischen.

»Sie haben gesagt, seine Werbemotive seien geschmacklos«, flüstert Annalena mir zu.

»Geschmacklos?«, ich muss es einfach rausprusten. »Das ist natürlich für ein Catering-Unternehmen schlecht«, lache ich los. Ich kann leider überhaupt nicht aufhören. Das scheint Torsten erst so richtig in Fahrt zu bringen.

»War ja klar, dass du das lustig findest. Aber du bist wahrscheinlich genauso zukunftsfeindlich. Die Welt muss sich permanent neu erfinden. Stillstand ist ein Rückschritt. Aber das wollen manche Menschen einfach nicht erkennen. Diese Butterbrot-Klitsche wird es noch bereuen, mich rausgeworfen zu haben. Sollen die ruhig weiter Mettigel auftischen.«

Rausgeworfen? Jetzt bin ich doch ein bisschen neugierig.

»Wie sah dein Konzept denn aus?«, frage ich vorsichtig.

Annalena greift zu einer Mappe. Ich kann ihren Blick dabei

nicht deuten. Steht sie kurz vor einem Lachflash? Oder kurz vor einer hysterisch-depressiven Heulattacke? Sie breitet vorsichtig ein paar Bilder auf dem Tisch aus. Auf dem ersten liegt eine Frau auf einem Esstisch. Nackt. Auf dem Busen hat sie zwei Scheiben Parmaschinken. Auf ihrem – wahrscheinlich abrasierten – Schamhaar ein Stück Kotelett. Darunter steht in schwungvoller Schrift »Arme Vegetarier«. Ich muss schlucken. Annalena zückt das nächste Bild. Eine andere Frau. Selbe Position. Schöner Tisch übrigens. Sie hat auf ihren Brustwarzen zwei Riesengarnelen. Auf der Scham einen Fischstäbchen-Fächer. Darunter in niedlicher Schreibschrift: »Frischer Fisch riecht nicht.« Ich starre Annalena an, dann wieder Torsten. Alles. Wirklich *alles*, was mir jetzt verbal in den Sinn kommt, kommt nicht in Frage. Eher in Ausrufesätze.

»Das ist das Letzte«, sagt Annalena und weiß vielleicht gar nicht, wie Recht sie damit hat. Eine Frau – afroamerikanischer Herkunft dieses Mal – liegt da nackt mit zwei Ananasscheiben auf den Brüsten und einem Kopfsalat zwischen den Beinen. Der Text dieses Mal: »Alles Mutti«.

»Ist auf dem Bild auch eine Gurke versteckt?«, frage ich Torsten.

»Hä?«

Wenn mein Schwiegersohn in spe wenigstens nur unbegabt wäre. Das wäre okay. Aber dass er auch humorlos ist, das macht mich schwermütig. Das Gute: Als ich am Abend ganz alleine auf meiner Couch sitze, fühle ich mich gar nicht einsam. Ich muss mir nur vorstellen, jemand wie Torsten säße neben mir, und schon fühle ich mich ganz wohl in meiner Gesellschaft.

Und so ganz alleine bin ich ja auch nicht. Rolf grinst mich an. Aus dem Duschvorhang. Ich habe einen der neuen Vorhänge mit den witzigsten Fotos von uns beiden bestückt und vors Wohnzimmerfenster gehängt. Wenn ich das Fenster auf Kipp stelle, bewegen wir uns sogar leicht. Wir wiegen uns im

Wind. Das gefällt mir und sieht tausend Mal besser aus als ein überdimensionales Foto mit Trauerflor in der Schrankwand. Wie kommt es eigentlich, dass man immer das Gefühl hat, die Person auf so einem Foto würde einen ansehen? Egal, wo man steht? Ich finde das unheimlich.

Außerdem habe ich gar keine Schrankwand.

Als Kirsten am Nachmittag kurz auf einen Kaffee vorbeigekommen war, war sie erschrocken stehen geblieben. »Meinst du wirklich, es ist gut, diese Fotos aufzuhängen?«, hatte sie vorsichtig gefragt und damit klargemacht, dass *sie* das alles andere als gut fand.

»Absolut. Ich denke eh andauernd an Rolf. Und diese Bilder erinnern mich ja nicht nur an ihn, sie erinnern mich auch an meine schönen Momente. Und wenn ich mich nicht manchmal daran sattsehe, verhungere ich. Schöne Momente sind nämlich zurzeit rar gesät«, hatte ich sie beruhigt.

Als sie die Fotos von sich und mir entdeckte, war sie offensichtlich erfreut und beunruhigt zugleich. »Du hast nicht alle Fotos von mir öffentlich hier rumhängen, oder?«

Ich grinse sie an. »Mach dir keine Sorgen. Die Oben-ohne-Bilder und die Joint-Aufnahmen bleiben hinter Schloss und Riegel. Was soll meine Tochter sonst von dir denken?«

33

Alle Plätze außen sind belegt. Von oben sieht der Hörsaal aus wie ein leerer Bilderrahmen. Was sind denn das für Studienanfänger, die ihren neuen Lebensabschnitt mit einem Platz am Gang beginnen? Die quasi mit einer Popobacke schon wieder in der Cafeteria sitzen? Natürlich sind auch ein paar Plätze in der ersten Reihe Mitte belegt. Da liegen auch schon Papier, Stifte und Textmarker akkurat parat. Auch doof irgendwie. Da kann man sich gleich ein Post-it mit »Streber« auf die Stirn pappen. Ich platziere mich im Mittelfeld und versuche so auszusehen, als würde ich mich ganz selbstverständlich fühlen. Und nicht wie ein Sechstklässler, der aus Neugier noch mal im Kindergarten anfängt und Angst hat, als Erstes beim Memory zu verlieren. Annalena hat mir nicht nur Literaturlisten und Studienpläne ausgedruckt, sondern mich auch zu dieser Einführungsveranstaltung geschickt.

Als es endlich losgeht, muss ich aufs Klo. Ich verlege mich auf Beckenbodengymnastik, denn das Letzte, was ich jetzt möchte, ist ein einsamer Auftritt. Wobei man mir zugutehalten muss, dass ich hier immerhin schon seit einer halben Stunde sitze. Ich wollte pünktlich sein und war schon eine viertel Stunde vor Beginn da. Also eine viertel Stunde vor dem von mir angenommenen Beginn. Leider hatte ich bisher noch nie was von dem berühmten universitären c. t. gehört, was nichts anderes heißt, dass diese Einführung nicht um zehn anfängt, sondern um Viertel nach zehn. Damit sollen wohl auch die ganz Müden noch eine Chance bekommen. Irgendwann erscheint ein Mann, der aussieht, als hätte er in seinem Anzug geschlafen. Und zwar ununterbrochen seit 1984. Wahrscheinlich gibt es irgendwo in der Stadt einen Herrenausstatter für Professoren, bei dem man die Anzüge schon so verknittert kaufen kann. Und die werden dann nach dem Waschen auch so zerknüddelt wie diese Knitterblusen, die ich so immens praktisch finde. Was der Knitteranzug erzählt, finde ich ganz interessant. Zumindest die ersten sieben Minuten, in denen es um soziales Handeln geht. Er erklärt, dass Handeln das ist, was man selber gut findet. Und soziales Handeln das, was andere auch gut finden. »Wenn ich in einer Kneipe ein Bier bestelle, handle ich. Wenn ich vorher ›Freibier‹ rufe, ist das also sozial«, sagt eine Stimme hinter mir. Der Typ neben mir dreht sich zu der Stimme – und damit auch zu mir um – und ergänzt: »Wenn ich pupse, handle ich. Wenn ich im Aufzug pupse, handle ich also asozial.« Ich muss losprusten, und ein feiner Spuckesprühnebel von mir landet auf seiner riesigen Brille. Er sieht aus, als hätte ihn jemand im Regen stehen lassen. Immerhin habe ich trotz des unkontrollierten Lachanfalls meine Blasenmuskeln noch im Griff. Der Verknitterte vorne am Pult guckt irritiert in unsere Richtung. Was danach kommt, verstehe ich als persönliche Strafe. Als Rache des Dozenten für Quatschen im Unterricht. Er holt tief und rasselnd Atem und legt dann so richtig los.

In der Soziologie seien Theorie und Erfahrung aufeinander bezogen. Das verstehe ich nicht, aber ich nehme es mal so hin. Empirisch gehaltvoll sowie den Regeln der Logik folgend zielt sie darauf, das Beobachtete zu verstehen und dafür Erklärungen mit Hilfe allgemeiner Sätze zu entwickeln. Dem entspricht die Dualität der Untersuchungsansätze: hermeneutisch interpretierende einerseits und kausalanalytische Verfahren andererseits, wobei Erstere die Teilnehmerperspektive, Letztere die Beobachterperspektive einnehmen.

So sieht es nämlich aus.

Die nächsten rund sechzig Minuten vergehen wie in einer Art Aufnahmestopp. Ich höre die Worte. Allein: Verstehen kann ich sie nicht. Ich verlege mich ganz auf die erwähnte Beobachterperspektive. Alleine von meinem Platz aus kann ich vier Leute sehen, die irgendwas mit ihrem Handy machen. Vielleicht googeln sie gerade »hermeneutisch«. Eine Rothaarige feilt an ihren Krallen, ein Typ weiter rechts versucht seit bestimmt zehn Minuten das Zahlenschloss an seinem Aktenkoffer zu knacken. Der Student neben mir versucht ganz unauffällig seine Brille zu säubern. Ich selber male das siebenundachtzigste »Das-ist-das-Haus-vom-Nikolaus« auf meinen karierten Block.

»Ich kann sogar das Haus vom Nikolaus mit Doppelgarage«, sagt die Brille neben mir plötzlich.

»Wieso Doppelgarage? Der hat doch nur einen Schlitten«, wundere ich mich.

»Die eine Garage ist für den Schlitten. Die andere für den Sportwagen. Der Typ ist ein alter Mann. Der braucht einen Flitzer mit Ledersitzen, um sich jünger zu fühlen.«

»Soll ich Sie mit meinem flotten Zweisitzer nach Hause fahren?«, höre ich mich fragen.

Der Fensterblick neben mir flattert leicht. Nach ungefähr vier Sekunden rafft er es und grinst. »Sie sehen nicht wie ein alter Sack aus«, lacht er.

»Unten drunter schon«, sage ich und erschrecke mich. Was tue ich hier? Was rede ich? Und mit wem überhaupt? Hilfe!

»Darf ich trotzdem mitfahren?«, flüstert er.

»War gelogen. Hab gar keinen Sportflitzer«, flüstere ich zurück.

Natürlich hätte ich ihn theoretisch schon mitnehmen können. Mit einem Kombi samt Sylt-Aufkleber, einer eingelegten Ina-Müller-CD auf Lautstärke acht und einer Wolldecke auf dem Fahrersitz (ich finde diese Ledersitze einfach immer zu kalt). Der Typ würde mich niemals als Mitstudentin akzeptieren. Da könnte ich auch als Mann versuchen, eine Frau abzuschleppen, und hinten im Auto prangt ein Maxi-Cosi.

34

Kirsten hängt an meinen Lippen.

»Und dann?«

»Nichts und dann. Das war es.« Das stimmt nicht ganz. Der Typ hatte sich im Rausgehen noch einmal kurz zu mir umgedreht und geflüstert: »Studenten untereinander siezen sich nicht.«

Das erzähle ich Kirsten nicht. Das ist mir zu peinlich. Denke ich. Zwei Tassen Kaffee und zwei Grappa später weiß ich, was wirklich peinlich ist. Kirsten ist nicht ohne Grund hier. Sie will sich bei mir erkundigen, wo man wohl seinen Namen und seine Identität ändern kann. Kirstens Schwiegermutter war mal wieder auf Facebook.

»Sie hat einer Freundin geschrieben, die wohl früher Arzthelferin war.« Kirsten stockt. Als könne sie nicht weitersprechen.

»Und? Was hat sie geschrieben?«

»Meine werte Schwiegermutter hat sich erkundigt, wo man wohl Krampfadern entfernen lassen kann. Ihre Schwiegertochter hätte nämlich welche.«

»Du hast Krampfadern?«

»Ja. Meine völlig senile Schwiegermutter hat außerdem geschrieben, dass sie neulich dachte, ich hätte eine blau gemusterte Strumpfhose an. Erst später hätte sie bemerkt, dass das normale Nylons waren.«

»Das ist nicht nett.«

»Dass es nicht nett ist, ist nicht so das Problem. Das Problem ist: Meine Schwiegermutter hat das nicht ihrer Freundin geschrieben. Sie hat das an die Pinnwand ihrer Freundin geschrieben.«

»Und?«

»Das heißt, dass alle das lesen können. *Alle.*«

Kirstens Stimme überschlägt sich. Ich begebe mich sofort Richtung Küchenschrank, wo hinter den Schokoplätzchen und dem Lakritz der Grappa steht. »So schlimm ist das doch nicht. Sie hätte ja auch schreiben können, dass sie ihren Sohn und dich bei irritierenden Sexpraktiken überrascht hätte.«

»Marita. Ich bin noch nicht fertig. Noch lange nicht. Sie hat nämlich auch extra darauf hingewiesen, dass sie keinen Tipp für eine Privatklinik bräuchte. Finanziell würde es bei uns nämlich wohl nicht so rosig aussehen. Ihre Schwiegertochter, also ich, mache nur noch einmal in der Woche Fleisch. Das sei aber gar nicht so schlimm, weil Fleisch, das ich zubereiten würde, eh mit der Kettensäge geschnitten werden müsse. Aber eigentlich sollte ich wohl eher auf Kohlenhydrate verzichten. Sie hätte neulich ein Kleid von mir gesehen und realisiert, dass ich Größe zweiundvierzig tragen würde. Und das, wo mein Mann doch tagtäglich mit Kundinnen konfrontiert würde, die höchstens mal eine sechsunddreißig tragen – wenn die klein ausfalle.«

Ich gieße mir jetzt selber auch einen ein. Kirsten holt tief und mit viel Rotz in der Nase Luft. »Kurz: Alle Welt weiß jetzt, dass meine Beine aussehen wie eine Landkarte über Flussläufe, ich völlig verfettet bin, nicht kochen kann und mich nicht wundern muss, wenn mein Mann mich in den nächsten Tagen für ein schlankeres Modell sitzen lässt.«

An Kirstens Stelle würde ich mich nicht nach einer neuen Identität umsehen, sondern nach einem Auftragskiller. Spontan halte ich Kirsten ihre Jacke hin. Im ersten Moment denkt sie wohl wirklich, dass ich sie rausschmeißen will.

»Marita, Krampfadern sind nicht ansteckend.«

»Komm einfach mit. Ich zeige dir etwas, das deine Laune bessern wird.«

Fünf Minuten später stehen wir im »Neis«, und Kirsten steht der Mund offen ob der Auswahl. Sie entscheidet sich allen Ernstes für den Praliné-Becher. Ich probiere mal den Früchte-Traum.

Kann ja sein, dass vor allem Liebe durch den Magen geht. Trost aber auch!

Gefühlte dreitausend Kalorien später verlassen wir bestens gelaunt das Café. Kirsten hängt sich bei mir ein. »Das war eine sehr gute Idee«, bestätigt sie.

In dem Moment sehe ich ihn. Herrn Sanders. Samt Gattin. Die beiden steigen keine zwanzig Meter von mir entfernt aus einem Opel. Ich ahne Fürchterliches. Gleich wird mich Sanders seiner Domina als seine Therapeutin vorstellen. Frau Sanders wird mir dann sehr aggressiv und vernichtend mitteilen, was sie von meinen Vorschlägen so hält. Und anschließend werde ich mit Kirsten ein sehr langes Gespräch führen müssen und zugeben, dass ich blöd, blöd, blöd war.

»Nimm mich mal in den Arm«, sage ich schnell und werfe mich an Kirstens Brust. Sie taumelt kurz, fängt sich und umarmt mich dann zögerlich.

»Süße, alles in Ordnung?«, flüstert sie in meine Kurzhaarwuschelfrisur. Ich nicke nur, ändere aber nichts an meiner Körperhaltung. Selbst wenn Herr Sanders mich schon erkannt haben sollte, wird er seine offensichtlich verwirrte Therapeutin wohl kaum seinem Hausdrachen vorstellen. Ich sehe schemenhaft, wie sie an uns vorbeigehen, und kann nur mühsam ein »WAS?« unterdrücken. So sieht Frau Sanders aus? In meiner Phantasie war sie eine Mischung aus Angelina Jolie, Lara Croft und Madonna. Da habe ich mich aber mal ordentlich getäuscht. Frau Sanders hat die Figur eines Dove-Modells, die

Frisur von Hera Lind und trägt offenbar gerne sehr auffallende Farben.

»Süße, was tust du da?«, höre ich Kirsten neugierig.

Ich tauche langsam wieder auf. »Schon gut. Ich habe mich plötzlich so traurig gefühlt«, murmle ich.

Sie guckt misstrauisch, sucht nach Spuren von Tränen in meinem Gesicht. Ganz langsam schaut sie dem Ehepaar Sanders hinterher, blickt mich wieder an. »Willst du mir irgendwas erzählen?«

»Ganz bestimmt nicht. Komm jetzt. Beim Rumstehen verbrennen wir wohl kaum auch nur eine der genaschten Kalorien.«

Sie kommt mit und schweigt. Sie weiß genau, dass ich sie gerade belogen habe. Aber sie ist Freundin genug, da nicht nachzubohren.

35

Ganz klar: Ich finde es atemberaubend grässlich, wenn einer »meiner« Patienten unangemeldet vor der Tür steht und seine Seele langsam entblättert. Wenn ich aber vorher auch noch Bescheid weiß, dass gleich vor mir jemand in den Tiefen seiner Abgründe wühlt, als würde er in einer zu großen Handtasche ein zu kleines Handy suchen, dann ist es noch schlimmer. Und dieses Mal weiß ich, dass gleich Mutti kommt. Die Frau, deren Familie sie zur Therapie geschickt hat, weil Mama in letzter Zeit so unglücklich beim Abspülen, Abtrocknen und Wäsche falten aussieht. Mutti kommt wieder ein bisschen zu spät und zu kurzatmig. Sie habe erst noch in die Bücherei gemusst, hechelt sie mir entgegen.

»Was lesen Sie denn so?«, frage ich. Das interessiert mich wirklich. Ich bin immer auf der Suche nach spannenden Büchern.

»Das war für meinen Sohn. Die Spiele waren schon eine Woche überfällig.«

Ich bin jetzt nicht so blöd zu glauben, der liebe Sohn leiht sich »Nobodys perfect« aus, um das am Sonntagnachmittag nach dem gemeinsamen Spaziergang mit Mami und Papi und Schwesterherz zu spielen. Wahrscheinlich waren es vielmehr PC-Ballerspiele. »Wieso hat Ihr Sohn die nicht selber zurückgebracht? Hätte er doch gleich was Neues mitnehmen können.«

»Er hatte mir genau aufgeschrieben, was ich für ihn ausleihen soll.«

»Es muss sehr praktisch sein, so eine Mama zu haben.« Doch meine Kritik scheint an Mutti abzuperlen. Sie rutscht auf meinem Sofa hin und her und sagt mit allen Zellen: Ich muss was erzählen.

Sie beugt sich schließlich leicht nach vorne. Als ob sie mir etwas sehr Geheimes inmitten neugieriger Ohren mitteilen will.

»Ich habe mich übrigens für einen Gartenkursus angemeldet. Am Montag war ich das erste Mal da.«

Sie sagt das mit einem Unterton, mit dem man seiner besten Freundin erzählt, das erste Mal Sex mit zwei Männern/einer Frau/zwei Männern *und* einer Frau gehabt zu haben.

»Und, wie war's?«, frage ich. Das hätte die beste Freundin auch gefragt.

»Aufregend. Es ging erstmal grob um Wildkräuter, Baumschnitt und grundsätzliche Gartenarchitekturstile. Wir wollen auch eine Exkursion zu einer Streuobstwiese machen. Leider war ich von dem Tag so groggy, dass ich nach einer Stunde leicht weggenickt bin.«

Das kann ich absolut verstehen. Bei mir würden wahrscheinlich vierzig Sekunden allein über das spannende Feld des Baumschnitts reichen, um mich in tiefen Schlaf zu versetzen. Außerdem frage ich mich, was Streuobst ist. Ich kenne nur Fallobst.

»Zu Hause war ich aber wieder hellwach. Weil ich mich so ärgern musste. Meine Tochter hat im Bett gelesen und gleichzeitig ferngesehen und telefoniert, mein Sohn hat Schießspiele am Computer gespielt, und mein Mann saß mit der Tageszeitung im Wohnzimmer. Und auf dem Tisch stand noch das Abendbrot. Schmutzige Teller, Butter, Käse, Wurst, Brot. Alles. Ich war so fassungslos, dass ich einfach nichts gesagt habe.«

Sie hat offenbar von mir gelernt. Das ist ja auch mein bester Trick.

»Ich habe das alles stehen gelassen.« Ihre Stimme schwankt leicht unter so viel Triumph.

»Wie lange?«

Wenn sie jetzt mit Stolz sagt: »Bestimmt fast eine Stunde«, dann gehe ich aufs WC. Oder gleich Zigaretten holen. In einer anderen Stadt.

»Die ganze Nacht. Obwohl ich ehrlich gesagt zwei Mal wach geworden bin und es mir in den Fingern gejuckt hat, das wegzuräumen. Es hat mich echt richtig nervös gemacht zu wissen, dass das alles da noch rumsteht. Kann sein, dass ich da ein bisschen eigen bin. Mich macht schon nervös, wenn die Fernsehzeitung schief auf dem Tisch liegt. Ich muss die dann gerade rücken.«

Ich muss ungewollt an diese Schokoladen-Fernsehfrau von früher denken, die immer gestanden hat, nachts aufzustehen, um fiese Erdbeer-Schokolade zu futtern. Ich finde beide Vorstellungen erstaunlich.

»In Ihrem Haushalt war eben etwas nicht perfekt. Während Sie schliefen, wurden der Käse auf dem Tisch hart, das Brot grau. Das ist für eine Perfektionistin schwer zu ertragen. Ist ja auch ökonomisch nicht ganz vorbildlich, wenn man Nahrungsmittel einfach so vergammeln lässt.«

»Aber es hat sich gelohnt. Allein das Gesicht meines Sohnes angesichts der vertrockneten Salamischeiben am Morgen danach war Gold wert. Er war erst total fassungslos. Dann richtig wütend. Er hätte jetzt nichts für sein Pausenbrot. Das sei Vernachlässigung von Schutzbefohlenen und so. Als ich ihm sagte, dass man jetzt mit der Salami aber prima Frisbee spielen könne, ist er gegangen.« Sie lächelt angesichts ihrer eigenen Erinnerungen.

»Ihre Kinder sind neun und zwölf, oder? In dem Alter kann man ja vielleicht noch nicht an chemische Reaktionen von Aufschnitt bei Zimmertemperaturen denken. Ich frage mich aber, warum Ihr Mann nicht den Weg in die Küche gefunden und im wahrsten Sinne klaren Tisch gemacht hat.«

»Er hat gesagt, dass er dachte, ich wollte später vielleicht auch noch was essen. Und das fand ich dann irgendwie ganz lieb von ihm. Er hat nur leider noch nicht mitbekommen, dass ich seit längerem nach neunzehn Uhr nichts mehr esse. Das wandert ja alles sofort in die Problemzone.«

Ich gucke nebenbei auf ihre Körpermitte. Ich fürchte, ihre Problemzone ist woanders. Weiter oben. Ganz oben, um genau zu sein. »Er hat also auch gedacht, dass Sie gerne die schmutzigen Teller in die Küche bringen, und konnte sich selber nur schwer zurückhalten? Und warum lassen Sie nicht einfach immer alles rumstehen? Irgendwann kommt ja schließlich immer irgendjemand, der etwas essen will. Da lohnt das ja gar nicht, die Kühlschranktür andauernd zu öffnen. Ich glaube, Ihr Mann war schlicht zu faul. Ich glaube, in dem Moment, als sein Magen gefüllt war, hat er alles rund um das Thema Essen, Zubereitung, Nachbereitung vergessen. Ich könnte mir vorstellen, dass er auch sonst nicht übermäßig oft in Haushaltsarbeiten integriert wird. Der hat sich wie immer drauf verlassen, dass seine Frau das schon alles wieder ordnen wird.«

Zugegeben, ich habe mich ein bisschen in Rage geredet. Meine Stimme ist ein bisschen lauter geworden. Mutti guckt mich richtig bestürzt an. »Entschuldigung, ich wollte Sie nicht erschrecken. Ich wollte vielmehr Ihren Mut unterstützen. Das ist wie bei Tarifverhandlungen bei der IG Metall. Man muss immer mehr fordern, als man eigentlich will.«

»Sie vergleichen eine Therapie mit Tarifverhandlungen?«

Eigentlich habe ich das bis jetzt noch nie getan. Aber grundsätzlich finde ich das gar keine schlechte Idee. Diese Frau hier will einfach nur ein bisschen weniger Sklave und ein bisschen mehr sie selbst sein. Sie sollte mit absolutem Streik drohen, und schon wäre alles im Lot.

»Das Leben besteht aus Kompromissen, oder?«, sage ich stattdessen pseudoweise.

»Vielleicht haben Sie Recht. Ich habe nämlich jetzt Angst, dass ich zu viel verlange. Ich habe einen Plan.«

Sie lehnt sich wieder nach vorne. Was kommt jetzt? Will sie, dass ihr Mann seine Hemden selber bügelt? Oben liegen? Einen jungen, willigen Osteuropäer, der sich mit ihr um den Garten kümmert? Oben ohne, die muskulöse Brust mit Tiroler Nussöl eingefettet?

»Unser Kursus fährt morgen zur Landesgartenschau. Den ganzen Tag.«

Sie spricht »ganzen Tag« aus wie andere Leute »mit anschließender Sicherungsverwahrung«.

Ich lehne mich auch nach vorne. »Morgen ist Samstag. Da ist Ihr Mann zu Hause, die Kinder müssen nicht in die Schule. Das müsste ja irgendwie machbar sein, oder?«

»Klar. Ich habe auch schon vorgekocht. Das ist ein bisschen aufwändig. Meine Tochter isst kein Fleisch mehr. Meistens zumindest. Chicken Nuggets schon mal ab und zu. Florian isst eigentlich nur Fleisch. Wenn ich will, dass er mal Gemüse zu sich nimmt, muss ich ihm das unter die Soße mischen. Mein Mann hat seit einiger Zeit Probleme mit der Magenschleimhaut. Seine Mahlzeiten dünste ich nur kurz an.«

Die Frau braucht keinen Gärtner, sondern einen Ökotrophologen.

»Und was essen Sie selber so? Kochen Sie auch mal was, was Sie selber gerne mögen?«

Sie ist verblüfft. »Tja, mir ist es eigentlich egal. Außer Chicken Nuggets esse ich eigentlich alles.«

»Sie essen die Reste. Stimmt's?«

»Reste? Nein, nein. Einfach das, wovon am meisten da ist.«

»Na ja, zumindest morgen werden Sie wohl was Eigenes bekommen, wenn Sie zu dieser Gartenschau fahren.«

Ich verkneife mir die gegensätzliche Vorstellung, dass sie sich schon die angebissenen Butterbrote ihrer Liebsten eingepackt hat, die noch irgendwo in der vernachlässigten Küche rumlagen.

»Ich bin mir gar nicht mehr sicher, ob ich fahren will. Ich habe zwar auch schon die Wochenendeinkäufe gemacht, aber leider die Eier vergessen. Und Franziska muss morgen auch noch zum Reiten gebracht werden. Und Florian will nachmittags zu einem Freund. Und am Sonntag kommen Freunde, da würde ich ganz gerne vorher ein bisschen Ordnung schaffen.«

»Sie glauben, Sie können an einem Samstag nicht mal für ungefähr acht Stunden das Haus verlassen? Stellen Sie sich mal vor, Sie müssten ins Krankenhaus. Für zwei, drei Wochen oder so. Was würde denn dann bei Ihnen zu Hause passieren?«

»Wieso muss ich ins Krankenhaus? Haben Sie mit meinem Hausarzt gesprochen? Was hat er Ihnen gesagt?«

Aaaaahhhh.

Ich bin keine gute Therapeutin.

Nein.

Stopp.

Ich bin überhaupt keine Therapeutin.

Ich rudere ganz vorsichtig zurück.

»Machen Sie sich keine Gedanken. Ich habe nicht mit Ihrem Arzt gesprochen. Warum auch? Ich wollte nur sagen, dass es immer irgendwie geht.«

Wenn ich jetzt sage: Jeder ist ersetzbar, ist das wahrscheinlich auch falsch.

»Ihre Familie wird Sie vermissen. Das wird ihr erst richtig bewusst, wenn Sie weg sind.«

»Ja. Hoffentlich«, seufzt sie.

Und in dem Moment weiß ich es: Mutti will, dass morgen bei ihr daheim das Chaos ausbricht. Sie will, dass morgen Abend Kinder plus Mann heulend vor ihr auf dem ungewischten Boden liegen und flehen, dass sie nie wieder so lange Haus und Hof verlässt.

Ich frage mich, wie ich ihr dabei helfen kann.

Mutti guckt hektisch auf die Uhr und verkündet, dass sie nun aber wirklich losmüsse. Als hätte ich *sie* vollgequatscht, sie mit Geschichten über *meine* schlecht erzogene Familie gelangweilt. Sie wolle zu Hause noch eben alle Betten neu beziehen. Falls ihr also auf der Blumenschau von einer fleischfressenden Pflanze ein Arm abgerissen wird, können ihre Lieben wenigstens gut schlafen.

36

Ich will auf jeden Fall eine Verfolgungsjagd. Mit vielen Unfällen«, sagt Joel. Er ist die eine Hälfte von »Max und Moritz« aus der Bücherei. Sein Bruder heißt Magnus und jault gleich begeistert auf. Anschließend imitiert er erstaunlich realistisch, wie sich ein Unfall so anhört. Das Projekt »Wir schreiben unser Märchen selber« ist schon nach wenigen Minuten auf der falschen Spur.

»Verfolgung klingt gut. Das mit den Autos gefällt mir nicht. Vielleicht könnten wir stattdessen Schlitten nehmen?«, schlage ich vor.

»Oder fliegende Teppiche?«, mischt sich Lennart ein. Er ist eindeutig mehr in der Fiktion zu Hause. Scheint er von seiner Mutter zu haben. Die sitzt derweil im Hintergrund und liest »Schlank im Schlaf«.

»Nein, wir nehmen den Schlitten. Das wird nämlich ein Weihnachtsmärchen, und wir räumen endlich mal mit dem ganzen Christkindmist auf«, verkündet die neunmalkluge Brillenschlange. Sie heißt Trude. Als hätte sie es mit ihrem Gesicht noch nicht schwer genug.

»Ich könnte auf jeden Fall die Namen aller Personen tanzen«, bietet Ann-Kristin an. Sie hat es wirklich trotz ihres engen Zeitplans zwischen Klavier und Chinesisch wieder in die Bücherei geschafft. Ich werte das als Kompliment.

»Namen tanzen? Was ist das denn für ein Quatsch? Wir machen doch kein Musical«, fährt ihr Trude über den Mund.

»Genau, das wird ein knallhartes Märchen«, findet auch Magnus.

Die Formulierung »knallhartes Märchen« gefällt mir persönlich jetzt nicht so.

»In der Geschichte gibt es einen kleinen Teddybären, der dem Weihnachtsmann vom Schlitten fällt. Und der macht sich jetzt alleine auf den Weg zu dem Mädchen, das ihn sich gewünscht hat«, erfindet Lennart. »Er muss durch einen dunklen Wald, hat Angst und auch Hunger, aber er gibt nicht auf, weil sich das Mädchen doch soo sehr den Teddy gewünscht hat. Vielleicht bricht er sich unterwegs noch eine Pfote und muss sich die selber mit einem Ast schienen.«

Ob seine Mutter wohl was dagegen hat, wenn ich ihn adoptiere?

»Wie kitschig ist das denn«, pfeift Trude ihn an.

»Lass ihn doch. Der Teddy könnte auf dem Weg zu seinem Mädchen ein Auto klauen, und dann gibt es die Verfolgungsjagd«, freut sich Joel.

»Kann der Teddy nicht einen Roller finden, auf dem er dem Weihnachtsmann hinterherfährt?«, werfe ich ein. Ich möchte in unserem Märchen einfach keine Anleitung, wie man ein Auto aufbricht und kurzschließt. Ich glaube auch, das passt nicht wirklich in das didaktische Gerüst der städtischen Bücherei.

»Oder der Teddy entpuppt sich als Alien, und der Weihnachtsmann muss ein Blutopfer bringen, um ein Massaker zu verhindern«, mischt sich Magnus wieder ein. Mich würde mal interessieren, was die Brüder sonst so in ihrer Freizeit machen. Wahrscheinlich Amokläufe mit Playmobil nachspielen.

»Ich fände schön, wenn das Mädchen, das den Teddy bekommen soll, sich auf den Weg macht, um ihn zu suchen. Wie sie vielleicht nur mit ihrem Nachthemd barfuß durch die Stadt läuft«, träumt Ann-Kristin. Sie sieht sich offenbar selber als eine Art Mischung aus Sterntaler und Waldorf-Ballerina.

»Klar. Da hat sie entweder nach zehn Minuten Erfrierungen an den Füßen oder wird von irgendwelchen Typen angequatscht, die ihr nur an die Wäsche wollen. Ist doch klar, wenn die in einem dünnen Fetzen nachts unterwegs ist«, kontert Trude.

Ich finde ein Grundmaß an Realismus gut. Aber bei einem Märchen darf man doch vielleicht ein bisschen großzügiger sein.

»Der Teddy könnte von einem bösen Zauberer gefunden und ins Land der dunklen Wünsche entführt werden«, zeigt Lennart sich wieder weniger realistisch.

»Ich dachte, wir wollten mit dem Weihnachtsmist aufräumen. Da können wir so ein umherirrendes Sterntalerkind ebenso wenig gebrauchen wie einen verstörten Zauberer. Und Aliens sind eh kacke.«

Trude hat jetzt das Ruder übernommen.

»Es sollte darum gehen, dass Weihnachten zum Konsumfest verkommen ist. Der Teddy könnte unterwegs auf ganz viele andere Stofftiere treffen, die auch alle verschenkt werden sollen. Die Tiere beschließen, dass sie das nicht wollen, und gründen ihr eigenes Land.«

Das ist ja mal eine neue Version vom Aufstand der Kuscheltiere.

Ich habe mich in den letzten Minuten das erste Mal seit sehr langer Zeit nicht hart gefühlt. Ich habe die Phantasie und Frechheit der Kids einfach genossen. Das Schöne dabei: Ich muss sie nicht erziehen, so wie früher, muss ihnen keine bösen Worte verbieten. Und ich liebe es, wie unmittelbar dieses Brainstorming durchgeführt wird. Kein »Vielen Dank für deinen interessanten Beitrag, das hat uns ganz neue Perspektiven eröffnet. Ich möchte aber doch gerne noch einen anderen Punkt anführen« oder so einen Mist. Ich frage mich kurz, ob ich mich demnächst in Vorlesungen auch so wohl fühlen werde, und spüre einen kleinen Zweifel in meinem Kehlkopf kitzeln.

Trotzdem habe ich den Eindruck, dass das hier jetzt gerade in eine etwas falsche Richtung läuft. Ich frage mich, wie ich die Bande wieder auf den richtigen Weg bringe, und lasse meinen Blick schweifen. Da sehe ich sie. Ellen, meine neueste Patientin, steht zwischen den DVD-Regalen. Sie sieht so eigen aus wie beim ersten Besuch in meiner Praxis. Zu einer zerrissenen Jeans trägt sie eine todschicke Kostümjacke. Dazu einen Schultornister als Tasche. Sie wirkt wie ihre Hose: zerrissen. Verletzt. Verletzlich.

Und wenn sie mich jetzt sieht, habe ich ein Problem, ein großes. Denn gerade von Ellen möchte ich nicht enttarnt werden. Bei allen anderen Patienten wäre es mir nur peinlich, bei ihr würde ich mich richtig mies finden. Wie eine Trickbetrügerin in Sachen Sympathie. Wahrscheinlich stünde ich dann bei ihr ab sofort auf derselben Stufe wie die Sekretärin ihres Mannes. Keine schöne Gesellschaft.

»Am besten wird sein, jeder schreibt bis zum nächsten Mal auf, was in unserem Märchen vorkommen soll. Lasst eurer Phantasie freien Lauf. Dann mischen wir das hübsch durcheinander und schreiben eine Wahnsinnsgeschichte«, verkünde ich und klaube schnell meine Sachen zusammen. Ziemlich verblüfft packen Trude und Co ihre Taschen und trollen sich.

Versteckt hinter dem großen Brockhaus beobachte ich Ellen noch ein paar Momente. Ganz konzentriert steht sie vor der Filmauswahl. Sie hält den Kopf schief und studiert die vorrätigen Titel. Sie wird also nicht alleine ins Kino gehen. Und natürlich geht sie auch nicht in eine Videothek. Ich glaube, es gibt wenige Orte, die ordinärer sind. In Videotheken riecht es immer nach kaltem Rauch, sie sind offenbar durch irgendeine Gesetzeslücke der einzige geschlossene Raum, in dem noch gequalmt werden darf. Auf dem Tresen stehen immer Schüsseln mit kleinen bunten Bonbons, und immer hängen irgendwelche komischen Typen da ab, lehnen lässig neben den Bonbons und starren auf einen tonlosen Film. Rolf und ich haben uns eine Zeitlang DVDs in der Videothek ausgeliehen. Ich musste die montags immer wieder abgeben und habe mich richtiggehend davor geekelt.

Ellen entscheidet sich und zieht eine Hülle aus dem Regal. Ich gebe ihr ein paar Minuten Vorsprung, ehe auch ich gehe. Als ich an dem Ständer vorbeikomme, sehe ich, in welcher Rubrik Ellen zugegriffen hat. »Liebe«, natürlich.

Auch so eine Träumerin wie ich.

37

Ich bin schon ein paar Meter an meinem Lieblingseiscafé vorbei, als ich realisiere, was ich da gerade gelesen habe.

»Eis kalt genießen – danach zusammen brennen. Fett verbrennen.«

Ich gehe zurück. Was soll das? Wenn ich das richtig verstehe, kann man hier vorne im Haus ordentlich Kalorien verputzen und die irgendwo hinten wieder abtrainieren. Das ist ja mal geschäftstüchtig. Erinnert mich ein bisschen an die vielen Mathelehrer, die vormittags die Fünfen verteilen und nachmittags dieselben Schüler gegen Aufpreis in Form bringen. Ich entscheide mich spontan für einen Kaffee. Während meine Tasse sich füllt, frage ich die Frau hinterm Tresen. »Das ist ja eine außergewöhnliche Idee«, sage ich und zeige auf das Plakat.

»Gut, was? Wissen Sie, ich habe immer alleine meine Sportübungen vorm Fernseher gemacht. Mit zugezogenen Vorhängen und so einer DVD mit Cindy Crawford. Ist eigentlich Rückbildungsgymnastik, aber irgendwie ist ja doch immer alles das Gleiche. Und jetzt konnte ich für ein paar Euro noch die alte Lagerhalle nebenan dazumieten, und da hatte ich die Idee mit den Fitnesskursen.«

»Sie bieten die selber an?«

»Klar. Warum denn nicht? Ich habe mir noch ein paar andere DVDs mit so Sportsachen angeguckt und kenne alle Übungen. Außerdem glaube ich, dass eine Vorturnerin, die selber Problemzonen hat, sympathischer ist als so ein Hungerhaken.«

Ich denke an einen Nichtraucherkursus, den ich mal gemacht habe. In der Pause hat sich der Kursleiter erstmal auf dem Parkplatz eine angesteckt. Ich fand ihn ehrlich gesagt ein bisschen unglaubwürdig.

»Wollen Sie mal gucken? Ist ja sonst gerade keiner da«, sagt die Frau. Erstaunlich schnell wuselt sie an mir vorbei und hält mir schwungvoll die schwere Tür auf. Cindy Crawfords Aufbautraining hat schon seine Spuren hinterlassen. Die alte Fabrikhalle ist ein Traum.

»Erinnert ein bisschen an Jennifer Beals, oder?«, strahlt die Eisfrau mich an. Ich bin richtig ein bisschen ergriffen, denn ich hätte gar nicht gedacht, dass sich außer mir noch irgendjemand an »Flashdance« erinnert. Aber es stimmt. Die alte Fabrikhalle sieht genauso aus, wie sie soll: dicke Rohre, dicke Steine, schmutzige kleine Fenster.

»Wann startet denn der nächste Kursus?«, erkundige ich mich vorsichtig.

»Bis jetzt sammle ich nur Interessentinnen. Wenn genug da sind, fangen wir an. Soll ich Sie mal mit auf die Liste setzen?«

Ich nicke und diktiere ihr im Laden meine Telefonnummer. Die Eisfrau ist die erste Bekanntschaft in meinem neuen Leben, die mich weder für eine Therapeutin noch für eine Studentin hält. Sondern nur für mich. Nur?

Ich habe einen sehr kurzen Kurzfilm hinter meinen Augen. Ich sehe mich verschwitzt im »Neis« sitzen – zusammen mit fünf, sechs anderen Frauen. Wir quatschen, lachen, trinken noch ein Wasser, und ich bin ein ganz klein bisschen in meinem neuen Leben angekommen. Und in dem Film ist es scheißegal, ob ich studiere oder mit durchgeknallten Kindern eine völlig durchgeknallte Geschichte schreibe. Es ist unwichtig, wer ich mal war. Wer ich nicht mehr bin. Vielleicht kann ich ja wirklich irgendwann mal mehr als die Hälfte eines Paares sein. Und genau deswegen erzähle ich auch Kirsten nichts von der alten Fabrikhalle. Ich liebe Kirsten. Aber sie ist auch immer ein ganz klein bisschen Rolf. Allein schon, weil sie ihn kannte, weil sie uns als Paar kannte. Wenn ich hier neben Kirsten zu »What a feeling« hopsen würde, wüsste sie, dass ich danach NICHT zu Rolf fahre. Alle anderen würden denken, dass ich einfach nach Hause gehe. Ob Männer wohl auch so denken? Denken können?

Mitten in der Nacht wache ich auf, und mein Kopf ist voll mit einer Frage: Kann es sein, dass ich diese ganzen Therapiesitzungen für *mich* brauche? Dass ich mir endlich so Sätze glauben will wie: Wichtig ist, was man selber fühlt! *Wer* wird in diesen ganzen Pseudositzungen behandelt? *Wer* soll endlich Klarheit über sich selber bekommen?

38

Ich wünschte so, ich würde jetzt auch vor einer DVD sitzen. Muss auch nicht Cindy Crawford sein. Ich würde jetzt sogar eine finnische Schnulze mit englischen Untertiteln gucken – einer dieser Filme, in denen es nie richtig hell wird.

Hier ist es auch dämmrig. Ich stehe mitten auf der SAP (Semester-Anfangs-Party) und fühle mich gewaltig deplatziert. Annalena hatte mich überredet mitzukommen und ist dann vor gefühlten drei Stunden mit dem Satz »Ich hole uns mal was zu trinken« in der Menge verschwunden. Sie war der Meinung, dass ich hier doch schon mal Uniluft schnuppern könne. Was ich schnuppere, ist eine Mischung aus schweren Parfüms, noch schwereren Aftershaves, Haarspray und Zu-viele-Menschen-auf-kleinem-Raum-Transpiration. Ich mache da fleißig mit. Wollte Annalena, dass ich am eigenen Leib spüre, was Studentenschwemme wirklich bedeutet? Ich lasse mich von dem Schwamm aufsaugen, werde mitgesogen und am anderen Ende des Raums wieder ausgespuckt. Vielleicht sind hier ja die Toiletten, dann hätte ich mal kurz einen Quadratmeter ganz für mich alleine. Ich zupfe einen Kommilitonen – so heißen die ja – am Ärmel und zeige auf eine Treppe.

»Sind da die Toiletten?«

Er mustert mich kurz, nickt dann und grinst: »Ist Unisex.«

Wie bitte?

Dort gibt es Uni-Sex? Und was ist, wenn ich mal pinkeln muss? Ich kann nicht, wenn neben mir »JA. JA. JA!« gestöhnt wird. Das ist definitiv noch schlimmer, als jemandem beim Stuhlgang zuzuhören. Der Typ guckt mich mit großen Augen an, als wollte er fragen: »Ist sonst noch was?« Hinterher denkt der jetzt, ich wollte ihn einladen mitzukommen. Mechanisch steige ich die Treppe runter. Unisex. Von ganz, ganz hinten schleicht sich ein Gedanke in das Bewusstseinsareal meines Gehirns. Unisex. Das habe ich schon mal gehört. Bei Ally McBeal, dieser verrückten Anwältin aus den Neunzigern. Unisex. Das hieß, dass es dort nur eine Toilette für Männer und Frauen gab. In der Serie war das immens wichtig, weil zwei Drittel des Geschehens sich auf dem WC abspielten. Ich brauche ein bisschen, bis ich mich in der Kabine von dieser Peinlichkeit erholt habe.

Mitten im Gewühl treffe ich Annalena wieder. Sie drückt mir einen Pappbecher lauwarmes Weiß-nicht-was in die Hand und stellt mich ein paar Leuten vor. Als ihre Mutter. Das stimmt natürlich. Aber was sollen die jetzt denken? Dass Annalenas Mutti mal gucken will, was die jungen Leute so treiben? Was die so treiben, nennt man wohl professionelles Smalltalken. Überall werden Küsschen knapp neben Wangen gehaucht. Man winkt sich zu, als habe man sich zuletzt bei der Besteigung eines Achttausenders kurz vorm Gipfel trennen müssen. Es ist eine große Familienfeier, und ich stehe mittendrin wie die Nachbarin.

»Sie sehen aus, als würden Sie soziologische Studien betreiben«, sagt eine Stimme neben mir. Es ist der Typ aus dem Hörsaal. Dem ich gesagt hatte, dass ich unter der Kleidung wie ein alter Sack aussehe. Die Erinnerung an die Äußerung macht das Gespräch nicht einfacher.

»Was denn für Studien?«, würge ich irgendwann raus und kippe das handwarme Ist-mir-egal-was runter.

»Das Gruppenverhalten der jungen Bildungselite unter Berücksichtigung konkurrierender Zielvorhaben.«

»Junge Bildungselite? Ich komme mir eher vor wie beim Casting für die nächste Calvin-Klein-Moden-und-Parfüm-Show.«

Er grinst und nippt an einer Bierflasche. Wieso hat der was Richtiges zu trinken? »Ich sagte ja, dass es um konkurrierende Ziele geht.«

Jetzt bin ich doch neugierig. »Und was für Ziele sollen das sein?«

Er guckt sich kurz um, zeigt dann auf zwei junge Frauen und einen älteren Typen. »Sehen Sie die beiden Mädels? Die stehen doch eindeutig in Konkurrenz«, stellt er fest.

»Und der Typ ist Dozent geworden, damit orientierungslose Blondinen zu ihm aufblicken?«

»Der Typ ist kein Dozent, sondern ungefähr im siebzehnten Semester. Und diese Partys sind eindeutig Schwerpunkt seines Studiums.«

Ich stutze. »Irgendjemand hat mir übrigens neulich erzählt, dass sich Studenten duzen.«

Hab ich ihn ertappt. Er braucht ein, zwei Sekunden, lächelt dann. »Ich neige dazu, Respektspersonen zu siezen. Und vor Ihnen habe ich irgendwie Respekt.«

»Vor der Weisheit des Alters?« Arschloch.

»Ich habe einfach Respekt vor Neuanfängen. Dazu gehört doch Mut. Auch ein Bier?« Er hält seine leere Flasche hoch. Ich nicke automatisch.

Doch kaum ist er in der Menge verschwunden, drehe ich mich um und gehe. Ich schiebe mich schnell durch die Menge, an deren Rand jetzt sogar getanzt wird. Am anderen Ende des Raums sehe ich Annalena. Ich habe keine Zeit, mich von ihr zu verabschieden. Sie wird schon merken, dass ich gegangen bin. Außerdem muss ich mich wohl kaum bei ihr abmelden. Ich bin schon groß, auch wenn ich mich gerade nicht so fühle. Ich würde jetzt gerne auf den Friedhof gehen, doch dafür ist es mir zu dunkel. So viel zum Thema Mut. Aber in Gedanken rede ich mit Rolf. Wie sehr er mir fehlt. Wie sehr es mir fehlt, dass jemand nett zu mir ist. Und dass ich es doch kaum ertragen kann, wenn es denn mal passiert.

Ganz hinten im Kopf taucht die Frage auf, ob ich wirklich was Neues anfangen kann, wenn ich so viel Angst habe, mich selber dabei zu verlieren. Wie weit muss ich mich von mir selber entfernen, damit der Schmerz nicht mehr so scharf ist? Und: Wer werde ich dann sein?

39

Ich werde Oma.«

Der Tonfall von Ellens Stimme verrät sofort, dass sie das nicht gut findet. Sie sieht wieder absolut gespalten aus. Einen sündhaft teuren Pulli samt toller Kette obenrum. Eine kaputte Jeans unten. Kaputt im Sinne von alt und kaputt. Nicht mit modischen Rissen an den richtigen Stellen. Komisch, dass man so was sieht.

»Da kämpfe ich völlig verzweifelt dagegen an, mich alt und verbraucht zu fühlen. Und jetzt werde ich Großmutter.«

Sie rührt so verzweifelt in ihrem Milchkaffee, als wolle sie einen Tsunami nachstellen.

»Eigentlich ist es doch was Schönes, wenn die eigenen Kinder auch Kinder bekommen. Ist doch auch ein Zeichen dafür, dass man nicht alles falsch gemacht hat. Oder? Wollen Sie zur Geburt in die Staaten fliegen? Vielleicht wäre das auch eine Gelegenheit, Abstand zu nehmen. Hier werden Sie ja doch immer an alles erinnert.«

Mir raten auch immer alle Leute, ich solle mal Abstand nehmen. Dabei fühle ich mich eh schon so, als würde ich überall im Abseits stehen.

»USA? Von wegen. Mein Sohn wird nicht Vater. Meine Tochter wird Mutter.«

»Ich dachte, Ihre Tochter hat ihre Liebe zu Frauen entdeckt? Und soweit ich informiert bin, ist doch ein Mann für den Zeugungsakt nicht ganz unwichtig.«

»Nur weil Karolin jetzt lesbisch ist, ist das doch kein Grund auf das Mutterglück zu verzichten. Sagt sie. Ich frage mich echt, wer das Wort Mutterglück erfunden hat.«

»Also hat sie sich kurzfristig doch wieder dem anderen Geschlecht zugewandt?«

Ellen verzieht das Gesicht. »Sehr kurzfristig. Sie hat mit ihrer Freundin einen Typen in einer Bar angesprochen. Sie haben ihn einfach gefragt, ob er nicht mal kurz Zeit hätte und ihnen eine Samenspende ausgeben könnte.«

Ich spüre, wie ich rot werde. Ich traue mich nicht, mir ein Bier ausgeben zu lassen, und andere Frauen bitten wildfremde Männer um ein Pinnchen Samen. Oder wie viel das auch immer ist.

»Und das hat der gemacht?«

»Hat er. Wahrscheinlich hat er sich geschmeichelt gefühlt, dass irgendwelche Frauen sein Aussehen für vererbungswürdig halten.«

»Und dann?« Irgendwie bin ich ja doch neugierig.

»Die drei sind zu Karolin und Petra nach Hause. Im Bad hat er es sich dann besorgt und das Ganze in ein Glas verfrachtet. Dann durfte er gehen. Petra hat das Zeug dann mit einer Einwegspritze an Ort und Stelle gebracht. Es sei sehr romantisch gewesen. Sie hätten sogar Kerzen und Musik dazu angemacht«, erzählt Ellen.

Was hört man dazu wohl? »Sexmachine« von Tom Jones? Oder eher »Woman« von John Lennon?

»Und davon ist Karolin jetzt schwanger?«

»Ja. Andere Paare haben jahrelang nach dem Kalender Sex, um ein Kind zu zeugen, und meine Tochter wird durch einen Quickie mit einer Plastikspritze geschwängert. Irgendwie hatte ich in den letzten Monaten das Gefühl, als dürfte ich nicht mehr mitspielen. Als wäre ich ausgewechselt worden und müsste abwartend auf der Reservebank sitzen. Jetzt fühle ich mich, als hätte mir jemand gesagt, dass ich auch ruhig schon mal duschen gehen könnte. Ich würde eh nicht mehr gebraucht. Ist das eine Midlife-Krise? Geht das vorbei?«

Irgendwie habe ich mit dem Wort Midlife mein Problem. Wann ist wohl Midlife? Seitdem ich dreißig geworden bin, sage ich mir bei jedem Geburtstag, dass jetzt wohl die Hälfte rum ist. Das bedeutet allerdings auch, dass ich mittlerweile von einer Lebenserwartung von hundert plus ausgehe. Eher unwahrscheinlich. Aber ich möchte einfach nicht glauben, dass ich schon mitten in der zweiten Halbzeit bin. Vor allem, wenn ich vorher schon ahne, dass es keine Verlängerung geben wird. Ich schiebe meine Gedanken weg. Die sind hier völlig fehl am Platz. Ellen wartet auf eine Antwort. Am besten eine, die ihr hilft.

»Ich glaube nicht, dass das eine Krise ist. Ich glaube, Sie sind einfach wütend. Ihr Mann macht, was er will, und vergnügt sich mit seiner Tippse. Ihre Tochter macht, was sie will, und lässt sich von ihrer Freundin schwängern. Alle tun so, als seien sie mitten in einem Toyota-Werbespot. Nichts ist unmöglich. Und Sie trauen sich nicht alleine ins Kino. Ist doch unfair.«

Ups. Die Worte sind einfach gekommen. Ich hoffe so, dass ich Ellen nicht weh tue damit.

»Sie halten mich für feige?«

»Nein. Ich glaube nur, dass sich die Angst wie ein Wassergraben vor Ihren Mut gelegt hat. Und jetzt überlegen Sie, ob Sie schwimmen können.«

»Oder ob ich über Wasser gehen kann?«, grinst sie.

Ich muss auch lachen. »Vielleicht ist es einen Versuch wert. Ich glaube nämlich, dass Sie nicht untergehen. Sie werden schnell wieder einen Grund haben.«

»Es ist immer ganz gut, einen Grund zu haben, oder?«

Sie wirkt ein bisschen entspannter, als sie geht. Ich fühle mich ein bisschen einsamer. Ich hätte gerne weiter mit ihr geredet.

40

Stattdessen mache ich etwas, was ich besser nicht gemacht hätte. Ich stelle mich der Frage, was ich denn wohl mal nach meinem Soziologiestudium tun werde. Immerhin habe ich diese Frage des Öfteren in der jüngsten Vergangenheit zu hören bekommen und nie eine wirklich befriedigende Antwort gehabt. In meinem Alter kann ich ja schließlich nicht mehr kommen mit »Dann gehe ich erstmal ein Jahr als Au-pair in die Staaten« oder gar »Der Weg ist das Ziel«. Außerdem glaube ich mittlerweile eh, dass dieser Weg einer Vierhundert-Meter-Laufbahn ähnelt und man permanent von neuem am Start steht. Ich befrage einfach mal das Internet nach Anstellungen für Soziologen. Als Erstes wird mir ein Job als »Promoterin« vorgeschlagen. Es wird für sieben Arbeitstage eine engagierte Aushilfskraft für den Außendienst gesucht. Meine Aufgaben: Flyer verteilen, Sekt ausschenken, Spülmaschine ein- und auch wieder ausräumen. Klar, dass man diesen Anforderungen nur nach einem abgeschlossenen Studium gerecht werden kann. Ich bin erstaunt. Es gibt zahlreiche Angebote dieser Art. Als Soziologin kann ich vor Bahnhöfen Befragungen durchführen, mir wird angeboten, mit gepflegtem Äußeren und Spaß am Kundenkontakt auf Messen Neuheiten zu präsentieren oder auf Sportveranstaltungen Werbegeschenke zu verteilen.

Ganz im Ernst: Ich bin so vermessen zu glauben, dass ich das alles jetzt schon könnte, obwohl ich mein Studium noch gar nicht richtig angefangen habe. Wenn ich denn wollte. Ich will aber nicht. Ich spüre, wie sich ganz vorsichtig ein leiser Gedanke auf den Weg macht. Auf den Weg in mein Bewusstsein. Er flüstert etwas wie: »Lass den Scheiß. Das ist doch eine einzige Flucht.«

Ich tue so, als hörte ich die leise Stimme nicht.

Dafür höre ich relativ schnell laute Stimmen. Sehr laute Stimmen. Es ist wieder Dienstag, und ich bin wieder als Märchentante auf Tour. Weil ich spät dran bin, stürme ich in die Kinderbücherei und stehe alleine da. Außer zwei Mädels – offenbar Praktikantinnen – ist niemand da. Zugegeben, ich hatte heute nicht wirklich Lust auf den Kindermärchenclub, aber dass nun niemand von den kleinen Monstern gekommen ist, fühlt sich an wie ein Tritt in die Kniekehle. Wie versteinert stehe ich zwischen Michel aus Lönneberger und Ronja Räubertochter.

»Sind Sie die Märchentante?«, fragt mich eine der Praktikantinnen, während sie parallel auf ihr Handy eintippt.

»Das dachte ich zumindest.«

»Die Zwerge sind in der Küche«, sagt sie mit Blick auf ihr Display.

»Küche?«

»Ja, in der Schulküche. Wir machen hier Inventur.«

Für mich sieht es so aus, als machten die beiden eigentlich nichts. Aber ich bin zu glücklich, dass meine Kids wohl doch wiedergekommen sind, um das irgendwie zu kommentieren.

In der erstaunlich gut eingerichteten Küche probiert die Märchentruppe gerade, was in einer Küche alles zum Krachmachen dient. Viel. Joel und Magnus haben zwei Mixer gefunden und duellieren sich damit. Trude hat mehrere Töpfe vor sich aufgebaut und spielt »Schlagzeugsolo«. Lennart rockt auf seiner Luftgitarre, vormals Sieb, ab. Allein Ann-Kristin sitzt ruhig auf dem Tisch, lässt die Beine baumeln und guckt verträumt aus dem Fenster. Erst auf den zweiten Blick sehe ich, dass sie Kopfhörer in den Ohren hat. Wahrscheinlich chinesische Vokabeln. Als ich Joel und Magnus den Strom kappe, wird es zumindest etwas leiser.

Zehn Minuten später habe ich alle am Tisch versammelt. Wie erwartet hat sich keines der Kinder wirklich Gedanken um unser Märchen gemacht.

Ich würde mich jetzt gerne lässig auf die Arbeitsplatte schwingen und in die Runde fragen, wie unser Märchen denn wohl weitergeht, traue mich aber nicht. Ich habe Angst, dass ich es nicht schaffe, mich auf diese Höhe zu hieven. Und wenn ich einen Stuhl zu Hilfe nehme, sieht es einfach nicht mehr lässig aus. Also setze ich mich ganz ordinär an den Tisch und bitte die Kinder dazu.

»Nun gut. Was passiert unserem verlorenen Teddy?«, frage ich in die Runde.

Joel lässt seinen Blick schweifen und sich wohl inspirieren. »Er wird von einem Koch gefunden. Der hat das ganze Geld für die Einkäufe beim Poker verspielt und will jetzt den Bären schlachten, um ein Gulasch davon zu machen.«

Ann-Kristin hält sich die Ohren zu und kreischt: »Sei still. Ich bin Vegetarierin, ich will so was nicht hören.«

»Vielleicht könnte der Teddy ja als Küchenkraft missbraucht werden und muss stundenlang schmutziges Geschirr spülen. So lange, bis er schon ganz runzlige Tatzen hat«, schlägt Trude vor. Ich danke ihr innerlich für ihr diplomatisches Geschick.

»Ich habe im Fernsehen gesehen, dass ganz viele Ausländer in Restaurantküchen für ganz wenig Geld arbeiten müssen. Damit wäre unser Märchen superaktuell«, fährt sie fort.

Was guckt dieses Mädchen? 3Sat? Arte?

»Genau, und der Bär lernt da kochen, und als er endlich zu dem Mädchen kommt, zu dem er eigentlich gehört, ist das schon ganz krank vor Sehnsucht nach ihm. Sie hat schon ganz doll abgenommen und will nichts mehr essen. Der Bär kocht ihr dann was Leckeres, und alles wird gut«, mischt sich Lennart ein.

Der guckt offenbar mit Mama Rosamunde Pilcher.

»Kitschig«, brüllt Magnus. So ganz Unrecht hat er ja nicht damit. »Es muss auf jeden Fall zum Kampf zwischen dem fetten, gemeinen Koch und dem lieben Teddy kommen. Ich höre schon das elektrische Messer und die Brotmaschine«, schlägt er vor.

Damit sind wir den kurzen Weg vom »Aufstand der Kuscheltiere« bis zum »Kettensägenmassaker« gegangen. Trude zeigt mit ihrem spitzen Zeigefinger auf Magnus: »Das ist ein Buch. Da hört man gar nichts.«

»Dann machen wir eben ein Hörbuch. Ist eh viel spannender«, kontert Magnus.

Ganz kurz ist Ruhe. Alle – mich eingeschlossen – gucken ihn an.

Ich spüre ein Ziehen in mir. Es wird fester. Eine Hand legt sich um mein Herz, drückt zu. Es tut so weh. Ein Hörbuch aus der Küche! Rolf, bist du das? Ist das dein Werk? Ist das dein Auftrag an mich? Ich muss einige fette Klöße runterwürgen, ehe ich was sagen kann.

»Das wäre bestimmt lustig«, höre ich mich.

Die fünf jubeln.

»Aber ein Teddybär als Hauptfigur ist definitiv doof«, findet Joel plötzlich. »Voll kindisch.«

Die anderen nicken.

»Geil wäre so ein Kampfroboter von einem fremden Stern«, schlägt Magnus vor.

»Kampf ist kacke. Am besten nehmen wir eine Puppe ohne Gesicht. Ich habe so eine. Die ist soo süß«, meint Ann-Kristin. Typisch Waldorf.

»Puppe ohne Gesicht klingt gruselig. Wir können doch so eine Barbiepuppe nehmen. Die finde ich gut«, sagt Lennart leise.

Dieser arme, süße, liebe Junge. Seine Mutter sollte sich dringend mal nach einem Mann umsehen.

»Barbie? Du spinnst wohl«, fährt Trude ihn an. »Wieso nicht gleich Baby Born?«

»Von mir aus eine Kampf-Barbie. Vielleicht so eine Ninja-Tussie«, zeigt sich Magnus erstaunlich kompromissbereit.

Trude legt den Kopf schräg. Sie denkt. »Okay. Wir nehmen eine japanische Punk-Barbie. Das ist dann nicht so mädchenhaft. Außerdem kann der miese Koch ihr so richtig leckere Rezepte zeigen, und die kommen dann auch noch mit auf die CD.«

Mich wundert nichts mehr.

Ich nehme jetzt also mit fünf Kindern eine Koch-CD auf, in der eine japanische Punk-Barbie die Hauptrolle spielt.

41

Ich hatte es mir so fest vorgenommen. Heute wollte ich es ihm sagen, hatte mir die Sätze schon in meinem Kopf zurechtgelegt: »Lieber Herr Sanders, ich habe festgestellt, dass es sich hier um eine Verwechslung handelt. Sie hatten eigentlich eine Therapie bei der Vormieterin gebucht, die Ihnen sicherlich kompetenter weiterhelfen könnte als ich, die aber leider verzogen ist. Ich würde vorschlagen, dass Sie sich doch eine neue Therapeutin suchen, die noch versierter auf Ihre persönliche Lebenssituation eingehen kann.«

Ich würde dem guten Mann gar nicht sagen, dass ich von Problemen (also von fremden Problemen) überhaupt keine Ahnung habe und ganz gewiss niemandem bei der Bewältigung seiner Gegenwart behilflich sein kann. Ich habe ja schon mit meiner eigenen Realität so meine Schwierigkeiten. Ist es für ihn wichtig, dass ich keine Therapeutin bin? Nein. Das wäre ihm nur peinlich. Ich werde ihn also nicht direkt anlügen, ich werde ihm nur nicht die ganze Wahrheit sagen. Ich muss den Mann schließlich schützen.

Aber dann komme ich gar nicht dazu, meinen hübschen Spruch aufzusagen. Herr Sanders kommt rein, setzt sich, zieht noch nicht mal die Jacke aus und sagt nur: »Sie ist weg.«

Ich habe sofort den Song im Ohr: Jetzt ist sie weg, und ich bin wieder allein-allein.

»Ihre Frau?«

Er nickt nur.

Ich nicke auch. Was soll ich denn jetzt sagen. »Gott sei Dank« oder »Da haben Sie aber mal Glück gehabt«?

»Und wie geht es Ihnen?« Ich denke, das ist eine Frage, die angebracht ist.

»Ich weiß es nicht. Irgendwie wie nach einem Autounfall.«

»Solange es nur ein Blechschaden ist, ist es doch nicht so schlimm.«

Er guckt mich abrupt an. »Blechschaden?« Er klingt überrascht und entsetzt. Kann ich irgendwie verstehen. War vielleicht nicht ganz so einfühlsam von mir.

»Ich meine, ich glaube, dass es Ihnen schlecht geht. Dass Sie geschockt sind. Dass es weh tut. Das Ende Ihrer Ehe kam ja offenbar sehr überraschend. Wie ein lauter Knall. So wie vielleicht ein Auffahrunfall. Aber manchmal ist ja so ein Ende mit Schrecken gesünder als ein langer schmerzhafter Prozess.«

»Sie meinen, lieber ein Auffahrunfall, als von einem Zug erwischt und mitgeschleift zu werden?«

So hätte ich das jetzt nicht formuliert. Aber eigentlich meinte ich genau das. »Eigentlich ist es ja ziemlich unwichtig, was ich denke. Wichtig ist, was *Sie* denken und fühlen.«

»Ich fühle mich leer. Sie hat es mir vor vier Tagen gesagt, und seitdem bin ich wie in Trance. Sie verlässt mich wegen eines anderen Mannes. Ich kann das überhaupt nicht glauben.«

Die dumme Kuh. Wahrscheinlich ist es ihr Personal Coach aus dem Fitnessstudio. Oder so ein gelackter Typ aus der Chefetage ihrer Firma.

»Sind Sie eifersüchtig?«

»Eifersüchtig? Keine Ahnung. Ich bin erstaunt. Richtig verdattert. Es ist unser Untermieter. Wir haben so eine kleine Einliegerwohnung, in der ein Student wohnt. Also, er sagt zumindest, dass er studiert. Aber eigentlich ist er nur unterwegs, Skifahren, Surfen und so. Kennen Sie von früher noch Shaun Cassidy? So ein Typ ist das. Und in den verliebt sich meine Frau.«

Ob ich Shaun Cassidy kenne? Natürlich. Für einen klitzekleinen Moment hat diese Frau meine Sympathien.

»Und Ihre Frau wohnt jetzt unten mit diesem Windei?«

»Nein. Sie sind zusammen verreist. Für drei Wochen. Damit ich mit der Situation klarkommen kann.«

»Und? Kommen Sie klar?«

Er verschränkt die Arme vor der schmalen Brust. »Also, ich dusche weiterhin jeden Morgen und ernähre mich regelmäßig.«

»Das ist ja schon mal ein Anfang«, ermuntere ich ihn. Die Grundfunktionen scheinen nicht gestört zu sein.

»Und gestern habe ich mir ein Fahrrad gekauft. Ein Rennrad. Mit kompletter Ausrüstung. Ich bin direkt fünfunddreißig Kilometer gefahren. Das hat mir irgendwie gutgetan.«

Ich versuche die Bilder in meinem Kopf zu ignorieren. Vor meinem inneren Auge sehe ich diesen netten lieben Mann in hautengem Latex. Unter der dünnen Radbekleidung zeichnen sich Dinge ab, die ich nicht sehen will. Bei Frauen unschöne Dellen vor allem in der hinteren Oberschenkelregion. Bei Männern ist es eher vorne peinlich. Ich habe da schon einzelne Adern ausfindig machen können. Fies.

»Wollen Sie Ihrem Konkurrenten nacheifern? Glauben Sie, so bekommen Sie Ihre Frau zurück? Wollen Sie sie wirklich durch sportliche Ambitionen beeindrucken?«

Er ist echt überrascht. »Was? Nein. Ich wollte einfach todmüde ins Bett fallen, um nicht nachdenken zu müssen. Und ob ich meine Frau zurückwill, ist doch egal. Sie ist gegangen. Sie hat die Entscheidung getroffen, da kann ich doch gar nichts machen.«

Wahrscheinlich hat er Recht. Wahrscheinlich hat er in seiner Partnerschaft schon sehr, sehr lange nichts mehr machen können. Und alleine geht es ihm doch jetzt entschieden besser. Finde ich zumindest. Jetzt muss ich diesen Mann nur noch dahin bekommen, dass er das auch findet.

»Meine Frau hatte ja auch die Termine hier vereinbart. Das war ja alles ihre Idee gewesen.« Er guckt mich nicht an, guckt stattdessen seinen Fingern beim Ineinanderverknoten zu. »Und jetzt ist sie ja weg.«

Seine Finger sind wirklich sehr gelenkig. Wir gucken ihnen beide schweigend zu, bis ich mal ein kleines »Und?« einstreue.

»Eigentlich muss ich da ja nicht mehr kommen.«

Er erschreckt sich total, als ich loslache. Aber das war auch zu lustig: Er hat geklungen wie ein nasser Pudel, den Frauchen immer in die Hundeschule genötigt hat. Jetzt ist Frauchen weg, und der Pudel will lieber spielen gehen. Wie süß.

»Was ist daran so lustig?«

Ich sammele mich schnell. »Sie haben einfach gerade ausgesprochen, was ich auch denke. Sie brauchen diese Gespräche hier nicht mehr. Sie stehen an einem Neuanfang. Und mich brauchen Sie dafür nicht.«

Er sieht so erleichtert aus. »Wenn Sie jetzt einen Verdienstausfall haben, weil ich die Termine nicht wahrnehme, komme ich natürlich dafür auf«, versichert mir der Rennfahrer in spe. Er würde sogar dafür bezahlen, nicht mit mir zu reden. Irgendwie auch kein Kompliment.

Zehn Minuten später habe ich ein Problem – einen Patienten – weniger. Jetzt muss ich nur noch die Mutti und Ellen loswerden.

Dabei – Ellen will ich ja gar nicht loswerden.

42

Mit der Kaffeetasse in der Hand gehe ich durch die Wohnung. Ich räume ein bisschen auf. Oder mehr um. Zupfe ein paar Blätter von den Blumen, ordne ein paar Bücher neu ein und spüre, wie langsam Neid in mir hochkommt. Dieser Mann hat seinen Neuanfang, auch wenn er ihn ja eigentlich gar nicht wollte (oder es nur noch nicht wusste). Ich habe keinen Anfang, nur Kuddelmuddel. Wider besseres Wissen setze ich mich wieder vor den PC. Ich möchte jetzt verdammt noch mal eine Perspektive und frage die www.arbeitsagentur.de nach einem Job als Soziologin. Da muss es doch etwas geben, was mich reizt, was sinnvoll klingt. An dem ich mich festhalten kann. Ich muss ja gar nicht in die Liga der Topmanagerinnen aufsteigen. Durch die Hörbücher von Rolf kommen Tantiemen rein, vor allem, seitdem die auch in andere Sprachen übersetzt wurden. Außerdem hatte er zwei Lebensversicherungen, und das Geld vom Hausverkauf habe ich ja auch. Ich muss nicht sofort einen Job finden. Als Erstes wird im Internet eine Sozialpädagogin für tiergestützte Jugendwohngruppen in Berlin-Glindow gesucht. Tiergestützt? Heißt das, dass die Punks ihre Ratten mitbringen dürfen? Oder ihre Kampfhunde? Oder bekomme ich einen Rottweiler zum Schutz an meine Seite gestellt? Ich suche weiter. Ich könnte auch Erzieherin in einem Wohnheim für junge Frauen in Teilzeit werden. Bedeutet das nun, dass ich Erzieherin in Teilzeit werden soll, oder sind die jungen Frauen in Teilzeit? Und was sind die dann wohl in der restlichen Zeit? Interessanterweise wird mir mit »maximaler Übereinstimmung« auch ein Job »Mitarbeit für die Auto-Vorwäsche im Rahmen der Fahrzeuginstandhaltung« bei der Aral-Tankstelle in Warendorf angeboten. Und dafür habe ich dann das Werk »Fragile Sozialität. Inszenierungen und Sinnwelten« gelesen? Nach dem Angebot »Assistenzärztin in der Geriatrischen Rehaklinik Bethel« breche ich die Suche ab. Was soll ich auch jetzt über das Danach nachdenken? Wie hat Kirsten mal gesagt? Such nicht nach einem Parkplatz, wenn du noch kein Auto hast. Bei dem Gedanken an Kirsten muss ich an unser letztes Treffen im ›Neis‹ denken und verspüre sofort Lust auf einen schaumigen Cappuccino samt Leckerchen. Zucker ist Energie, und die brauche ich jetzt. Leider erreiche ich Kirsten nicht. Ich hätte sie gerne dabei, doch sie geht nicht ran. Die Tage (und Jahre), in denen ich jetzt alleine zu Hause geblieben wäre, sind Gott sei Dank vorbei. Ich habe noch nicht beide Füße im Café, als mich die Besitzerin angrinst.

»Super, dass Sie da sind. Morgen früh um zehn startet der erste Kursus. Die erste Stunde ist gratis. Kommen Sie?«

»Was ist das denn genau für ein Kurs?«, versuche ich Zeit zu schinden.

»Ein bisschen von allem. Aerobic, Callanetics, Bauch-Beine-Po, Pilates. Einfach eine bunte Mischung aus allem, was in den letzten Jahrzehnten mal angesagt war. Ich bin übrigens die Chris.«

Sie reicht mir über den kleinen Tresen die Hand, die angenehm fest und warm ist.

»Ich bin Marita.«

»Und, Marita, kommst du?« Sie strahlt mich so an. Sie freut sich so. Kann ich jetzt »Nein« sagen? Nein.

»Klar, ich bin dabei.«

Ich bin wirklich aufgeregt, als ich um kurz vor zehn an der alten Fabrikhalle stehe. Von oben tönt tatsächlich »What a feeling«. Ich habe eine graue Jogginghose und ein T-Shirt an. Ein Outfit, das eigentlich sagt: Tut bitte so, als sei ich nicht da.

Ich hole tief Luft, gehe die Stiege hoch und sehe fünf graue/schwarze Jogginghosen und fünf ausgewaschene Shirts. Wir scheinen uns bei der Wahl des Kostüms einig gewesen zu sein.

»Marita, da bist du ja. Dann kann es jetzt losgehen«, freut sich die Chris und legt los.

Eine Dreiviertelstunde später bin ich verschwitzt und vergnügt. Ich war nicht so schlecht, wie ich befürchtet hatte. Und ich habe gelacht. Neben mir turnte eine Frau, die sicher ein paar Jahre jünger ist als ich, aber rund fünfzehn Kilo mehr ins Rennen wirft. Sie hat mich mit ihren trockenen Kommentaren immer wieder zum Kichern gebracht. Als Chris befahl: »Wir spannen den Beckenboden fest an und halten«, hat meine Nachbarin gekontert: »Ich habe vier Kinder. Ich habe keinen Beckenboden mehr. Ich bin schon froh, wenn ich nicht tropfe.«

Ich finde, Chris sollte der Dame mal die Cindy-Crawford-DVD mitgeben.

Mir ging es gut nach der Sportstunde. Richtig gut ging es mir noch eine weitere Stunde später. Wir sieben Frauen sind stinkend (Duschen hat Chris nicht) ins ›Neis‹ gegangen und haben Wasser und Kaffee in uns gekippt. Und dabei haben wir gequatscht. Nicht gesmalltalkt. Kein: Was machen Sie beruflich? Kein: Und? Urlaub schon geplant?

Wir haben einfach geredet. Ganz normal. Gut normal. Und als ich als Erste aufstand, um zu gehen, begleitete mich ein fröhliches »Bis nächste Woche« raus. Es fühlte sich gut an.

43

Mit Muskelkater und einem Kaffee sitze ich auf meiner kleinen Terrasse und merke, wie meinem Traum die Luft ausgeht. Er zerplatzt nicht mit einem lauten Knall. Es ist eher, als würde aus einem Ballon ganz langsam die Luft gelassen. Ich habe auf meiner Lebensweglaufbahn mal wieder eine Vierhundert-Meter-Runde gedreht. Jetzt stehe ich hechelnd am Ziel – am Start – und überlege, mit welcher Motivation ich die nächsten vierhundert Meter absolvieren soll. Aus dem Nebel in meinem Kopf schieben sich kurze klare Sätze nach vorne. Es ist egal, ob ich zu alt für die Uni bin – mir ist die Uni zu jung. Ich will nicht mehr auf Mitbring-Partys gehen. Ich möchte nie wieder Schlammbowle trinken. Ich möchte keine Diskussionen darüber führen, dass ja eigentlich der Kommunismus die richtige Gesellschaftsform sei. Ich möchte nie wieder Prüfungslampenfieber haben. Ich möchte meine Mahlzeiten nicht nach Gewicht bezahlen müssen. Ich will gar nicht umsonst U-Bahn fahren.

Wenn ich gerne Maschinen bauen würde, würde ich Maschinenbau studieren.

Wenn ich gerne mit Strom spielte, würde ich Elektrotechnik studieren.

Wenn ich den Wirtschaftsteil der Zeitung verstehen wollte, würde ich BWL studieren. (Oder Torsten fragen.)

Warum in aller Welt wollte ich noch mal Soziologie studieren?

Will ich mich wirklich ein halbes Jahr mit »Geschlechterverhältnissen« befassen oder gar mit »Lebenslaufforschung«? Ich kenne meinen Lebenslauf, einige wenige andere rudimentär. Das reicht mir.

Es ist entschieden: Ich kümmere mich jetzt um meinen ganz eigenen Lebenslauf, der ja zurzeit eher so ein Lebensschlendern ist. Warum nur habe ich mir dieses Studium verschrieben? Um mich wertvoll zu fühlen? Aktiv? Wem genau wollte ich was beweisen?

Wen wollte ich beeindrucken? Ich erinnere mich an eine Diskussion mit Rolf. Ich hatte eine Sendung im Fernsehen rund ums Schneewandern gesehen und ihm danach begeistert vorgeschlagen, das auch mal zusammen zu machen.

»Du wanderst doch gar nicht gerne«, hatte er gesagt.

»Aber im Schnee ist das bestimmt anders. Das ist sogar etwas ganz anderes«, hatte ich geantwortet.

»Du magst Schnee eigentlich nicht so sehr, oder?«, hatte er freundlich nachgefragt.

»Unseren Schnee hier mag ich nicht. Der ist schmutzig und nass. In den Bergen ist auch der Schnee ganz anders«, hatte ich gekontert.

»Ich könnte mir vorstellen, dass dich die Stille da nervös macht. Wir haben nicht umsonst fünf Radios überall im Haus verteilt, oder?«

»Ich könnte mir Musik mitnehmen und über Kopfhörer hören.«

Rolf hatte den Kopf ein bisschen schief gelegt und mich angegrinst. Ich musste dann selber lachen. Ich wäre so gerne eine Frau gewesen, die die Ruhe der Berge genießt, die eigene Bewegung, das Panorama. Aber ich bin es nicht. War es nie. Manche Erkenntnisse sind unschön. Und genau jetzt trifft mich wieder so eine. Ich wollte jemand anders sein. Aber ich komme aus meiner Haut nicht raus und in kein Kostüm rein. Ich bin richtig erleichtert, als ich das feststelle.

Gut gelaunt raffe ich alle Zettel rund um meine Wahnvorstellung »Uni« zusammen und stopfe sie in die Altpapiertonne. Schnell lasse ich auch das neue Etui verschwinden, das ich mir extra gekauft hatte. Mit Lineal, Textmarkern und eigenem Fach für Büroklammern. Wie peinlich.

Soll Torsten ruhig triumphieren und irgendeinen Satz mit »Ich habe es doch gleich gesagt« anfangen. Ich werde ganz ruhig und gelassen bleiben und nicht erwidern, dass ich Annalena auch gleich gesagt habe, dass er ein Arschloch sei, und ich sicher sei, dass sie das über kurz oder lang merken werde. Ich denke an meine Koch-Hörspiel-Kids und die anderen Frauen aus der Neis-Turngruppe. Das ist schon alles neu genug. Und gut genug.

44

Ich zucke zusammen, als es klingelt. Bitte nicht. Bitte, lieber Gott, lass das jetzt nicht diesen Sanders sein, der mir reumütig, orientierungslos und mit waidwundem Blick doch wieder sein zerknittertes Herz vor die Couch legt. So wie Katzen halbangefressene Mäuse als Opfer bringen. Und, noch was, lieber Gott, lass das jetzt bitte auch nicht die familiengeschädigte Mutti sein, die wissen will, ob es wohl zu egoistisch sei, wenn sie mal abends alleine ins Kino gehen wolle. Vorausgesetzt, der Film habe keine Überlänge.

Vor mir steht leider doch ein Fall für die Couch. Allerdings ein familieninterner.

»Hast du kurz Zeit?«, fragt Annalena, und ihrem Tonfall ist anzuhören, dass das Gespräch wohl eher nicht ganz so »kurz« wird.

Ich dirigiere sie ins Wohnzimmer, knipse im Vorbeigehen die Kaffeemaschine an.

»Mein Prof hat mich gefragt, ob ich mit ihm nach London gehe«, gesteht sie endlich.

Ich kenne jetzt ihren Prof nicht, aber ich bin mir sicher, dass ich ihn sympathischer als Torsten finden werde. Ich hoffe nur sehr, dass er noch keine grauen Haare hat. Da finde ich keine Haare doch besser.

»Ist er verheiratet?«, frage ich leise.

»Klar. Der hat sogar drei oder vier Kinder. Warum?«

Warum? Weil ich nicht möchte, dass meine Tochter – auch

wenn sie aussieht wie Mireille Mathieu – mit einem älteren Mann verliebt Fisch und Chips mampft, während seine Exfrau hier die drei oder vier vaterlosen Kinder alleine großziehen und satt kriegen muss. Dafür hatten Rolf und ich Annalena eigentlich nicht zum Studium gedrängt. Ich formuliere meine Bedenken etwas anders.

»Hast du keine Skrupel?«

»Deswegen sitze ich ja hier und frage dich. Ich bin mir einfach nicht sicher, ob ich Torsten jetzt alleine lassen kann. Er ist gerade in so einer wichtigen Phase seines Studiums.«

Was für ein Monster habe ich da großgezogen? Sie hat keinerlei Bedenken, den Kindern den Vater wegzuschnappen, aber sie sorgt sich um ihren überheblichen, selbstüberschätzenden, arroganten, selbstherrlichen und auch unattraktiven Freund, weil der – wie seit Jahren schon – in einer wichtigen Phase seiner Berufsausbildung steckt.

»Ich glaube, um Torsten musst du dir keine Sorgen machen. Wenn er wirklich mal irgendwann einen Beruf und eine Arbeitsstelle haben sollte, muss er da auch alleine hingehen. Der schafft das schon. Für den Zweifelsfall schreibst du ihm einfach einen Zettel. Da schreibst du drauf: Einatmen. Ausatmen. Auf den Zettel soll er gucken, wenn er gar nicht mehr weiterweiß.«

»Er sagt ja auch, dass ich ruhig gehen soll.«

Was? Kriegt er vielleicht ein paar Bonuspunkte von diesem notgeilen Professor, weil er ihm seine Freundin abtritt? Was sind das denn für Schweinereien!

»Er sagt, dass das eine große Chance für mich sei. Mein Professor baut da einen neuen Lehrstuhl auf. Und zwar genau zu dem Thema meiner Studienarbeit. Ich könnte als Hilfskraft da ein paar Stunden in der Woche arbeiten und nebenbei das Studium abschließen.«

Ich rette mich zur Kaffeemaschine und gehe erst wieder ins

Wohnzimmer, als meine Gesichtsfarbe als normal durchblutet durchgeht. Wie hatte ich wirklich glauben können, meine intelligente, empathische und attraktive Tochter könne mit einem senilen und verheirateten Wissenschaftler durchbrennen?

»Wo ist dann das Problem? Pack deine Koffer.«

»Torsten gibt aber auch zu bedenken, dass ich mich thematisch da sehr von meinem Professor abhängig mache.«

Ihm wäre natürlich lieber, Annalena wäre dauerhaft nur von ihm abhängig.

»Und dass es für ihn natürlich dann sehr schwer würde. Er macht ja nebenbei gerade noch ein Praktikum bei so einem Wirtschaftsdienst und müsste zusätzlich noch ganz alleine den Haushalt schmeißen. Das ist natürlich fast unmöglich, wo er doch gerade auf das Auto verzichten muss und von öffentlichen Verkehrsmitteln abhängig ist.«

»Liebste Tochter, soweit ich weiß, ist dein Herzallerliebster bislang noch nie Bus oder Bahn gefahren, weil du ihn überall hinkutschierst. Und dass er gerade ohne Führerschein ist, hat ja auch seinen Grund. Wer mit hundertvierzig Stundenkilometern durch eine Baustelle rast, muss einfach mal ausgebremst werden. Und wenn ich mich richtig erinnere, sieht sein Praktikum so aus, dass er einmal in der Woche mit so einer Drückerkolonne von Tür zu Tür zieht, um Leuten Versicherungen aufzuschwatzen, die diese erstens nicht brauchen und zweitens meist auch gar nicht bezahlen können. Das findet nicht wirklich meine volle Anerkennung. Wenn du also nicht nach London gehst, weil du deinem Freund die Socken sortieren und die Bettwäsche bügeln musst, verhaue ich dir den Po. So.«

Sie starrt mich an.

»Wahrscheinlich hast du Recht«, ringt sie sich irgendwann ab.

»Das habe ich. Wenn es dich beruhigt: Ich werde einmal die Woche bei deinem Patienten vorbeischauen. Wenn er mehr als zehn Kilo abgenommen hat, in der Küche die Schaben Tango tanzen oder er mehr Flecken auf der Kleidung hat als verbliebene Haare auf dem Kopf, greife ich ein.«

Sie lächelt dankbar und verabschiedet sich sogar mit Küsschen.

Ich hätte sie vielleicht mal fragen sollen, für wie lange sie in London verweilen will. Nicht dass ich am Ende wirklich Pflegefall Torsten am Bein habe!

45

Hat der liebe Gott mir gerade nicht zugehört? Hatte ich nicht beteuert, dass ich heute so gar keine Lust auf meine hysterische Hausfrauenmutti habe? War der liebe Gott wohl gerade auf der anderen Leitung oder hat auf Facebook neue Freunde gesucht? Ich bin noch nicht wieder im Wohnzimmer, als es schon wieder läutet. Mutti sieht blass aus, als sie sich auf ihren Stammplatz setzt. Sie presst die Lippen so fest aufeinander, dass sogar die ganz blutleer wirken.

»Wie geht es Ihnen?«, frage ich höflich. Parallel beauftrage ich ein paar Gehirnzellen, sich Gedanken darüber zu machen, wie ich diese Frau schadensfrei als geheilt entlassen kann. Oder ich gebe ihr zu verstehen, dass sie eine solch komplexe Persönlichkeit sei, dass ich damit definitiv überfordert wäre und sie sich einen anderen Therapeuten suchen solle.

»Danke, gut.«

Sehr gesprächig ist sie heute nicht. Vielleicht sollte ich sie was malen lassen. Macht man so was nicht auch mal in Therapien?

»Wie war der Besuch der Gartenschau?«

Vielleicht könnte ich sie ein paar Blumen malen lassen. Das baut sie bestimmt wieder auf. Ich könnte ja schnell das Etui aus dem Müll holen. Dann hätte ich es nicht ganz vergebens gekauft.

»War sehr schön.«

Mir fällt ein, dass ich vorhin Kaffeeprütt in den Müll geworfen habe. Direkt auf das Etui. Mist. Also verfalle ich auf mein bevorzugtes Stilmittel. Ich sage einfach mal nichts.

Mutti hält die Stille keine Minute aus. »Meine Familie hat den Tag ohne mich auch überstanden.«

»War das Chaos sehr schlimm?«

Sie schürzt die Lippen und seufzt. »Nein, es ging eigentlich. Die Schuhe lagen kreuz und quer im Weg. Ich wäre fast gestürzt. Die drei waren schwimmen im neuen Spaßbad, und danach haben sie einfachheitshalber in der Stadt gegessen.«

»Wo waren sie denn essen? Ich bin immer dankbar für gute Restaurantempfehlungen.«

»Sie waren in der neuen Currywurstbude am Bahnhof.«

»Hatten Sie nicht erwähnt, dass Ihre Tochter kein Fleisch isst und dass Ihr Mann nur Gedünstetes essen darf?«

Sie guckt aus dem Fenster. »Wenn ich weg bin, ist das ein Ausnahmezustand. Da ist das mal möglich. Hauptsache, sie essen überhaupt. Da muss man mal fünfe gerade sein lassen.«

Es fällt mir verdammt schwer, nicht zu grinsen. Die gute Frau guckt beleidigt aus dem Fenster. Da opfert sie sich seit Jahren auf, arbeitet unaufhörlich daran, sich absolut unabkömmlich zu machen. Und was passiert, als sie sich für wenige Stunden von ihrer Homebase entfernt? Nichts! Außer dass die Familie die Schuhe nicht geordnet im Flur zurücklässt und Mutti *fast* gestürzt wäre. Die Zurückgebliebenen brechen nicht zusammen. Sie rufen nicht nach zwei Stunden an, weil sie völlig orientierungslos erst jetzt den wahren Wert der Mutter erkennen. Sie schwören nicht per SMS, dass sie diese von nun ab lieben und ehren werden. Sie gehen plantschen! Sie haben Spaß! Und danach gibt es lecker Essen mit E 105 bis 127.

»Es ist doch schön für Sie zu wissen, dass Sie auch mal an sich selber denken können und die Familie trotzdem überlebt«, gebe ich ein positives Feedback. *Das* wollte sie definitiv nicht hören.

»Ja, für einen Tag geht so was mal. Aber das darf natürlich nicht zur Regel werden. Haben Sie eigentlich Kinder?«, fragt sie erstaunlich aggressiv.

»Eine Tochter.«

»Ein Kind ist kein Kind. Das läuft ja so nebenbei. Aber zwei Kinder machen wirklich Arbeit. Da muss man sich rund um die Uhr kümmern. Einen Mann haben Sie auch nicht, oder?«

Wer stellt jetzt hier eigentlich die Fragen? »Mein Mann ist verstorben.« Wieso sagt man eigentlich »verstorben« und nicht »gestorben«? Soll das weniger schlimm klingen?

»Dann ist Ihr Haushalt ja mit links gemacht. Aber vier Personen – das ist schon ein logistischer Kraftakt.«

Soll ich jetzt dankbar sein, dass ich keinen Mann mehr habe, der krümelt und Wäsche beschmutzt? Ich hole ganz tief Luft und lasse sie ganz, ganz langsam wieder raus. Nur um nicht das zu sagen, was mir alles durch den Kopf fliegt. Und plötzlich weiß ich, an was mich die Frau erinnert. An eine Leberwurst. Und das nicht nur wegen des bräunlichen Kostüms, das sie trägt. Sie ist eine beleidigte Leberwurst. Sie wollte überhaupt nie, dass ich ihr helfe. Sie wollte das Mutterkreuz verliehen bekommen. Sie wollte unendliche Anerkennung für ihren unermüdlichen Einsatz, für ihr Martyrium im Namen der Familie. Ich hätte angesichts ihrer unendlichen Opferbereitschaft auf die Knie gehen sollen. Aber irgendwas in ihrem Plan ist schiefgelaufen, und ich bin die einzige Zeugin ihrer Niederlage. Ich bin die Einzige, die weiß, dass Muttchen für ihre Liebsten durchaus mal abkömmlich ist. Sie muss mich hassen.

»Ich denke auch, dass ich jetzt diesen Platz freimachen muss. Es gibt ja so viele, die dringend therapeutische Hilfe brauchen. Das hört man ja immer wieder im Fernsehen. Da möchte ich einfach nicht weiter Ihre Zeit in Anspruch nehmen.«

Wie gütig von ihr. Natürlich will sie mich nicht mehr sehen.

»Sie haben Zeit zum Fernsehen?«, frage ich gehässig. Sie ignoriert meinen Einwand leider.

»Außerdem kann ich mir die Besuche hier zeitlich gar nicht mehr erlauben. Franziska ist in Mathe auf eine Vier abgerutscht. Da gibt es jetzt einiges für mich zu tun. Mutter sein heißt eben auch mal zurückzustecken. Wenn die Kinder erstmal aus dem Haus sind, kann ich mich immer noch um mich kümmern.«

Ich kann sie nur anstarren. Ich weiß genau, wenn ihre Kinder aus dem Haus sind, wird sie sich einen Hund kaufen, unter dem sie leiden kann. Oder sie wird über die ewige Gartenarbeit stöhnen. Sie wird sich ein bescheuertes Amt suchen – Schriftführerin im Hausfrauenverein – und sich permanent beklagen über die viele Arbeit. Darüber, dass wie immer alles an ihr hängen bleibt.

Sie will leiden. Diese Frau würde sterben, wenn es ihr gut ginge.

Ich bin so glücklich, als sie weg ist. Weil sie weg ist. Und weil ich gerne glücklich bin und mir das gerade seit langem mal wieder auffällt.

46

Trude hat ein richtiges Drehbuch geschrieben. Außerdem bestimmt sie, dass Magnus den Koch spricht, Ann-Kristin die japanische Punk-Barbie und Lennart die Eieruhr in Form eines Kükens. Lennart wehrt sich noch nicht mal, dass er das Küken sein soll. Trude selber macht die Erzählerin, und Joel ist für die Geräusche zuständig. Welche Rolle ich habe, sagt sie mir nicht. Dafür hat Trude kurzerhand den gesamten Plot geändert. Der Koch hat die Punk-Barbie gefunden und will sie am Wochenende seiner Enkelin schenken. Er hat sie neben die Eieruhr ins Regal gesetzt. Als die Barbie irgendwann nach einem Messer greifen will, das erstaunlicherweise auch im Regal liegt, mischt sich das kleine gelbe Küken mit einem »Vorsicht« ein. So beginnt die Unterhaltung zwischen West und Ost, und im Laufe der nächsten fünfundvierzig Minuten erklärt das Küken dem japanischen Wesen die Welt der Küche. Dass man den Kühlschrank nicht so lange auflassen darf, dass elektrische Messer ganz gefährlich sind, dass eine Brotschneidemaschine innerhalb weniger Sekunden Plastikkonfetti aus der Barbie machen könnte, dass man Kartoffelpüree auch ohne Pulver machen kann. Wie man mit Messer und Gabel isst. Lauter so Sachen. Ja, Trude ist irgendwie eine nervige Besserwisserin, aber sie ist auch toll. Sie hat Ideen, nimmt die Dinge in die Hand. Sie wird schon gelernt haben, dass sie keiner wegen ihrer Schönheit mag. Deswegen hat sie sich was einfallen lassen. Und alleine dafür mag ich sie.

Die beiden Jungs, die das Ganze aufnehmen, haben totalen Spaß. Ich habe sie über die Bücherei rekrutiert, sie bedienen offenbar sonst die Mikros und Lautsprecher, wenn im Haus Lesungen sind. Vor allem als die kleine Barbie flüstert: »Ich klettere jetzt heimlich in den Kühlschrank und sage dir hinterher, ob wirklich das Licht ausgeht, wenn die Tür zu ist«, müssen sie kichern. Auch Joel macht sich richtig gut. Er wirft zur richtigen Zeit den Mixer an (das Küken erklärt gerade, dass man Keksteig selber machen kann), er spielt den Eierschneider wie eine kleine Harfe und legt sogar ein kurzes Trommelsolo mit Kochlöffel auf drei Töpfen hin. Mir kommt doch noch eine sehr wichtige Aufgabe zu. Ich darf Fett in einer Pfanne erhitzen und schließlich ein paar Wassertropfen reinschleudern. Trude erklärt den Kindern nach dem lauten Zischen, wie gefährlich heißes Fett sein kann. Weil danach das Wasser für ein lustiges »Teller-und-Töpfe-Schaumbad« angestellt wird (so wird Barbie Spülen erklärt), höre ich nicht, wie jemand reinkommt. Ich schrecke richtig zusammen, als eine erstaunte Stimme wissen will: »Was macht ihr denn hier?«

Vor mir steht eine mittelalte Frau mit kurzen roten Haaren.

»Wir nehmen ein Hörbuch auf. Und was machen Sie hier?«, höre ich Trude antworten.

Hätte ich nicht vielleicht was sagen sollen?

»Ich bin Petra Neuenburg und leite zufällig diese Bücherei«, erfahre ich von dem XXL-Pumuckl.

Ich räuspere mich und schiebe mich langsam ins Bild. »Mein Name ist Marita Wallner. Ich bin die neue Märchentante. Eigentlich wollte ich ja was vorlesen, aber dann hatten wir doch die Idee, lieber selber was schreiben zu wollen. Und jetzt nehmen wir eine CD auf. Eine japanische Punk-Barbie lernt gerade die Welt der Küche kennen mit all ihren Gefahren und Geräuschen.« Ich klinge wie eine Frau, die sich besser die Parkplatznummer notiert, ehe sie Parkhaus und Auto verlässt. Schlimmer. Wahrscheinlich klinge ich wie eine Frau, die sich besser auch noch das Kennzeichen des eigenen Wagens notiert.

»Dann will ich nicht weiter stören«, lächelt Frau Neuenburg und setzt sich an einen Tisch. Trude macht einfach weiter mit ihrem Text und stört sich überhaupt nicht daran, dass mich diese Frau da stört. Barbie lernt noch, wie aus schleimigem Eiweiß fluffiger Eischnee gemacht wird, wie Sahne geschlagen wird und dass ein Teekessel sogar pfeifen kann. Ganz zum Schluss kommt Lennarts großer Auftritt. Der Koch hat irgendwas in den Ofen geschoben und stellt seine Eieruhr auf fünfzig Minuten.

»Und ich bin noch nicht mal schwindelfrei«, stöhnt Lennart sehr überzeugend verzweifelt.

Ich bin schon ein bisschen stolz. Ich drehe mich gut gelaunt zu Pumuckl um. Doch die ist weg. Irgendwann hat sich die Büchereileiterin wohl rausgeschlichen. Vielleicht fand sie unsere Kochperformance doch nicht so spannend. Egal.

Die Jungs von der Akustik versprechen mir, bis zum nächsten Treffen die Aufnahmen abgemischt zu haben.

Doch offenbar machen sie es direkt am nächsten Tag. Das erzählt mir eine sehr gut gelaunte Frau Neuenburg am Telefon. Sie hat sich nämlich direkt unsere Aufnahmen angehört, findet sie super-super-gut (wahrscheinlich das passende Adjektiv für einen Film-Film) und verfügt, dass unser Hörspiel Teil des großen Bücherei-Familienfestes am Samstag wird.

»Ich wusste ja gar nicht, was Sie da mit den Kindern Tolles machen. Dieser interaktive Ansatz ist einfach hervorragend. Das müssen wir auf jeden Fall ausbauen. Aber das besprechen wir demnächst. Jetzt feiern wir erstmal die Premiere Ihrer Koch-CD. Seien Sie bitte am Samstag um elf Uhr in der Bücherei. Da präsentieren wir der Presse alle Aktiven unseres

Familienfestes. Den Kindern sage ich natürlich auch Bescheid.«

Ich nicke brav. Ob es im Himmel auch die Bielefelder Nachrichten gibt? Wenn Rolf mich in der Zeitung mit einer Koch-CD sieht, fällt der wahrscheinlich von seiner Wolke.

Wäre ja eigentlich schön.

47

Es war so peinlich. Ich glaube, ich kann Ihnen das gar nicht erzählen, wenn Sie mich dabei angucken.«

Ellen sitzt mit der Körperspannung eines Kirschkernkissens in meiner Küche. Was hat sie wohl getan? Hat sie sich einen Stripper nach Hause bestellt? Oder einen Nacktputzer? Ist sie mit nur einem Mantel bekleidet bei ihrem Exmann aufgetaucht? War sie in einem Fitnessstudio oder in einem Erotikshop?

»Sie müssen es nicht erzählen, wenn Sie nicht wollen«, sage ich vorsichtig. Ich habe einfach Angst, dass jetzt irgendetwas ans Tageslicht kommt, das schon den Einsatz einer echten Therapeutin bedürfte. Ich hätte dieses Lügenspiel längst beenden müssen.

»Doch, ich muss das erzählen. Ich muss das loswerden. Irgendjemand muss mir beteuern, dass das gar nicht so blöd von mir war.«

»Und das bin ich?«

»Ja. Bitte.«

Ich drehe mich auf meinem Hocker um, wende ihr den Rücken zu.

»Gut. Dann erzählen Sie.«

Sie stöhnt leise. Diese Erinnerungen müssen echt traumatisch sein. »Es war so erniedrigend«, beginnt sie leise. »Ich weiß gar nicht, warum ich das getan habe. Wahrscheinlich war es eine Mischung aus Verzweiflung, Neugier und Selbstverachtung.«

Ich bin mir sicher: Sie war in einem Swingerclub und ist von den anwesenden Männern für die Putzfrau gehalten worden. Obwohl: Kann man überhaupt alleine in einen Swingerclub gehen, oder muss man einen Partner zum Tauschen mitbringen? Ich bin mir gar nicht sicher.

»Wissen Sie, was Speed-Dating ist? Das ist Akkord-Flirten. Der Horror. Eine Freundin hatte mir davon erzählt. Sieben Frauen und sieben Männer werden in eine Bar zitiert, und dann müssen sie sich unterhalten. Ist wie eine Art Verkaufsveranstaltung und Bewerbungsgespräch im Akkord. Und nachdem mir mein Ex neulich erzählt hat, dass er mit seiner Neuen für drei Wochen nach Gomera fliegt, habe ich mich für diesen Quatsch angemeldet. Ich musste mit ihm immer in den letzten Zipfel Schwedens. Ich wäre so gerne auch mal in die Sonne geflogen.«

»Und bei diesem Hochgeschwindigkeitstreffen wollten Sie einen Reisepartner kennenlernen?«, frage ich den Kaktus auf meiner Fensterbank.

»Ich wollte irgendjemanden kennenlernen, der nett zu mir ist. Das hätte mir schon gereicht. Und raten Sie mal, wie viele der Typen von diesem Dating hinterher angekreuzt haben, dass sie Nummer drei wiedersehen wollen? Keiner! Ich war Nummer drei.«

»Und Sie wollten einen von diesen Männern wiedersehen?«

»Um Himmels willen. Niemals. Dieses erste Treffen mit allen von denen war schon eins zu viel. Ich hätte nur gerne gewollt, dass einer von denen gewollt hätte. Aber das ist ja gar nicht das Schlimmste. Am schlimmsten war ich. Ich war mir selber so peinlich. Ich habe mich angeboten wie Gebäck vom Vortag. Ich habe bei den langweiligsten Storys Interesse geheuchelt. Einer der Männer hat mich gefragt, ob ich mich fürs Fliegenfischen begeistern könnte. Ich habe ihm allen Ernstes geantwortet, dass das bestimmt ein sehr beruhigendes Hobby ist und viel Konzentration erfordere. Und dass ich Männer bewundere, die die Geduld und Gelassenheit dafür mitbringen. Wieso habe ich ihm nicht gleich vorgeschlagen, dass wir das ja mal ausprobieren könnten? Ich kenne da hervorragende Orte im letzten Zipfel Schwedens. Ein anderer hat mir die ganze Zeit von seiner Exfrau vorgeschwärmt. Und ich habe mir das brav angehört. Warum?«

»Aus Höflichkeit?«

Sie überlegt kurz. »Vielleicht. Vielleicht aber auch, weil ich hoffe: Wenn ich zu jemandem nett bin, ist der auch nett zu mir. Als ich allerdings mal was erzählen wollte, waren die sieben Minuten rum. Und dann hat dieser Blödmann sich allen Ernstes für das angenehme Gespräch bedankt.«

»Ich finde, Sie sollten sich jetzt erstmal richtig freuen, dass Sie keiner wiedersehen will. Wenn ein totaler Blödmann Sie wiedertreffen wollte, hieße das ja, er glaubt, Sie seien ihm irgendwie ähnlich. Also blöd. Wenn ein total Hässlicher einen treffen will, heißt das doch nur, dass er sich für ähnlich attraktiv hält. Seien Sie froh, dass keiner der Männer Sie ausgesucht hat.«

Während ich in der Stille hören kann, wie Ellen über meine Worte nachdenkt, schrillt das Telefon. Ich ignoriere es. Eine richtige Therapeutin würde wahrscheinlich auch nicht abheben, wenn sie gerade eine Patientin dahätte. Das Telefon verstummt, dafür klingelt das Handy.

»Gehen Sie ruhig ran. Scheint wichtig zu sein«, meint Ellen.

Ich melde mich leise nur mit »Ja?«.

»Mama, bist du das? Mama, ich muss mit dir reden.« Annalena ist absolut aufgelöst.

»Ich bin gerade mitten in einer Sitzung«, sage ich nun völlig überfordert.

»In einer Sitzung? Was denn für eine Sitzung? Bist du auf dem Klo, oder was? Wieso gehst du denn dann ans Telefon?«

Ich ignoriere alle ihre Fragen. »Warum kommst du nicht gleich vorbei?«

»Das mache ich. Ich packe nur eben ein paar Sachen.«

Ich hoffe so sehr, dass ich sie falsch verstanden habe.

Ich überlege, ob ich mich wieder mit dem Rücken zu Ellen setzen soll, aber ich kann den Kaktus echt nicht mehr sehen.

»Es hat uns keiner versprochen, dass man die ganz peinlichen Fehler nur mit siebzehn macht«, sage ich leise.

Sie lächelt ganz kurz zurück. Als sie die Jacke anzieht, wirkt sie zumindest entspannter als noch vor fünfundvierzig Minuten. Eine Frage kann ich mir nicht verkneifen. »Waren die Männer wirklich alle so schlimm?«

»Das waren ganz normale Männer. Aber alle haben so getan, als hätten sie ja überhaupt keine Probleme, Frauen kennenzulernen. Als seien sie nur alle so fürchterlich beruflich eingespannt, dass sie für solche Dinge einfach keine Zeit hätten. Ich hatte das Gefühl, ich sitze da mit der Weltherrschaft. Die haben sich alle so fürchterlich wichtiggemacht. Und ich mag es einfach nicht, wenn man mir was vorgaukeln will.«

Der letzte Satz trifft mich wie ein Tritt auf mein Hühnerauge.

48

Sie hat wirklich ihren kleinen Rollkoffer dabei. Immerhin, es hätte auch ihr großer Alles-geht-rein-Koffer sein können. Annalena haucht mir zwei Küsse neben die Wangen und brummt: »Ich hole mal eben den Rest.« Der Rest *ist* der Alles-geht-rein-Koffer, der nun meinen gesamten Flur versperrt.

Erschöpft lässt sie sich auf meine Couch fallen. »Torsten ist so ein Arsch.«

Sie sagt das wirklich, als sei das eine neue Erkenntnis. »Seit wann weißt du das?«

»Genau seit gestern Abend Viertel nach acht. Ich wollte eigentlich ›Dschungelcamp‹ gucken. Stattdessen hat Torsten mir mitgeteilt, dass ich nicht nach London gehen könnte. Seine Schwester Sybille ist vorgestern gestürzt und hat sich blöderweise das Bein total kompliziert gebrochen. Die hat heute ein paar Schrauben in die Knochen bekommen und liegt erstmal flach. Und weil sein Bruder Olaf das Geschäft leitet und Torstens Schwager für die Firma gerade den asiatischen Markt abgrast, hat der Senior bestimmt, dass Torsten sich jetzt um seine Nichten kümmern müsse.«

»Heinz-Horst will tatsächlich Torsten auf die Zwillinge loslassen? Die rufen nach vier Stunden von sich aus beim Jugendamt an.«

»Die können noch nicht reden. Aber Torsten findet auch, dass das keine Aufgabe für einen Mann – also einen Mann wie ihn – sei. Und deswegen solle ich das machen. Schließlich könne ich da schon mal schön für unsere Kinder üben. Ganz nebenbei hat er auch noch verkündet, dass er gerne nächstes Jahr mit der Produktion des eigenen Nachwuchses anfangen wolle. Er habe einen Bericht über Spätgebärende gesehen und darüber, dass die nach der Geburt oft Probleme mit Rückbildung hätten.«

»Interessant, was dein Freund sich so im Fernsehen ansieht. Warum sollte das so sein?«

»Ist doch klar, wenn die Haut vorher schon schlaff war, kriegst du die nach so einer Schwangerschaft wahrscheinlich gar nicht mehr in Form.«

»Sagt ein Mann, der sein Doppelkinn nur mit zu engen Rollkragenpullis in den Griff bekommt.«

»Wie bitte?«

»Schon gut. Es hat also richtig gekracht bei euch. Wie lange dauert das in der Regel so? Ich meine: Schläfst du eine Nacht bei mir mit im Bett, oder lohnt es sich, die Couch zu beziehen?«

Ich sehe jetzt erst, dass Annalenas Mascara schon fast ihren Mundwinkel erreicht hat. Sie heult. »Es hat nicht gekracht. Es ist aus. Ich habe ihn gefragt, was er glaubt, wofür ich studiere? Um demnächst unseren Kindern die Grundlagen des Wirtschaftssystems im Spielkaufladen zu erläutern? Und er hat ernsthaft gesagt, dass es für Kinder sehr wichtig sei, dass die Mutter auch eine adäquate Bildung mitbrächte.«

»Wieso auch?«, streue ich ein, aber sie ignoriert mich und schnütet laut.

»Ich könne später, wenn die Kinder anderweitig betreut werden könnten, immer noch arbeiten gehen. Aber in den ersten Jahren gehöre eine Mutter zu ihren Kindern. Das sei schließlich die prägende Zeit, und die könne man nicht outsourcen.«

»Wieso Plural? Wie oft will dieser Macho sich denn vermehren?«

»Torsten möchte zwei Kinder und mindestens einen Sohn.«

»Und welche Tochter gebt ihr weg, wenn erst nach zwei Mädchen der Stammhalter kommt?«

»*Mama!*«

»Lenchen, Süße, ich will dir doch nur klarmachen, was dieser feine Herr da für eine Scheiße von sich gibt. Sei froh, dass ihr die Wohnung noch nicht endgültig gekauft habt.« (Eigentlich gehört »Scheiße« ja nicht zu meinem aktiven Wortschatz. Wahrscheinlich tut mir der Umgang mit Joel, Magnus, Trude und Co doch nicht so gut. Sollte nicht eigentlich ich die Kinder beeinflussen?)

»Ich wünsche mir so sehr, dass es ihm jetzt schlecht geht. Dass er heute Abend alleine vor einem traurigen Wurstbrot am Küchentisch sitzt und ihm klar wird, was er gerade verloren hat.«

»Heute Abend ist Championsleague.« Ich weiß das, weil ich heute ewig beim Bäcker warten musste und in der Zeit fast das ganze Deckblatt der Tageszeitung auswendig gelernt habe.

»Dann könnte ich eigentlich noch eben die restlichen Sachen holen. Der kriegt das gar nicht mit, solange ich den Fernseher nicht anrühre.«

Was für restliche Sachen? Will sie noch Möbel einpacken oder Geschirr? Hat das nicht etwas Zeit? Bis sie vielleicht eine eigene neue Wohnung gefunden hat?

»Warte damit doch noch. Vielleicht renkt sich ja doch wieder alles ein«, höre ich mich doch tatsächlich sagen.

Will ich wirklich meine einzige Tochter einem leicht adipösen und schwer vermittelbaren Typen zum Fraß vorwerfen, nur damit Annalena nicht hier einzieht?

Aber ich möchte einfach nicht wieder als Mama wohnen.

Ich möchte nicht wieder anfangen zu fragen, ob sie auch gegessen hat und wann sie nach Hause kommt.

Ich möchte mich nicht mehr über feuchte fremde Handtücher auf meinem Badezimmerboden ärgern.

Ich möchte Ellen nächste Woche wiedersehen.

»Da renkt sich gar nichts mehr ein. Ich würde ihm lieber was ausrenken«, sagt Annalena boshaft.

Anderthalb Flaschen Chardonnay später liegen wir auf der Couch und kichern. Wir stellen uns vor, wie Torsten zwischen Pürierstab, Popocreme, zwischen Fläschchenwärmer und Feuchttuchdose hin und her rennt. Dazwischen liegt die eingegipste Sybille und gibt Anweisungen: Sina stinkt, die braucht eine neue Windel. Mona hat noch kein Bäuerchen gemacht. Sina hat ihren Schnuller verloren. Beeil dich, gleich fängt das Babyschwimmen an.

Die Vorstellung ist wirklich eine verdiente Entschädigung für ungezählte Stunden, in denen Torsten mich bis an die Grenze des Sekundenschlafes gelangweilt hat.

Mit dem letzten Schluck Wein trinke ich mir genug Mut an. »Ich höre mit dem Studium übrigens wieder auf.«

Annalena richtet sich auf. »Du hörst doch wohl nicht auf Torsten, oder?«

Ich lege meine Stirn in Falten und frage sie grinsend: »Wer ist Torsten?«

Beruhigt lehnt sie sich wieder in die Couch. Sie fragt nicht, warum und wieso. Das finde ich gut. Noch besser finde ich ihren Vorschlag, dass ich meine Einschreibung vielleicht annullieren lassen könnte. »Dann bekommst du wenigstens die Semestergebühr zurück.«

»Du meinst, ich soll mein Studium so annullieren, wie man eine Ehe annulliert, die nicht vollzogen wurde?«

Sie nickt heftig.

Wirklich keine schlechte Idee. Und vollzogen habe ich mein Studium wahrlich nicht.

Am nächsten Morgen tun Annalena und ich das, was wir längst hätten tun sollen. Wir gehen zusammen auf den Friedhof. Ich merke erst jetzt, wie fürchterlich alleingelassen ich mich hier sonst so gefühlt habe. Mit meiner Tochter an der

Seite fühlt sich die Trauer einen Hauch erträglicher an. Als sie meine Hand nimmt, spüre ich, dass es ihr ähnlich geht. Ich ahne, was in ihr vorgeht. Wird sie Torsten jemals so lieben, wie ich ihren Vater geliebt habe? Ich kenne die Antwort.

Ich hoffe, Annalena auch.

49

Als ich in die Bücherei komme, bin ich so aufgeregt wie bei meiner mündlichen Abiprüfung. Da war ich allerdings zu Recht nervös. Ich hatte Mathe als mündliches Fach gewählt und mir eine ganz klare Strategie zurechtgelegt. Ich habe einfach alles erzählt, was ich so wusste, und die Aufgabe an der Tafel ignoriert. Im Nachhinein glaube ich, dass die vier Punkte dafür reines Mitleid waren.

Eine Hitzewelle fließt meinen Körper entlang und setzt mein Deo außer Kraft, gleichzeitig sind meine Hände und Füße eiskalt. Es ist schon jetzt unglaublich voll in der Stadtbibliothek. Die Sonne knallt durch das Glasdach und verwandelt den Raum in ein überfülltes Treibhaus. Mir war nicht klar, was für ein Event das wird und was die hier alle so treiben. Frau Neuenburger drückt mir einen Ablaufzettel in die Hand, redet dabei ununterbrochen auf mich und alle anderen Umstehenden ein. Ich bin richtig froh, als »meine« Kids endlich kommen und ich vertraute Gesichter sehe. Alle fünf ziehen eine riesige Entourage hinter sich her. Eltern, Geschwister, Omas, Opas, Nachbarn. Alle sind fürchterlich aufgeregt und wollen von mir wissen, wie ich auf diese tolle Idee gekommen sei, ob ich schon Ideen für ein Nachfolgeprojekt habe und so weiter und so fort. Ich flüchte aufs Klo. Erschöpft lasse ich mich auf den Klodeckel fallen, starre auf den Programmzettel. Und erstarre. Die übereifrige Frau Neuenburger hat unser Hörbuch allen Ernstes »Mit anderen Augen« betitelt.

Ein Hörbuch.

Mit einer japanischen Hauptprotagonistin.

Mit anderen Augen.

Wie blöd ist das denn?

Jetzt muss mir eigentlich gar nichts mehr peinlich sein.

Die Premiere unserer Koch-CD geht wie ein Rausch an mir vorbei. Ich höre den Mixer, die Brotmaschine, Lennarts süße Stimme, das Wasser im Öl zischen, und die ganze Zeit denke ich an Rolf. Ich würde zwanzig Kilo Übergewicht hinnehmen, wenn er dafür jetzt bei mir sein könnte. Die Frage ist nur, ob er dann bei mir sein *wollte*.

Kurz vor Schluss halte ich es nicht mehr aus. Ich schleiche aus dem Raum, aus der Bücherei. Ich habe richtig Schiss davor, dass nach dem letzten Wort alle versteinert dasitzen und sich fragen: Was war das denn für ein Mist?

Den Abend verbringe mit einer extrem gut gelaunten Kirsten. Sie klingt schon am Telefon, als habe sie sich gerade Red Bull gespritzt, will aber noch nichts verraten. Gegen sieben schlägt sie mit dem Rund-um-glücklich-Paket aus der Karstadt-Feinkostabteilung bei mir auf. Nachdem sie das erste Glas Champagner geext hat, lässt sie die Katze aus dem Sack.

»Meine Schwiegermutter bin ich los.« Sie lehnt sich genüsslich zurück und lässt sich eine Olive samt Mandel in den Mund fallen.

Ich kriege spontan eine Gänsehaut.

»Was hast du getan?«, flüstere ich.

Sie lacht auf: »Nichts. Gar nichts. War überhaupt nicht nötig. Inge hat von alleine das Feld geräumt. Sie ist quasi auf der Flucht und wohl gerade auf dem Weg nach Teneriffa.«

»Vor wem flieht sie denn?«

»Vor Karl. Karl, der Große, mit dem kleinen Hänger«, prustet Kirsten. Nach einem Lachkrampf sammelt sie sich endlich.

»Also. Inge war ja in letzter Zeit öfter im Internet unterwegs als der durchschnittliche pubertierende Jugendliche. Ich glaube, sie hat schon die goldene Facebook-Card. Auf jeden Fall hat sie da in einer Partnerbörse Karl kennengelernt. Karl mit dem bedeutsamen Benutzernamen ›Der Große‹. Die haben sich wohl ein paar Mal getroffen, und irgendwann ist es wohl wirklich zum Nahkampf gekommen. Ich finde die Vorstellung ja ehrlich gesagt ein bisschen morbide. Aber okay. Auf jeden Fall ist bei Karl wohl im entscheidenden Moment gar nichts groß geworden.«

Kirsten kann die nächste Lachsalve nur mit einem weiteren Glas runterspülen.

»Okay, weiter: Inge war natürlich ganz verständig. Wie Frauen halt so sind. Sie hat ihm geschrieben, das könne ja jedem mal passieren. Es gebe da übrigens sehr gute Medikamente, damit ein Mann auch ein ganzer Mann sein könne. So einen Mist eben. Das alles hat sie dem lieben Karl auf seine schleimige Entschuldigungsmail geantwortet. Allerdings nicht nur Karl.«

Kirsten macht eine bedeutungsschwangere Pause, deren Bedeutung sich mir nicht erschließt.

»Dabei ist die gute Inge leider auf den Knopf ›Allen antworten‹ gekommen. Ups! Und schon hatten alle Menschen, die Inge in ihrem Adressbuch hat, die guten Tipps an Karl in ihrem Postfach. Und Inge hat ein verdammt dickes Adressbuch, seitdem sie rund um die Uhr online ist.«

»Der arme Karl«, finde ich.

»Ja, vor allem, weil eine sehr rege Diskussion im Netz begonnen hat. Männer, die sich bei Karl gemeldet haben und ihm Mut zusprachen. Damen, die Inge unterstellten, sie sei einfach nicht die richtige Frau für einen Mann wie Karl. Vielleicht hätte sie ihn einfach nicht angetörnt. Das wurde Inge alles zu viel, und sie hat kurzfristig beschlossen, die nächsten Monate in einer hübschen kleinen Seniorenresidenz auf Teneriffa zu verbringen.«

Mit zwei weiteren Oliven im Mund ergänzt sie noch: »Irgendwann hat sich sogar rausgestellt, dass der Typ gar nicht Karl hieß. Sondern Heinz oder so. Heinz, der Hänger. Passt doch. Der war auf jeden Fall total panisch, dass seine wahre Identität entdeckt würde. Er ist wohl irgendeine bekannte Größe aus der Handwerksinnung. So ein Großkotz. Vom Frauenhandwerk versteht der allerdings wohl nichts«, prustet sie raus.

In meinem Ohr schrillt eine Alarmglocke. »Du weißt nicht zufällig, wie der mit Nachnamen heißt oder so?«

»Wieso? Nein, mehr weiß ich nicht. Nur, dass er am Klusplatz wohnt. Da war der Ort des Geschehens. Oder vielmehr des Nicht-Geschehens.«

Die Alarmglocke hat maximale Lautstärke erreicht. »Der Fast-Lover deiner Schwiegermutter ist mein Exschwiegervater in spe«, stöhne ich auf.

»Hä?«

»Heinz-Horst. Der Vater von Torsten, von dem Annalena sich just getrennt hat. Karl, der Große. Das passt zu seiner Selbstwahrnehmung.«

Wir kichern unsere Zwerchfelle an die Bauchdecke. Das ist doch wirklich eine sehr interessante Information. Vielleicht könnte ich Heinz-Horst damit erpressen und ihn auffordern, seinen penetranten Sohn ins Exil zu verbannen. Ist Torsten nicht genau der Richtige, um eine Zweigstelle in Sibirien zu leiten?

Vielleicht sollte ich Heinz-Horst schon mal anonym eine CD der »Toten Hosen« schicken.

50

Die Zeit, in der Kinder heimlich unter der Bettdecke mit einer Taschenlampe bewaffnet Bücher verschlungen haben, ist einfach vorbei. Wie wir die folgende Generation trotzdem an die Literatur bekommen, hat Marita Wallner eindrucksvoll bewiesen. Was für ein Ansatz! Die Hauptprotagonistin kommt als perfekte Mischung aus Lillifee und Ninja-Krieger daher und bietet eine hervorragende Identifikationsfigur – der Brechtsche Verfremdungseffekt wäre hier auch völlig fehl am Platz. Die japanische Punk-Barbie führt alle Zuhörer/innen in einen Raum, der Kindern oft fremd ist. Hier können sie erfahren, dass Milch nicht lila aus der Kuh tropft und Reis nicht im Kochbeutel auf die Welt kommt. In einer akustischen Achterbahnfahrt ging es vorbei an Brotmaschine, Dosenöffner und Wasserkocher, bis schließlich atemlos das Ziel erreicht wurde. Gebannt lauschten die Gäste auf dem großen Büchereitag der Vorstellung. Wir freuen uns auf weitere! Schließlich gibt es für die Barbie noch viel zu entdecken: Ob im Straßenverkehr oder im Orchestergraben – die Welt steckt voller Töne.

Drei Mal habe ich den Artikel schon gelesen. Jetzt gucke ich mir selber in die Augen. Ich finde ja, dass ich auf dem Foto im Stadtanzeiger etwas untersetzt wirke. Auch Trude tut mir ein bisschen leid. Der Blitz wurde von ihrem zweistelligen Dioptrienglas reflektiert, und sie sieht aus, als hätte sie eine verspiegelte Sonnenbrille auf.

Auf meinem Anrufbeantworter haben sich seit heute Morgen schon Frau Neuenburger, Kirsten, Annalena (zwei Mal) und Helga verewigt. Helga war nur schwer zu verstehen, weil ihr Nachwuchs offenbar auch telefonieren wollte und permanent in den Hörer kreischte. Warum geben erwachsene Menschen Kleinkindern, die den Code der Artikulation noch nicht geknackt haben, einen Telefonhörer in das – vermutlich bananenbematschte – Händchen? Wenn ich sie richtig verstehe, will sie ihr Kind schon mal für eine der nächsten Hörspielproduktionen anmelden. Prima, ich werde ihn für die Folge »Bei der Feuerwehr« buchen. Der kann prima die Sirene imitieren.

Ich bin so in den Duden vertieft, weil ich unbedingt wissen will, was wohl die Brechtsche Verfremdung ist, dass ich aus Versehen beim nächsten Telefonklingeln abhebe. Es ist eine latent hysterische Frau Neuenburger, die ihre Begeisterung versucht in vollständige Sätze zu pressen. Ich sei eine Entdeckung für ihr Haus, meine didaktische Herangehensweise sei sehr innovativ, ich würde den Kindern ein Sprachrohr für ihren eigenen Erlebnisraum geben und würde nebenbei wissensvermittelnd und spartenübergreifend arbeiten. Kurz: Sie selber würde meine Arbeit jetzt mit anderen Augen sehen. Haha. Und überhaupt hätte sie bereits ein kleines Brainstorming mit sich selber abgehalten – früher hätte man wohl gesagt: Ich habe da mal drüber nachgedacht – und eine Liste mit weiteren Stationen erarbeitet. Wie ich es fände, wenn unsere kleine Barbie demnächst mal ins Krankenhaus müsse? Dieses Themengebiet sei für Kinder ja oft so angstbesetzt. In meinem inneren Ohr höre ich, wie ein Akkuschrauber ein gebrochenes Bein wieder fixiert, und bin mir gerade nicht sicher, ob das wohl angstlösend wirkt. Ich will aber Frau Neuenburgers gute Laune nicht trüben und verspreche, nächste Woche mal zwecks weiterer Planungen bei ihr vorbeizusehen.

Ich habe gerade aufgelegt, als sich ein Blumenstrauß ins Zimmer schiebt. Dahinter grinst mich Annalena an. In der anderen Hand hält sie eine Flasche Sekt. »Mama! Ich wusste das ja gar nicht.«

»Ich auch nicht«, stöhne ich.

Während der ersten Hälfte des Kribbelwassers erzähle ich Annalena die ganze Story von der ersten Märchenstunde bis zur CD. Ich bin ein bisschen stolz. Annalena offenbar auch. Und dann sagt sie: »Das ist genau dein Ding. An der Uni konnte ich mir dich gar nicht so vorstellen. Das war ja wirklich die absolute Kurzschlussreaktion. In der Bücherei bist du eindeutig besser aufgehoben.«

Aufgehoben? Das klingt wie: »Hauptsache, sie ist weg von der Straße.«

Und plötzlich sehe ich Annalenas Schuhe mitten im Flur liegen, in der Küche steht ihre Müslischale von heute Morgen, den Sessel kann man unter der Last ihrer Kleidung nur schemenhaft erahnen. Im Bad trocknen zwei Kaschmirpullis nach der Handwäsche, außerdem hängt da ein Kostüm. Das soll sich allein durch die Macht der Luftfeuchtigkeit wieder glatt ziehen. Keine Ahnung, wo meine Tochter so etwas liest.

Als ich endlich ins Bett gehe, bin ich hellwach. Eine Stimme in mir sagt laut und deutlich, dass hier irgendetwas sehr schiefläuft. Ich versuche mich durch wildes Blättern in einer Frauenzeitschrift in den Schlaf zu wedeln. Klappt sonst immer. Plötzlich stoße ich auf eine ganzseitige Anzeige gegen Potenzprobleme. Was hat das in einer Frauenzeitschrift zu suchen? Werden die auch im Playboy geschaltet? Egal. Ich weiß, was ich zu tun habe.

51

Am nächsten Morgen stehe ich sehr früh auf. Zunächst reiße ich die Anzeige raus und adressiere sie an Heinz-Horst, dann melde ich mich im Internet bei einer Kontaktbörse an. Und zwar einer Studentenkontaktbörse. Nichts von wegen »Für Akademiker und Singles mit Niveau« (wer würde eigentlich von sich selber behaupten, dass er niveaulos sei?). Ich melde mich unter Annalenas Namen an und fülle akribisch und nur ein bisschen geschönt den Fragebogen aus. Vielleicht lernt meine Tochter mal jemanden kennen, dessen Außen- und Selbstwahrnehmung in einem gesunden Verhältnis stehen.

Um elf Uhr sitze ich völlig verschwitzt nach einer weiteren Neis-Sportstunde (samt viel Lob für die Akustik-Performance) im Reisebüro. Ich weiß genau, was ich will. Italien, Toskana, zwei Wochen und auf gar keinen Fall ans Meer. Die Wellen würden doch nur immer Rolfs Namen sagen. Vier Kataloge später habe ich mich entschieden. Für ein kleines Weingut mit noch kleinerem Pool, viel Natur und Streichelzoo. (Obwohl ich auf den auch verzichtet hätte.) Anreise: nächste Woche Samstag. Bis dahin werde ich es mit Annalena wohl noch aus- und sie von reumütiger Rückkehr zu Torsten ohne h abhalten.

Die ganze Zeit liegt mir mein Nachmittagstermin wie ein Medizinball im Magen.

Ellen ist pünktlich. Ich dirigiere sie in die Küche.

»Könnten Sie sich wohl so setzen, dass ich Ihnen nicht in die Augen gucken muss?«, bitte ich sie vorsichtig.

Sie fragt nicht, dreht sich einfach wortlos zum Kaktus auf der Fensterbank um.

Ich fange ganz vorne an. Beim ersten Besuch einer Patientin. Ich erzähle ganz sachlich, wie schuldig ich mich gefühlt habe. Und wie neugierig. Und dass ich mich auf ihre Sitzungen gefreut habe. Weil ich ihre Ängste und Sorgen und Gedanken kenne. Wenn andere die eigenen Peinlichkeiten formulieren, schämt man sich einfach ein bisschen weniger vor sich selbst.

»Es tut mir so leid, dass ich Sie belogen habe. Als Entschuldigung möchte ich Sie einladen. Für Samstag. Und die folgenden zwei Wochen. Ich habe ein kleines Appartement in der Toskana gebucht. Das ist für einen alleine viel zu groß.«

Ich bin fertig und starre Ellens Rücken an. Gefühlte zwei Tage. Endlich dreht sie sich zu mir um.

Ihr Blick ist überrascht, belustigt, irritiert.

»Vamos«, sagt sie lächelnd.

Ich sage nicht, dass das Spanisch ist.

Manchmal ist es ja einfach besser, man sagt nichts weiter.

Virginia Ironside beweist, dass es Spaß macht, die ewige Jugend hinter sich zu lassen.

288 Seiten
ISBN 978-3-442-46868-3
auch als E-Book erhältlich

Generation Silber? Unsinn! Marie Sharp wird demnächst sechzig und damit schlicht alt. Ein Grund zum Feiern, wie sie findet.

256 Seiten
ISBN 978-3-442-47256-7
auch als E-Book erhältlich

Die Lesebrille gehört zum festen Inventar? Kein Grund, das Leben nicht mehr mit froher Entschlossenheit anzupacken!

320 Seiten
ISBN 978-3-442-31310-5
auch als E-Book erhältlich

Man kann nichts dagegen tun, dass man älter wird, aber man kann verhindern, dass man sich dabei langweilt!

www.goldmann-verlag.de
www.facebook.com/goldmannverlag

GOLDMANN
Lesen erleben